목계나루

목계나루

제2권 의림지 황룡

김창식 대하소설

작가의 말

이 소설은 소백산에서 경성으로 이어지는 남한강을 대들보로 놓고, 뗏목과 나루터 삶과 침략에 항거한 의병을 서까래로 얹었다.

목계나루터에 시인의 시비가 건립되던 무렵에 인근 중학교에서 근무했다. 강돌이 자그락자그락 전설을 토하는 나루터 주막에서 뗏목과 병참 왜병과 의병 얘기를 듣게 되었는데 강물이 새롭게 보이기 시작했다. 강은 그저 물이 흐르는 것이 아니었다. 남한강 강물로 뗏목이 좌충우돌 떠내려가듯 삶도 그러했다.

강물이 휘돌아가는 절벽 앉은뱅이 소나무의 애절한 환송. 뗏목 물길에 사공 잃은 나루터, 일제의 침략에 대항하는 의로운 외침에 귀 기울여 본 적이 있었던가? 모서리가 거친 골짜기의 돌은 강물에 휩쓸려야 동글동글해진다. 태백산 오지에서 경성 너른 터전으로 흐르는 남한강 기슭에 서면 모서리를 뭉툭하게 깎아내야 했던 서러움이 눈물겨웠다.

소백산에 신이 내려준 영물 때문에 인간이 기쁘고도 서러웠다. 강한 자가 탐하고 약한 자는 빼앗겼다. 뗏목으로 연명하는 사공, 침략자에게 억눌린 민초들의 애절한 삶. 어찌 보면 소백산 잔등에 닿은 푸른 하늘도, 남한강 물줄기에 탁 트여나간 강변도, 우리를 그럴듯하게 감싸 안은 깊은 수렁인 시절이었다.

바위 틈서리 조막손 한 줌의 흙에 뿌리를 내린 쑥부쟁이처럼 가능과 불가능의 경계에서 사투하며 징검돌을 건너야 했던, 남한강 목계나루 터의 절절한 사연들을 집필하면서 가슴이 아렸다.

침략에 억눌렸어도 의롭게 살아야 했던 그 시절 시련이, 오늘의 세상을 살아가는 지혜로 승화되기를 바라는 심정 간절하다.

2017년 11월 김창식

목계나루 2

제2권 의림지 황룡

차 례

1

복자서

어둠에서 헤쳐 나오는 것이 아니라 한없이 빨려 들어갔다. 장대하면서 기품 넘치는 사내의 걸음이 투박했다. 언 땅에 떡메를 쳐댈 듯 딛는 걸음이 육중했다. 가슴에서 뽑아 올리는 숨소리에 가쁜 쇳소리가 간간이 섞였다. 숨을 뱉을 때마다 입김이 옥양목 옷자락으로 펄럭였다. 가뭇한 형체의 사내 걸음이 몹시 다급했다. 날이 밝기 전에 소백산 자락을 벗어날 듯 빠르게 움직였다.

희끄무레한 또 하나의 물체가 사뿐하게 사내 뒤를 따라갔다. 사내의 걸음이 떡판에 내리찧는 떡메라면 따르는 물체는 찍힌 떡을 다시 아우르는 손놀림으로 섬세했다. 물체는 사내의 봇짐인 듯 사내의 움직임과 같이 흔들렸다. 둘의 걸음과 몸의 흔들림이 같아서 뒤는 앞의 흔적으로 보였다. 소백산 영물 아름드리 주목이 벌떡 일어나 걸어가고 그림자가 뒤를 쫓는 형색이었다.

어둠 속으로 빨려 들어가며 급히 가는 사내는 심대풍이었다. 사뿐하게 허리가 낭창한 그림자는 옥녀였다.

의풍에서 용진으로 가는 베틀재가 아무리 만만하다 해도 소백산 등줄기였다. 썩어도 준치라 했다. 가장 낮은 고개라 해도 소백산이 뻗어 내린 줄기였다.

베틀재에서 용진으로 내려오며 심대풍은 시종 입을 다물었다. 불당골에서 베틀재로 오를 때도 말 한마디 하지 않았다. 심대풍 가슴에 형언키 어려운 심정이 마구 엇갈렸다. 섣불리 입을 열었다가는 가슴에 마구 엉키던 줄기가 푸드득 튀어나올 것 같았다. 튀어나온 것이 산짐승으로 울부짖을 것 같았다.

용진나루로 와서야 심대풍이 걸음을 늦추고 옥녀를 바라보았다. 옥녀의 흐트러진 머리칼이 하얗게 얼었다. 볼은 발갛게 익었다. 눈을 동그랗게 떴는데 시선은 한사코 심대풍을 바라보았다. 심대풍은 옥녀를 응시하다 베틀재에서 내려온 길을 보았다. 시선을 피하지 않으면 옥녀가 굵은 눈물을 주룩 흘릴 것 같았다.

어제 저녁에 심대풍이 불당골 뜨락에 앉아 짚신을 신고 새끼줄로 단단히 동여매는 순간부터 옥녀는 눈물을 흘릴 준비가 되었다. 무슨 말이든 건네면 눈물이 쏟아질까 입술을 깨물었다. 도토리만한 공깃돌에도 구멍 날 듯 얇아진 감정의 막을 끌어안고 간신히 버텼다. 심대풍의 시선이 감정의 막을 찢는 공깃돌이 된다는 것을 알았다. 옥녀를 위로하려는 말은 공깃돌이 아니라 날카로운 주먹돌이 된다는 것도 알았다.

의병이 지평에서 불같이 일어나 제천으로 들어왔다는 소식을 옥영감이 전했다. 지난해 가을 산자락에서 채취한 것을 용진 저잣거리로 팔러 갔다가 소식을 듣고 밥상머리에서 말했다. 의병이 곧 충주를 공격할 것이라고 덧붙였다.

심대풍은 엄청난 소식을 전해 준 옥영감을 바라보았다. 옥영감은 심대풍의 얼굴이 벌겋게 상기된 의미를 알지 못했다. 옥녀가 심대풍의 눈빛이 맹수처럼 번득이는 것을 보았다. 심대풍의 머릿속에서 빠르게 회전하고 있는 생각을 가늠했다. 심대풍이 밥그릇을 반도 비우지 않고 밖으로 나갔다. 옥녀는 맷돌이 얹힌 것처럼 가슴이 저릿저릿했다. 옥영감이 전해준 소식이 심대풍과 옥녀의 가슴에 파란을 일으켰음을 옥할멈이 깨달았다.

옥녀는 심대풍이 들어오지 않는 사립문을 바라보았다. 어디로 갔을까? 벌써 베틀재로 넘어간 것일까? 생각의 벌레가 머릿속에서 우글우글 기어 다녔다. 불당골 골짜기에 캄캄한 어둠이 깔렸다. 옥녀의 시선이 고정된 사립문은 대낮처럼 환했다. 심대풍이 좀처럼 걸어 들어오지 않는 사립문. 그곳에 고이는 어둠을 눈짓으로 하염없이 쓸었다. 옥영감 내외는 방에서 숨을 죽였다. 자정쯤에 심대풍이 사립문으로 들어와 옥녀에게 말했다. 베틀재 넘어 제천으로 가겠다고 옥녀의 가녀린 심정에 기어코 돌멩이를 던졌다. 얼굴이 창백해진 옥녀를 마당에 두고 건넛방으로 들어갔다.

옥영감 내외도 심대풍의 말을 들었다. 문설주로 귀를 열고 밖으로 나오지 않았다. 옥녀가 안쓰러웠다. 자리에 누워 뒤척이는데 옥녀가 건넛방으로 들어가는 기척이 들렸다.

"영감."

옥할멈이 옥영감의 옷자락을 당겼다.

"그냥 둬."

옥영감이 돌아누웠다.

심대풍이 침침하게 앉았다. 옥녀에게 무슨 말인가 할 자세였다. 옥녀가 마주 앉았다.

"베틀재 고개에 올라갔다 왔어요."

심대풍이 숨가쁜 음색으로 말했다. 의병이 있다는 제천으로 가려 했음을 옥녀는 간파했다.

"꼭… 가셔야 해요?"

저녁부터 사립문을 바라보던 옥녀의 입안에서 맴돌던 말이었다. 심대풍이 까만 눈빛을 보낼 뿐 대답하지 않았다.

"언제…요?"

옥녀가 가슴에 맴돌던 우려 한 줌을 힘겹게 토했다.

"날이 밝기 전에."

심대풍이 머뭇거림 없이 대답했다. 가지 마세요. 옥녀는 가슴에 맴도는 말을 되삼켰다. 밤은 이미 깊었고 침묵도 무거웠다. 방에 고인 어둠이 둘의 무거운 침묵에 주눅 들어 슬금슬금 문틈으로 달아났다. 심대풍이 문을 열고 나갔다. 옥녀가 그림자로 따라 나갔다.

새벽 잠귀가 밝은 옥영감 내외가 기척을 죽였다. 심대풍이 옥영감 내외가 잠든 안방을 향해 서 있다가 사립문으로 나왔다. 베틀재로 올라갔다. 사립문에 나온 옥녀의 발소리가 멈추지 않았다. 베틀재까지 따라오도록 그냥 두겠다고 작심했다. 경사가 급한 굽이를 돌며 차오르는 가쁜 숨을 억누르며. 뒷덜미로 엉기는 감정도 억누르며 정상에 올랐다. 정상에서 심대풍이 걸음을 멈추자 옥녀도 같이 멈췄다. 심대풍은 옥녀가 불당골로 되돌아갈 기회를 주려고 기다렸다. 뒤를 돌아본 심대풍은 옥녀가 불당골로 내려가지 않을 것임을 알았다. 심대풍이 용진으로 내려가기 시작했다. 옥녀도 기다렸다는 듯 내려가기 시작했다. 좁은 굽이를 돌았을 때 심대풍은 옥녀가 기특하고 사랑스러워졌다.

심대풍이 용진 나루터 강둑에 미루나무처럼 섰다. 옥녀는 미루나무로 놀러 온 사람처럼 곁에 섰다. 소백산 위세가 하늘을 찌를 듯하나 그 자락은 결국 강물을 만나 소멸하였다. 태백산 소백산의 양백에서 줄기차게 뻗어 내린 계곡물도 남한강 옆구리로 스며들었다. 강물은 한사코 임금이 있는 경성으로 흘러갔다. 흐름을 멈출 수 없는 강물이 까만 밤을 하얗게 새우며 물안개를 뽀얗게 피웠다.

한사코 임금을 향해 흐르는 강물처럼 사는 길은 의병이 되는 것이다.

강물을 바라보는 심대풍의 가슴은 목계에 가 있었다. 감옥에 갇혔다는 아버지와 여동생, 언 땅에 도망치듯 묻고 온 어머니, 장미산에서 헤어진 강막실이 주마등으로 스쳐갔다.

제천 의병이 충주성을 공격한다는 말을 옥영감에게 들은 순간부터 심대풍의 가슴은 폭풍을 만난 듯했다. 고향인 달마실로 돌아갈 길은 의병이 충주성을 점령하여 목계 병참 왜군을 격퇴하는 외길이었다. 심대풍이 옥녀의 어깨를 두 손으로 쥐었다. 옥녀가 가슴으로 무너지며 안겼다. 심대풍이 옥녀를 그윽하게 안았다.

꼭 돌아오세요. 꼬옥.

옥녀가 심대풍 가슴에 말했다.

돌아 와야 꼬옥.

달마실에서 왜병 둘을 죽이고 장미산에 숨었을 때 강막실이 했던 그 말을 옥녀가 하며 흐느꼈다.

송지영과 제천 유생이 의병 본진으로 찾아왔다. 이들은 무기를 들고 싸움에 나서기에는 나이가 많았다.

"의병이 제천에 이르러서 수가 육백에 달하였습니다."

의병장 실곡이 의병 결성 과정을 간략히 말했다.

"순음지세에 한줄기 양맥이 있으니 어찌 아름답지 않으리오."

송지영이 감격의 눈물을 흘렸다.

"의병이 진군한 제천은 왜의 핍박에 벗어난 백성이 기쁜 얼굴로 활보하고 있습니다. 기쁨의 영역을 팔도로 어서 확장하고 싶은 마음 어젯밤에도 잠에서 수십 번 벌떡 일어날 정도로 충만해 있습니다."

실곡이 송지영에게 손을 내밀었다.

"이 나라 팔도의 모든 백성이 왜의 침략과 핍박에서 벗어나고 임금이 본래의 자리에 앉으시어 오백년 왕조의 정맥을 굳건히 이어야 할 것입니다."

송지영도 실곡의 손을 마주 잡았다. 나이가 많고 적음은 나라를 향한 마음에 아무것도 되지 못했다.

"의병 대열을 충주로 진군시키고 싶지만 갓 결성된 처지라서 성급하게 움직이지 못하고 있습니다."

사기는 충천하나 수가 모자라 섣불리 움직일 수 없음을 한탄했다.

"그렇다고 제자리에 앉아 곡식만 축낸다면 의로운 행동이 될 수 없음이며 또한 의롭게 봉기한 기개가 골안개 사라지듯 허망해질까 두렵습니다."

경은은 의병이 본래의 목적인 왜병과의 전투 없이 식량만 축내는 상황이 지속될까 염려되었다.

"영남으로의 발판이 되는 단양을 우선 점거하면 의병의 사기가 높아질 것입니다."

송지영도 충주부 공격은 무리라고 판단했다. 첫 상대를 너무 과하게 선택해서 의병의 사기를 꺾을 필요가 없다고 판단했다. 처참하게 패한다면 사기가 꺾이는 것보다 더 최악의 결과로, 의병이 흔적 없이 흩어질 가능성을 배제할 수 없다고 판단했다. 단양은 영남으로 넘어가는 고개인 죽령의 북쪽 길목이었다.

"선생님 말씀이 백번 지당합니다. 의암 선생이 말씀하시기를 서북의 군사를 모으고 동남의 장한 인재를 모으라고 하셨습니다. 단양은 의암 선생이 지칭하신 동남지역 경상도로 넘나드는 죽령의 길목입니다."

경은도 송지영과 뜻을 같이했다. 단양을 손에 넣는다 함은 영남지방으로의 발판을 확보하는 셈이었다.

"지평에서 거병의 시초가 되었으나 제천에서 의병의 면모를 갖추었습니다. 복자서를 해야 합니다."

송지영이 복자서를 제안했다.

"복자서가 무엇이오?"

절충이 물었다. 절충은 용맹하고 몸이 날렵하여 따르는 포수가 많았다. 출신이 평민이라서 글 읽을 기회가 없었다. 겉으로는 대장부다운 기개로 호탕했지만, 속으로는 선비를 부러워했다. 절충은 동학농민군이 원주로 들어왔을 때 맹가의 꼬드김에 솔깃하여 그를 도왔다. 절충을 따르는 포수를 선동하여 동학농민군을 진압하는데 공을 세웠다. 공의 대가는 맹가의 몫이었다. 유생인 맹가가 지평 현감이 되었다. 평민인 절충에게 돌아오는 것은 현감이 따라주는 술뿐이었다. 현감은 조정을 장악한 친일대신에게 줄을 댔고 절충은 현감을 불신했다. 현감 때문에 유생에 대한 존경심을 털어내고 불신과 저항을 채웠다.

복괘는 발전 번영을 상징하는 것이며, 양의 기운이 돌아온다는 의미도 된다. 복괘로 맹세하면 천지자연의 법칙에 순응하며 운행하니 행동이 자유롭고 순조로워 장애가 없을 것이다. 또한 멀리 있는 벗들이 몰려와 함께하여도 허물이 없을 것이라며 송지영이 복자서의 의미를 차근차근 말해주었다. 송지영의 설명에도 절충은 이해하지 못했다.

"선봉장이 주역과 가까이하지 않은 죄이니 훗날 주역을 벗 삼으면 뜻을 깨우칠 것이오."

절충을 잘 알지 못하는 경은이 안쓰러운 듯 말했는데, 의도하지 않게 조롱하는 셈이 되었다. 절충의 얼굴이 일그러졌다.

주역에 이르기를 천둥과 벼락의 기운이 땅속에서 살아 있는 것을 복의 괘상이라고 했다. 옛날 착한 제왕은 이 괘상을 보고 양의 기운이 간신히 한줄기 돌아오는 동짓날을 기하여 관청의 문을 닫아 상인과 여객의 통행을 금하고 제왕의 순시도 중지하여 양의 기운이 성하여지는 때를 기다렸다고 한다. 송지영이 덧붙여 설명하였음에도 절충은 이해하지 못하고 얼굴을 붉혔다.

송지영이 일어나서 복자서를 낭독했다.

…동지들이 한자리에 모여 한마음 한뜻으로 생사를 같이하자고 맹세하여 주역을 펴고 시초를 뽑아 점괘를 얻으니 곧 진하곤상의 지뢰 복괘이다. 천지신명이 장차 우리에게 도움을 주기 위해 먼저 점괘로서 일러주시는 것이 아닐까? 진실로 우연한 일이라 할 수 없으므로 우선 기록해 두고서 훗날에 옳고 그름을 경험하리라. 회복할 복자로 맹세하는 까닭은 대개 한마음으로 서로 도와 기필코 국가의 깊은 수치를 복수하기 위함이며, 또한 옛 제도를 회복하기 위함이며, 나아가 화하의 정맥을 회복하기 위함이며, 궁극적으로는 천지간의 양이 없어지는 것을 다시 회복하기 위함이다….

절충은 하사나 경은처럼 의병의 장수가 되었지만, 선비들이 주고받는 말에 소외감을 느꼈다. 훗날 이 서운함은 적개심으로 변모했다.

전령이 깃발을 등에 꽂고 들어왔다.

"지평에서 이곳으로 오던 의병 후진이 원주에서 왜적 여섯을 잡아 참수했답니다."

전령의 말에 절충이 호탕하게 웃어 언짢던 기분을 털어 냈다.

"제천에 다 이르러 왜병 한 놈을 잡았는데 그 놈을 할복 출간하여 하늘에 제사를 지냈답니다."

아무리 적이지만 배를 가르고 간을 꺼냈다는 말에는 웃지 않았다.

의병은 평민이 대다수였다. 먼 조상이 초시나 진사였음을 가문의 자랑으로 여기는 자도 있었지만, 대다수가 소작 농민이었다. 더러는 근면하지 못하여 부랑배 노릇을 하다가 굶지 않을 방편으로 온 자도 있었다. 기꺼이 나선 자도 있지만 나서지 않으면 보복당할까 두려워 마지못해 나선 자도 많았다.

임금의 명령 없이 봉기한 의병이니 관병과 적이 되었다. 동학을 토벌하러 왔다는 구실로 조선에 들어왔다가 전국 각처를 장악한 왜병이 의병의 공격목표가 되었다. 의병모집을 거부하거나 대열에 참여하지 않을 수 없었다. 의병이 고을을 점령하면 우선하여 수령의 목을 베었다. 의병에게 우호적이지 않았던 백성을 참수하는 경우도 보아왔다.

삽과 곡괭이에 익숙했던 손에 화승총을 쥐니 겁이 덜컥 났다. 의병을 가장 압박하는 것은 한 치 앞도 보이지 않는 정세였다. 의병이 전국 각지에서 벌떼처럼 일어나 왜를 물리치고 친일세력이 축출되어 임금이 권한을 되찾는다면 다행이었다. 의병이 패하고 흩어지면 역적이 되어 쫓기는 몸이 되고 고향에 두고 온 가족이 해를 입어야 했다. 왜를 물리치고 이 땅의 국권을 다시 찾는다는 희망이 보여야 하는데 불안한 심리가 점점 커졌다.

겨울이라 농한기였다. 경칩이 지나고 우수에 강물이 풀리면 고향으로 돌아가 농사를 지어야 했다. 의병이 일었는데 왜병과 관군이 합세하여 진압하려는 것이 아닌가. 추위를 조금이라도 면하려 옆구리를 맞대고 누웠다. 마음이 편하지 않으니 쉬이 잠을 이루지 못했다.

"관군이 우리를 잡으러 온다면 우리가 역적이란 말이 아닌가?"

불안하게 누워 있는 가운데서 소곤거리는 소리가 들렸다.

"왜놈을 이 땅에서 몰아내고자 의병이 모였는데 관군이 왜놈과 손잡고 우리를 잡으러 온다네?"

누군가 화답했다.

"우리나 왜놈이나 같은 처지가 아닌가?"

"임금의 군대인 관군이 우리를 잡으러 올 것이니 우리는 왜놈만도 못하다네."

"경성에서 참령이 우리를 진압하러 온다는 소문을 들었소?"

의병을 자극하는 자는 이민오 일당이었다. 이민오는 지평 현감의 사주를 받고 의병 대열에 숨어들었다. 경성 유길준이 보낸 신 처사, 최 진사, 박 주사는 이민오를 도와 의병을 흩어지게 하는 임무를 갖고 있었다. 왜병이 조선에 들어온 것은 청나라와 러시아의 침략을 막기 위해 임금이 요청했다고 소문을 퍼뜨렸다. 의병에 계속 남아있으면 임금을 배반하는 반역죄에 처하게 될 것이라며 대열에서 이탈시키려 선동했다. 반역죄에 해당되면 고향에 두고 온 부모는 물론 처자식까지 삼족이 멸할 것이라는 겁박에 동요되지 않을 의병이 없었다. 의병의 수가 줄어들면 하사와 괴은의 의병 지휘부를 포박하여 경성으로 압송할 계략도 가지고 있었다. 결정적 시기가 오면 현감과 내통하여 군사를 지원 받도록 되어 있었다.

우용이 이민오 일당의 선동에 귀를 기울였다. 감악산에서 스승 하사의 밀지를 품고 의암에게 가다 밀정에게 곤욕을 치렀던 터라 몹시 피곤했다. 천등산 경은사 스님과 상매의 도움으로 밀서를 전하기는 하였지만 몸이 천근이나 되어 발걸음 옮기기조차 힘들었다. 자리에 눕고 눈 감으면 천길 벼랑으로 떨어지듯 잠속으로 빠져들 것 같았다. 이민오 일당이 의병을 선동하는 소리를 듣고 숲으로 뛰는 노루처럼 잠이 후다닥 달아났다.

"참령이 어떤 인물인지 아시오?"

참령 벼슬은 일본의 육군 계급을 모방하여 생겼다. 부령과 정위의 중간으로 품계는 삼품에 봉했다. 을미개혁 때 군제개편으로 경성 수비를 위한 친위대와 지방의 진위대로 재편되었다. 시위대와 친위대가 참령 휘하의 시위연대로 통합했다. 시위대는 군부대신의 감독 아래 궁내의 시위를 담당하였는데 명성황후를 시해한 을미사변이 일어나자 동조하지 않았다는 이유로 해산되어 훈련대에 편입되었다. 경성 군대의 통솔권을 쥔 참령이 포병대대와 기병대대의 지휘권도 맡았다.

"코흘리개가 아닌 다음에야 참령을 모르는 사람이 있을라고?"

"임금 앞에서 명령을 받고 경대를 손아귀에 쥔 무관 실세라고 하는데 맞소?"

"참령의 용맹을 모르면 감히 조선 사람이라고 말할 자격이나 있소이까?"

"참령 어르신이 경대 이천을 끌고 이리로 오고 있다면서요?"

우용이 귀를 기울이는 동안에도 선동이 계속되었다. 오백이 간신히 넘는 의병이 경대 이천을 어떻게 감당할 것이냐는 걱정이 터져 나왔다.

사방이 캄캄하여 얼굴을 알아볼 수 없었다. 우용은 이들의 정체를 알아내야 한다고 마음먹었다. 이민오 옆으로 옮겨 누웠다. 우용이 옆에 눕자 이민오가 경계하며 입을 다물었다.

"의병이 겨우 오백인데 참령의 군사 이천을 어찌 감당하겠소? 동에 번쩍 서에 번쩍 날아다니는 홍길동이 우리 편이 된다면야 몰라도."

이민오가 우용에게 말을 걸어왔다.

"내일이면 백이 들어오고 모레면 이백이 들어와 사나흘 후면 천을 넘을 것이오."

우용이 이민오만 알아듣게 말했다. 다른 사람이 들으면 후에 우용도 밀정으로 몰릴 수 있다고 판단했다. 의병의 사기는 군중의 심리에 의해 좌우된다는 것을 우용은 모르지 않았다. 저들의 밀정질을 처단하려면 의병 전체의 동의를 얻어야 가능했다.

군율은 군중의 힘에 유지되고 군중이 원하면 군율이 손바닥 뒤집듯 변할 수 있으니. 군중에게 버림받으면 곧 변절자가 되어 처단된다. 의병이 봉기한 지 갓 삼일밖에 지나지 않았으니 군율 또한 아직 서지 않았고 다수의 찬성이 곧 군율이 된다면 그것이 도리와 이치에 어긋난다 해도 시행이 된다. 이 같은 불상사가 생긴다면 반동이 지도자가 되고 진정한 지도자는 처단이 될 수밖에 없다. 이민오 일당의 밀정질을 의병에게 선불리 고발했다가는 오히려 자신이 밀정으로 몰린다. 저들이 감언이설로 신임을 먼저 얻으면 저들을 처단하고자 나선 우용이 군중의 야유와 함성에 밀려 당할 수밖에 없다. 얼굴을 잘 알아보지 못하는 캄캄한 밤을 이용하여 이민오의 정체를 확인해야 한다.

우용이 이민오 모르게 입술을 깨물었다.

"해 저물 무렵에 모인 사람을 아무리 좋게 보아도 사백 간신히 되어

보입디다?"

이민오가 의병의 수를 줄여 말했다.

"육백을 넘었다고 실곡 의병장이 말씀하지 않았소?"

저녁에 집결하였을 때 의병장 실곡이 공표하기를 의병의 수가 육백이 넘었다고 했다.

"동지는 생각이 짧구려. 저녁 밥그릇이 육백을 넘었다고 육백 전부가 밥그릇 값을 한답디까? 부모 자식 봉양하며 농사짓던 사람이나 글 좀 읽은 선비야 밥값을 한다지만 구걸이나 하다 온 비렁뱅이가 소총탄환 날아오면 자리나 지킬 것 같소? 비렁뱅이가 임금과 나라를 위해 목숨을 내놓겠느냐는 말이오?"

의병이 되면 밥 세끼는 따뜻하게 먹을 수 있다고 몰려온 거지도 많았다. 선량한 사람을 협박하며 갖은 악행을 일삼던 불한당도 있었다. 그들이 막상 적과 싸움에 임했을 때 도망가지 않고 목숨을 내놓겠냐는 이민오의 말이었다.

"일당백이라는 말도 있지 않소? 나라를 지키자는 지조와 절개가 서슬 퍼런 칼날 같다면 비록 수는 열세이나 충절이 앞서니 능히 이길 수 있지 않겠소?"

우용이 의병의 의로운 기상을 가벼이 판단하지 말라고 했다.

"세끼 따뜻한 밥 욕심에 들어온 거지에게 무슨 지조가 있고 절개가 있겠소?"

이민오의 반박에 우용이 틀리다 말을 할 수 없었다. 귀가 얇은 의병이 설핏 들으면 동요되기 십상이었다. 그럴듯한 구변이 있는 것으로 보아 농사꾼은 아니고 얕은 글을 읽어 선비 흉내를 내는 건달일 것으로 추측했다. 글을 제대로 읽은 선비라면 밀정 노릇을 하지 않을 터였다.

"혹시 구면인 것 같은데 어디 사람이시오?"

우용은 어디서 온 누구의 끄나풀인지 물었다. 의병이 동요하기 전에 이들의 음모를 낱낱이 알아낸 후 밀정질을 자백하게 하여 본보기로 처단해야 했다. 우용이 혹시 지평 사람이 아니냐고 물었다.

"지평을 잘 아시오?"

이민오가 우용의 어깨를 덥석 잡았다. 우용이 고개를 끄덕여 주었다.

"그럼 동지는 고향 사람이구려."

이민오가 우용의 귓불에 속삭이고는 손을 힘주어 잡았다. 우용도 손아귀에 힘을 넣어 동조했다.

"참령의 경대가 정말 온다고 하였소?"

우용이 일부러 겁에 질린 목소리로 물었다.

"형씨는 세상 바라보는 눈이 까막눈이구려? 난리 통에는 눈치가 번개 같아야 목숨 부지하는 법이오. 조정이 두 쪽으로 짝 갈렸으니 잘못 서면 파리만도 못한 것이 사람 목숨이오."

이민오가 우용의 안색을 살폈다. 우용이 몹시 두렵고 불안한 표정을 지었다.

"쇄국을 한다고 고집불통이던 흥선대원군도 뒷방으로 밀려나고 왜를 배척하던 국모마저 목숨을 잃었지 않았소?"

이민오가 친일세력이 조정에 득세하였음을 은근히 비쳤다.

"국모를 시해한 왜놈이 조선에 활보하는 꼴을 백성 된 도리로서 어찌 눈 뜨고 볼 수 있겠습니까?"

우용이 이민오의 양심에 칼을 들이댔다.

"형씨는 세상을 내다보는 식견이 외곬이니 백발 수염을 달아보기는 글러 먹었소."

세상을 보는 식견이 외곬이라서 제 명을 다하기 어렵다고 이민오가 은근히 겁을 주었다.

"혹시 지평 현감이 된 맹가를 본 적이 있소?"

지평에서 밀정을 사주할 만한 인물은 현감이었다. 현감을 맹가라 낮추어 지칭하자 이민오가 속을 한 줌 쥐어뜯긴 듯 주춤했다.

"현감 벼슬을 제수받은 임금의 신하를 맹가라 불러서야 조선의 백성이라 할 수 있소?"

이민오가 잔기침을 두 번 토했다. 자신의 뒷배인 현감을 비하하니 속이 뒤틀렸다.

"선봉장 절충이 거병의 뜻을 밝히자 임금의 신하로서 따를 수 없다며 거절했다는 소문을 들었기에 맹가라 불렀소."

"절충은 성격이 급하고 서책도 변변하게 읽지 못한 미천한 자이니 벼슬을 제수받은 관리가 뜻을 같이할 수 없다고 하였겠지요."

이민오는 마치 자신이 현감인 듯 옹호했다. 오호라. 이자는 분명 맹가의 사주를 받은 것이 틀림없다. 현감 벼슬을 얻도록 맹가 뒤를 밀어준 경성의 대신과 연결되어 있음이 틀림없다. 이자의 이름을 알아야 한다. 우용이 어금니를 물었다.

"형씨도 의로운 뜻으로 의병이 되었으니 힘을 합쳐 왜놈을 몰아냅시다."

우용이 의도적으로 이민오의 속뜻을 전혀 모르는 듯 말했다.

"어명을 받은 참령의 군사가 이천이 넘는데 아직도 세상 물정이 캄캄 밤중이니 참 딱도 하오."

이민오가 답답하다며 가슴을 손바닥으로 눌렀다.

"수나라 백만을 고구려군 이십만이 살수에서 물귀신으로 만든 사실을 모르시오?"

"을지문덕이라는 명장이 있었으니 가능한 일이지요."
"을지문덕만한 인물이 의병에도 있으니 우리도 이길 수 있소."
"을지문덕만한 명장이라…. 그런 인물이 있기나 하오?"
"용맹하기로는 선봉장 절충이요. 지략으로는 대장인 실곡이오. 절개와 지조로는 스승인 하사가 있으니 의병을 얕게 보지 마시오."
"하사가 스승이라 했소?"
이민오가 눈알을 동그랗게 뜨고 물었다.
"스승님을 아시오?"
우용이 미끼를 잡아채듯 재빨리 반문했다.
"내가 형씨 스승의 외종숙이오."
이민오가 자랑스럽다는 듯 말했다. 우용이 대화를 빠르게 이끌어 이민오의 정체를 알아냈다.

우용이 하사에게 갔다.
"먼 길 다니느라 육신이 피곤할 텐데 무슨 일이냐?"
하사는 장담에서 지평으로 가는 도중에 제천으로 급히 달려온 우용을 걱정했다.
"긴히 아뢸 말씀이 있습니다."
우용이 주변을 의식하며 낮은 목소리로 말했다.
"동헌으로 오너라."
동헌에는 전령이 배치되어 있었다. 각 처에서 오는 연락을 접수하고 또 각 처로 떠날 전령이 대기했다. 이들을 통제하는 당번장수가 배치되었다. 도망친 제천군수가 관기를 품고 잤던 방이 당번장수가 잠깐 눈을 붙이는 곳이 되었다.

"스승과 제자가 야심한 밤에 어쩐 일이오?"

당번장수 괴은이 동헌으로 들어오는 하사에게 물었다.

"당번 방 좀 잠시 빌려야 하겠소."

하사는 우용의 얼굴에서 급하고 비장한 빛이 감돌자 괴은이 눈을 붙이는 방을 잠시 빌렸다.

"하하하. 전쟁터에서 제자를 앉혀놓고 강론할 참이오?"

괴은이 호탕하게 웃으며 자리를 내주었다. 하사와 우용이 마주 앉았다.

"의병 중에 사기를 흩트리는 자가 있습니다."

우용이 이민오 일당의 선동을 고했다.

"네가 잘못 판단한 것이다. 뜻을 품고 일어선 지 겨우 이틀인데 그런 사람이 있을 리 없다."

하사가 우용의 고변을 믿지 않았다.

"이민오는 안창에서 봉기가 이미 이루어진 연후에 찾아온 사람입니다. 그가 사기를 흩트리는 말을 하고 있습니다."

우용이 밀정의 실명을 고했다. 하사가 잠깐 놀라는 얼굴빛을 그렸다가 고개를 좌우로 흔들었다.

"그분은 내게 외종숙이 되신다. 그분이 그러실 리가 없다."

현감에게 매수되었음을 알지 못한 하사가 이민오를 두둔했다.

"그자에게 동조하는 자가 몇몇 더 있습니다. 그들은 밀정이니 포박하여 문초해야 합니다."

우용은 밀정이라는 말을 하고 소름을 느꼈다. 봉양삼거리를 지나다가 밀정을 만나 죽을 고비를 넘겼던 순간들이 삽시간에 떠올랐다.

"문초를 당해야 할 사람은 바로 너구나. 지금은 단 한 사람도 소중하게 받아들여야 할 시기인데 뜻을 같이하고자 찾아온 사람을 의심하다니. 네가 정녕 글을 읽은 선비가 맞느냐?”

하사가 오히려 호된 꾸중을 내렸다. 외종숙이니 감싸는구나. 우용은 스승의 마음을 이해했다. 하지만 사사로운 관계에 연연할 사안이 아니었다. 확실한 증거를 잡아 스승의 마음을 움직여야 했다. 다른 장수에게 밀정을 고할 수도 있지만 이민오가 스승의 외종숙이니 옳은 방법이 아니라고 판단했다. 우용이 돌아와 자리에 누웠다.

2

의림지 황룡

의병이 단양으로 진군했다. 선봉장 절충이 앞서고 육백여 의병이 의병가를 목청껏 부르며 평동을 거쳐 단양으로 갔다.

아! 의병 대열 속 일어선 동지들아
열과 성을 다하여 조선에 보답하자.
임금은 수모당하고 국모가 시해되니
밤낮으로 아픈 마음 조선을 바라보네.
세상을 돌아보면 모두가 말세지만
적과는 불식이라 조선만이 희망일세.
뇌성벽력 큰소리에 굳은 얼음 풀리니
장하도다. 조선이여 옛 문물을 보겠네.
술잔을 마주하고 밤새워 노래하니
아득히 떠오르는 조선의 아침.

단양에 이르렀어도 의병을 막는 자가 없었다. 영남으로의 관문인 단양이 손쉽게 의병의 수중에 들어왔다.

관군과 왜병이 의병을 진압하러 온다는 소문이 파다하게 퍼졌다. 의병이 겁을 먹고 우왕좌왕하며 불안해했다. 소문이 돌고 나흘이 지났다. 진압하러 온다는 관군과 왜병의 움직임이 포착되지 않았다. 이민오 일당이 의병 틈을 오가며 불안 조장을 멈추지 않았다.

왜놈이면 몰라도 관군에게 총을 쏠 수 있을까?

임금에게 벼슬을 하사받은 참령이 지휘하는 관군인데 맞서 싸울 수가 있느냐 그 말이야.

임금의 군대에게 총을 쏘면 임금에게 총을 쏘는 것과 다를 바 없어.

그럼 우리가 역모에 가담하고 있는 꼴인가?

반역하면 삼족을 멸하는 중죄인이지.

의병의 사기를 떨어뜨리는 소리가 은밀하게 돌았다.

"왜놈 총에 맞으면 화약독이 올라 몸이 파랗게 썩어서 숨이 끊어진다는 소리 들었어?"

이민오가 선동하며 의병에게 겁을 주었다.

"약솜을 줄 테니까 잘 가지고 있다가 혹시 총에 맞으면 피가 솟는 구멍을 틀어막으라고."

경성에서 온 신 처사와 박 주사가 옆에서 약솜을 주며 환심을 샀다.

"쉿. 저들이 알면 역적으로 몰려. 양반이 뭔가? 명분에 죽고 사는 자들이 아닌가? 손톱만한 흠을 잡아 단칼에 목을 베가는 자들이 아닌가? 당파 싸움이 다 그런 이치 아닌가?"

선동이 들킬까 입조심까지 시켰다. 우용은 이민오 일당이 밀정임을 확신했다. 물증이 없었다. 그렇다고 물증을 확보할 때까지 기다릴 수 없었다.

"스승님. 밀정의 농간에 병사들이 술렁이고 있습니다."

우용이 하사를 다시 찾아가 고했다.

"스승의 외종숙을 또 모함하려 왔느냐?"

하사가 우용의 말을 믿지 않았다.

"이민오와 신 처사, 박 주사, 최 진사가 입을 맞추어 헛소문을 퍼뜨리고 있습니다."

이민오와 경성에서 잠입한 밀정이 한통속임을 고했다.

"헛소문이라니? 처음 듣는 소리다."

"의병을 진압하러 온다는 소문이 돌고도 닷새가 지났습니다. 왜병은커녕 관군도 오지 않고 있습니다."

관군과 왜병이 온다는 소문이 돈 것도 이민오 일당의 거짓 소행이라고 고했다.

"내 외종숙이 그런 소문을 퍼뜨렸단 말이냐?"

"헛소문 때문에 병사들이 불안해하고 있습니다."

하사는 우용의 말을 귀담아듣지 않았다. 전령이 급하게 달려왔다.

"공주 병참 왜병과 관군의 혼성 부대가 이곳으로 오고 있다는 첩보입니다."

전령의 보고에 하사가 화난 얼굴로 우용을 노려보았다.

"스승님 제 말을 믿으셔야 합니다."

우용이 무릎을 꿇었다.

"네가 정녕 선비라면 모함과 이간질을 할 수는 없을 것이다. 너를 가르쳤다는 사실이 한없이 부끄러울 따름이다."

스승이 제자의 가슴에 못을 박았다.

"저들을 문초하지 않으면 병사를 모두 잃을 것입니다."

우용이 눈물 흘리며 간청했다.

"썩 물러가라. 그만한 일로 다시는 내 앞에 나타나지 말거라."

하사가 우용에게 호통을 쳤다.

의병장 실곡이 절충과 하사와 괴은과 경은을 동헌에 모아놓고 대책을 숙의했다. 의병이 결성되고 처음 맞는 전투가 임박했다.

"전투에 유리한 지형을 선점해야 할 것이오."

앉아 기다리지 말고 나아가서 적과 맞서자고 하사가 말했다.

"장회로 갑시다. 공주 병참에서 오는 혼성 부대는 분명 충주를 거쳐 올 것이오. 충주에서 단양으로 향한다면 박달재를 넘어올 리 없고 또한 남한강을 건너려 하지 않을 것이오."

단양 출신인 경은이 말했다.

"청풍과 수산을 거쳐 온다는 뜻이오?"

"수산에서 장회로 넘어오는 계란재가 폭이 협소하고 길어서 우리가 먼저 매복한다면 적을 함정에 몰아넣고 격퇴시킬 수 있을 것이오."

절충의 전략에 모두 동의했다.

우용은 하사의 꾸지람에 진영 밖으로 나왔다. 스승의 꾸지람은 참을 수 있었다. 이민오 일당이 밀정임을 밝혀야 한다는 생각뿐이었다. 이민오 일당의 정체가 드러나서 제거되어야 의병이 흩어지지 않고 군기가 바로 설 터였다. 너를 가르쳤다는 사실이 한없이 부끄러울 따름이다. 스승의 말이 귓속을 맴돌았다. 스승이 외면한 진실을 누구에게 고해야 한단 말인가. 서글픔이 가슴으로 켜켜이 차올랐다. 진실은 반드시 밝혀진다. 밀정은 처단되고 군기는 설 것이다. 허공을 향해 불끈 쥐었던 주먹으로 눈물을 씻었다. 지평에 두고 온 처가 생각났다. 사립문으로 돌아 나올 때 처의 쓰러지던 모습이 떠올랐다. 눈을 질끈 감고 처의 처량한 모습을 털어냈다. 천등산에서 만났던 상매가 불현듯 떠올랐다. 엉덩이에 닿은 긴 머리. 은쟁반에 옥구슬이 구르는 목소리. 날렵하게 걸어가던 뒷모습. 샘처럼 그윽한 눈동자에서 나오던 눈빛. 경은사에 가면 그녀를 만날 수 있을까? 새벽마다 정화수에 빌던 처가 애처롭게 눈물을 흘리는 모습이 겹쳐왔다. 애상스럽게 여인네나 생각하고 있을 때가 아니다. 우용은 처가 있는 북쪽 하늘로 어금니를 물었다.

건장한 청년이 저벅저벅 걸어왔다.

"황룡을 뵐 수 있게 해주시오."

청년이 다짜고짜 황룡을 만나게 해달라고 말했다.

"무엇하는 놈이기에 황룡을 입에 담느냐?"

우용이 흠칫 놀라 되물었다.

"황룡이 여기 있다고 당신 얼굴에 써 있다오."

청년이 우용에게 엷은 미소를 건넸다.

"흑룡의 끄나풀이면 내 앞에서 살아 돌아가지 못할 것이다."

우용이 화승총을 불끈 쥐었다.

"하하하."

청년이 크게 웃었다. 우용은 청년의 호탕한 웃음에 감전되어 화승총을 내렸다. 청년이 웃음을 뚝 끊고 장엄한 표정으로 걸어와 고개 숙여 예의를 표했다.

"검은 옷을 입지 않았으니 황룡에게 위해를 가할 사람은 아닌 것 같은데 누구시오?"

우용이 부드럽게 물었다.

"황룡의 비늘이 되어 흑룡의 목을 베어야만 하는 사람이오."

청년이 우용에게 손을 내밀었다.

"의병을 자처하는 동지구료."

우용이 손을 마주 잡았다.

"충주 서북쪽 목계에서 온 심대풍입니다."

청년은 의풍에서 온 심대풍이었다. 용진나루에서 옥녀를 돌려세우고 단양으로 왔다.

"우용이라 하오. 하사 선생님께 수학을 하고 있는 사람이오."

우용이 자신을 소개했다.

"황룡을 뵙게 해주시오."

심대풍은 의암이 의병을 이끌고 있다고 믿었다. 제천에서 유생을 결집할 인물은 의암이었다.

"의암 선생께서는 상중이라서 장담에 계시오. 지금은 실곡 선생을 의병장으로 추대하였소."

치악산, 소백산, 천등산의 첩첩산중으로 산세가 험하고 척박하여 사람 구경하기 힘든 제천에 황금빛 황룡이 살았다. 동해 건너 일본열도에 화산과 지진으로 남편을 잃은 흑룡이 살았다. 흑룡은 남편을 잃은 슬픔을 달래려 황혼녘에 후지산으로 올라갔다. 먼 바다를 바라보다가 한 번의 몸짓에도 구만리를 솟아오르는 황룡의 용트림을 보게 되었다. 흑룡이 황룡에게 반했다. 화산으로 잃은 남편을 가슴에서 지우고 날마다 후지산에 올라 황룡의 자태를 훔쳐보았다. 급기야 상사병이 도진 흑룡이 바다를 건너 제천으로 왔다. 흑룡의 고백을 들은 황룡은 아량을 베풀어 연못에 잠시 머물게 했다. 황룡과 흑룡이 연못에 같이 있음을 함창 공갈못에 사는 청룡이 알게 되었다. 청룡은 흑룡을 제거할 계략으로 제천에 사는 의림을 이용하기로 했다. 활을 잘 쏘는 의림이 사냥할 때마다 화살이 빗나가도록 방해했다. 사냥감을 쫓아 활을 쏘면 결정적인 순간마다 화살이 빗나갔다. 사냥할 마음이 사라진 의림이 산모퉁이를 도는데 소복의 여자가 나타났다. 귀신이 수작을 부린다고 판단한 의림이 소복의 여인에게 화살을 겨누었다. 청룡이 눈물을 흘리며 간청했다.

"저는 상주 함창 공갈못에 사는 청룡입니다. 남편이 왜국 잡신 흑룡의 속임수에 빠져 민족정기를 흐리고 있습니다. 저를 도와 흑룡을 죽여준다면 보답으로 제천을 농사짓기 좋은 평지로 만들어 드리겠습니다."

의림이 가만히 들어보니 청룡을 도와주면 자손 대대로 편히 살 수 있는지라 흔쾌하게 승낙했다. 연못으로 들어가 흑룡을 밖으로 몰아낼 터이니 활로 쏘아 죽이라고 청룡이 부탁했다. 청룡이 연못으로 들어갔다. 평온하던 연못이 들끓더니 검은 빛 용이 솟아오르는데 담대한 의림이 머뭇거리다 활을 쏘지 못했다. 흑룡이 다시 연못으로 숨었다. 청룡이 나타나 의림에게 어찌 약속을 지키지 않느냐? 약속을 어긴 죄로 너를 죽이겠다고 협박했다.

"한 번만 더 기회를 주면 틀림없이 쏘아 죽이겠다."

의림이 간청했다. 청룡이 다시 연못으로 들어가 요동을 치니 흑룡이 물 위로 솟구쳐 올랐다. 의림이 활을 겨누고 있다가 정수리로 화살을 쏘자 흑룡이 순간적으로 몸을 비틀었다. 화살이 흑룡의 이마를 스쳐 지나갔다. 흑룡이 벼락같은 비명을 지르며 동해 건너 일본으로 도망갔다.

스승에게 이민오의 밀정질을 고했다가 오히려 질책을 받은 우용에게 심대풍이 한 줄기 빛으로 저벅저벅 걸어왔다. 우용이 이민오 일당을 심대풍에게 말했다. 스승의 믿지 않음이 더한 걱정이라고 말했다.

"내가 밀정이 되겠소이다. 밀정 잡는 데는 밀정이 제일입니다. 나를 처음 본 사람은 우용뿐이니 내가 저들에게 접근하여 술수를 부리면 의심하지 않을 것입니다."

우용은 심대풍의 담대함과 총명함에 탄복했다. 우용이 동헌으로 심대풍을 안내했다.

"목계에서 왔다는 청년이 대장님 뵙기를 청합니다."

우용이 문밖에서 말했다.

"지금은 중요한 논의를 하고 있으니 아무도 들어와서는 안 된다."

경은이 큰 소리로 말했다. 심대풍이 앞을 막는 병사를 밀치고 안으로 들어갔다.

"목계에 사는 심대풍입니다. 눈앞에 왜놈이 버젓이 있는데 이 몸의 팔다리가 들판의 허수아비처럼 그냥 있을 수는 없습니다."

심대풍의 눈동자에서 살기가 번득거렸다.

"자진해서 의병이 되고자 하는 연유라도 있소?"

실곡이 심대풍의 기품 당당한 모습에 탄복했다.

"충주 서북쪽 목계에서 부모님을 모시고 살았습니다. 새벽에 날벼락같이 들이닥친 왜놈이 어머니 가슴에 총을 쏘았습니다. 왜놈 둘의 머리를 박살 내고 쫓기는 몸이 되었습니다."

장수들이 심대풍의 기개에 고개를 끄덕였다. 심대풍은 궁궐시위대 장교였음은 말하지 않았다. 국모가 시해되던 때 경복궁에 있었음을 차마 말할 수 없었다.

"공주 병참 관군과 왜병의 혼성 부대가 이리로 쳐들어올 것이오. 자칫하면 목숨을 잃을 수도 있을 터인데 그래도 우리와 함께하겠소?"

맹수가 맹수를 먼저 알아본다고 하였던가. 담대하고 기개 넘치는 심대풍에게 먼저 반한 사람은 선봉장 절충이었다.

"왜놈이 온다고 하였습니까? 그놈들을 때려죽일 수 있도록 허락하여 주십시오."

심대풍이 절충에게 걸어갔다.

"때려죽이는 방법으로는 승산이 없소. 총을 한번 잡아 보시겠소?"

포수를 거느려온 절충이 벌떡 일어나 총을 내밀었다.

"좋습니다."

심대풍이 총을 빼앗듯 받아들었다. 총을 다루는 행동이 예사롭지 않았다. 무겁고 둔탁한 화승총을 싸리나무 회초리처럼 가볍고도 빳빳하게 손아귀에 쥐는 것이 아닌가. 심대풍이 훈련대 장교였음을 모르는 절충이 입을 딱 벌렸다.

"이 사람을 선봉에 편입해서 선봉대에 서게 할까 하오."

절충이 의병장 실곡에게 청했다.

"그렇게 하시오. 날쌘 범과도 같은 포수를 얻었으니 복도 많구려."

심대풍이 병사들 틈으로 들어갔다. 이민오 일당이 관군과 싸워서는 안 된다며 선동하고 있었다. 심대풍이 일부러 이민오의 곁에 가서 앉았다. 이민오가 먼저 접근하기를 기다렸다.

"형씨와는 초면인 데 오늘 오신 게요?"

이민오가 심대풍에게 말을 걸어왔다.

"약솜 좀 얻읍시다. 왜놈 총에 맞으면 살이 파랗게 썩는다는 소문이 있으니."

환심을 사는 수법으로 약솜을 이용한다는 것을 우용에게 들었다. 이민오가 주변을 살피더니 허리춤에서 약솜을 꺼내 심대풍 품에 찔러줬다.

"혼성 부대가 온다는데 형씨는 어쩔 참이오?"

이민오가 구린내를 풍기며 속삭였다.

"어쩌긴? 싸워야지요."

심대풍이 이민오의 썩은 입 냄새를 푸욱 토했다.

"관군에게 화승총을 쏠 참이오?"

이민오가 주먹으로 입을 가리고 낮게 말했다.

"왜놈을 도운다면 관군이라 해도 우리의 적이오."

심대풍의 말이 똑똑 부러졌다.

"임금의 백성이라면 어명을 받는 참령의 명을 따라야 옳소? 아니면 임금의 밀지도 없이 장수가 된 사람의 명을 따라야 하오?"

이민오의 말에 심대풍이 고민된다는 표정으로 대답하지 않았다.

"임금의 백성인 형씨는 어찌하겠소?"

이민오가 자신의 논리에 빠져들기를 강요했다.

"임금의 백성이니 어명을 따라야 함이 옳은데…."

심대풍이 이민오의 논리에 끌려들어 가는 척했다.

"공주 병참부대가 여의치 않으면 참령이 어명을 받고 수만의 군사를 끌고 올지도 모르는 일이니 여기 있는 형씨들이 모두 딱한 지경에 처할 것은 자명한 사실이고…이런 생각에 요즘은 밤잠도 설친다오."

이민오가 심각한 표정으로 말했다.

"듣고 보니 형씨의 말도 옳은 듯하오."

심대풍이 이민오에게 동조하는 척했다. 이민오가 약솜을 또 품에 찔러 넣어 주었다.

단양에서 남한강변을 따라 충주로 가는 길목 장회로 의병 본대가 이동했다. 관군과 왜병이 뭉친 혼성 부대와 일전을 앞두고 전략적 위치를 선점하기 위해서였다. 하사 휘하의 중군이 장회에서 진을 쳤다. 의병장 실곡과 군사 경은이 중군과 함께 했고 후군장 괴은은 단양으로 물러나 진을 쳤다. 절충의 선봉군이 계란재로 올라가 매복했다. 파다하게 퍼진 소문대로 단양으로 오는 혼성 부대가 충주를 지났다는 소식이 들어왔다.

계란재 넘어 수산으로 정탐을 갔던 병사가 급히 달려왔다.

"놈들의 수가 족히 육백은 넘어 보입니다."

적을 처음 본 의병이 사시나무처럼 덜덜 떨었다.

"맞붙어 싸울만하다. 선봉군이 백오십이니 죽기를 각오하고 싸운다면 승리할 수 있을 것이다. 설사 밀린다 해도 중군과 후군 오백이 뒤에 있으니 두려워하지 마라."

절충이 선봉군에 호령했다. 이민오가 선봉군 틈에서 심대풍을 훔쳐보고 있었다. 심대풍이 절충과 가까이 있어 두려워하는 눈치였다.

"무기는 무엇이더냐?"

관병과 왜병이 화약포를 가지고 왔는지 절충이 물었다.

"소총을 모두 메고 있었습니다."

절충은 선봉군의 화승총을 바라보았다. 적이 소총을 쥐고 선봉군이 화승총을 쥐고 있으니 무기로는 열세였다. 소총은 심지에 불을 붙이지 않아도 발사가 됐다. 화승총은 탄환을 넣고 화약도 다져넣고 심지에 불을 붙여야 발사가 되었다. 진눈깨비라도 흩뿌리면 화승총에 불을 댕길 수 없었다. 소총의 탄환은 능히 오십 보 적에게 치명상을 입힐 수 있지만, 화승총으로 삼십 보 밖은 효력이 없었다.

"동태는 어떠하더냐?"

"우리가 이곳에서 기다리고 있음을 안 듯 합니다. 수산에서 진을 치고 움직이지 않고 있습니다."

"놈들도 우리를 정탐했겠지."

심대풍이 이민오를 바라보았다. 이민오가 움찔 놀라 선봉군 속으로 숨었다. 저놈이 필시 수산으로 밀정을 보냈을 것이다. 심대풍이 이민오의 꼬리 내리는 행동을 보고 중얼거렸다. 절충이 장회에 진을 치고 있는 중군에게 연락병을 보내 상황을 알렸다. 하사의 중군이 계란재로 올라왔다. 의병장 실곡이 전략을 물었다.

"선봉군 오십을 데리고 우측 능선에 매복하겠소. 심대풍 동지가 남은 군사를 이끌고 좌측 능선에 매복하시오."

절충이 계곡 양쪽에 숨어 있다가 공격한다는 전략을 말했다. 실곡이 의아한 눈빛으로 심대풍을 바라보았다. 합류한 지 이틀이 되지 않은 심대풍에게 막중한 임무를 부여한 절충을 이해하지 못했다. 의병의 사기를 높이고 자원하는 숫자를 불리기 위해서는 첫 전투에서의 승리가 무엇보다도 중요했다. 적과 먼저 맞닥뜨리는 선봉의 책임이 막중했다. 절충이 막중한 역할의 절반을 심대풍에게 맡겼다.

"하사는 중군을 이끌고 계곡에서 빠져나오는 적을 맡으시오."

실곡이 중군장 하사에게 명령했다. 하사가 눈빛이 살아 있고 몸매가 날렵한 의병 삼십 명을 선발대로 뽑아냈다.

"수산으로 가서 적병 근처에 매복했다가 움직이면 쫓기는 척 계란재로 유인해야 한다. 적의 주력부대가 계란재에 들어왔을 때 선봉군이 일제히 돌을 굴리면서 사격을 가할 것이니 행동이 느리면 적으로 오인받아 공격받을 것이다."

하사가 삼십 명의 선발대 지휘를 우용에게 맡겼다.

"외가로 조카님이지만 전장에서는 장수이니 예의를 올리는 것이 당연하지요.”

선봉군 틈에 있던 이민오가 하사에게 걸어와 고개 숙여 예의를 표했다.

“군율이 있으니 외종숙 어른의 뜻을 받아들입니다만 고향에 계신 부모님을 생각해서라도 부디 옥체 건사하십시오.”

하사도 몸을 낮추었다.

“수산으로 침투하는 선발대와 함께하도록 명을 주십시오.”

우용은 물론 심대풍도 전혀 예상하지 못한 이민오의 말이었다. 하사는 우용에게 들은 것도 있어 선뜻 대답하지 못했다. 하사가 결단을 내리지 못하는 순간 우용과 이민오의 눈이 마주쳤다. 이민오가 재차 청했다.

“뜻이 그러시다면 선발대가 되시지요.”

하사가 마지못해 허락했다. 우용의 얼굴이 빨갛게 변했다. 하사도 우용을 보고 곤혹스런 얼굴빛을 그렸다.

“선봉군과 중군이 엄연히 나뉘어 편제되었는데 개인의 사사로운 청으로 소속이 함부로 바뀐다면 상하 위계는 물론 장수 간의 불화가 생길 것입니다. 지금 이 상황을 허락한다면 전례가 되어 앞으로 큰 위험을 자초할 것입니다.”

심대풍이 절충에게 말했다. 하사도 심대풍의 말이 옳다며 고개를 끄덕였다. 우용이 이끄는 선발대가 계란재 넘어 수산으로 갔다. 하사가 중군을 선봉군 뒤 야산에 분산하여 매복시켰다. 우용의 선발대가 유인하는 적의 후미가 계곡으로 들어왔을 때 계곡 양쪽 언덕에 매복한 선봉군이 공격을 하고, 계곡을 빠져 나온 적은 중군이 공격하는 전략이었다. 후군은 전세를 보아 중군을 지원하기로 했다. 절충이 심대풍을 조용히 불렀다.

"죽기를 각오하면 목숨은 부지할 것이오. 선봉군이 패한다면 의병은 오합지졸이 될 수밖에 없소. 전투에서 살아남는 것이 충성하는 것임을 명심하오."

절충은 심대풍의 용맹과 지혜를 잃기 싫었다. 선봉군이 계란재 양쪽 능선에 매복했다. 혼성 부대가 계란재로 들어오기를 기다렸다. 혼성 부대는 올라오지 않았다. 해가 저물었다.

우용이 이끄는 선발대 삼십이 수산으로 접근했다. 마을 어귀 논두렁까지 접근했는데 아무런 저항도 없었다. 논두렁으로 몸을 낮추어 접근을 해도 반응이 없었다. 혼성군이 소를 잡아 삶고 가마솥에 밥을 지어 먹고 있었다. 곡식가루 주머니를 전대로 찬 선발대의 허기진 배를 자극하는 노림수였다. 저녁을 푸짐하게 먹은 혼성군이 장작불을 지폈다. 장작불을 에워싸고 큰소리로 웃으며 떠들었는데 관병의 말소리와 왜병의 말소리가 섞여 들렸다. 논두렁으로 걸어와 오줌을 갈기는 혼성군도 있었다. 전투를 하러 온 것이 아니라 마을 잔치에 흥겹게 놀러 온 것 같았다. 선발대는 얼음구멍에 빠졌다가 헤엄쳐 나온 개처럼 몸을 와들와들 떨었다. 밤이 깊어지자 흥겹게 놀던 혼성군이 막사로 들어가 잠들었다.

"때가 왔소. 공격합시다."

보초만 남겨둔 혼성군을 코앞에 두고 선발대원이 우용에게 말했다.

"적의 본대가 계란재를 넘어오도록 유인하는 것이 임무다. 지금은 밤이라서 공격을 한다 해도 본대는 움직이지 않는다."

"밤바람에 떨다가 동태가 되잔 말입니까?"

선발대원이 노골적으로 불평했다. 곡식가루로 배를 채우려면 미지근한 물이 필요했다. 밤이 깊어질수록 혓바닥이 목구멍으로 넘어가는 허기가 생겼다.

“공격을 하든지 돌아갔다가 밝은 낮에 오든지 합시다.”
선발대원이 우용을 채근했다.
“여기서 얼어 죽자는 심사요? 얼어 죽자고 왔소? 왜놈이 코앞에 있으니 싸우든지 돌아가든지 양자택일 합시다.”
멱살을 쥘 태세였다. 우용은 선발대를 계란재와 수산 중간지점으로 물러나게 했다. 물을 데워 요기를 하고 잠을 재웠다. 새벽에 아침을 먹고 수산으로 갈 준비를 하는데 혼성군 본진이 올라오고 있었다. 계란재에 매복한 선봉대장 절충에게 전령을 보냈다. 선발대를 발견한 혼성군이 바닥에 엎드려 소총을 쏘아댔다. 선발대도 화승총으로 대응사격 하다가 슬금슬금 뒷걸음쳤다. 혼성군이 일제히 선발대에게 뛰어왔다. 선발대가 계란재로 급히 달아나자 혼성군이 협곡으로 쏟아져 들어왔다.
“돌을 굴리고 총을 쏘아라. 한 놈도 남기지 말고 모조리 죽여라.”
절충의 호령이 떨어졌다. 굴러 떨어지는 돌덩이에 혼성 부대가 우왕좌왕했다. 능선에 매복한 선봉군이 화승총을 쏘았다. 심대풍도 아주 침착하게 방아쇠를 당겼다. 가늠쇠에 눈알을 들이대고 조준하여 왜병만 골라 방아쇠를 당겼다. 왜병이 차례로 쓰러졌다. 혼성 부대가 우왕좌왕 갈피를 잡지 못하는 지경이 되었다. 능선에 매복한 선봉군이 돌진했다. 화약을 장전해서 적을 쏘아 넘어뜨리고 다시 화약을 장전하는 사이에 적이 달려들면 허리춤에 꽂아둔 몽둥이로 내리쳤다.
조준을 하고 방아쇠를 당기려는 순간 심대풍은 깜짝 놀랐다. 조준선에 들어온 자가 창말에 사는 강달식이 아닌가. 화들짝 놀란 강달식과 심대풍의 눈이 마주쳤다. 방아쇠에 손을 건 총구가 강달식의 가슴에 조준되어 있었다. 방아쇠를 당기면 피할 수도 없는 지척의 거리였다. 강달식이 심대풍을 알아보고 손을 어정쩡하게 들었다. 심대풍은 강달식 가슴에 차마 방아쇠를 당길 수 없었다. 심대풍이 총구를 다른 곳으로 돌렸다. 강달식이 슬금슬금 뒷걸음했다. 곁에 있던 의병이 강달식에게 총을 겨누었다. 심대풍이 의병을 떠밀었다. 총알이 허공으로 날아갔다. 어서 달아나라고 강달식에게 손짓했다. 강달식이 심대풍에게 고개를 까닥이고 수산으로 달아났다. 그 상황을 이민오가 모두 지켜보고 있다가 심대풍과 눈이 마주쳤다. 아차. 저놈에게 약점을 잡히는 실수를 했구나. 심대풍이 다가가자 이민오가 급히 도망갔다. 혼성 부대가 황급히 수산으로 달아났다.

"분하다. 저놈들이 도망가지 못하도록 퇴로를 차단했어야 했는데."

실곡이 흥분하여 주먹을 불끈 쥐었다.

"적의 퇴로를 차단하기에는 의병의 수가 부족합니다."

경은이 말했다.

"저놈들이 또 넘어오면 퇴로를 차단해서 몰살을 시킵시다."

실곡이 못내 아쉬워했다.

"퇴로를 차단하기에는 무리가 있으며 우리 측이 큰 화를 입을 가능성이 있습니다."

경은은 퇴로를 차단하자는 실곡의 의견에 반대했다.

"의병장은 나요. 다음엔 적의 퇴로를 차단해야 하겠소. 중군을 둘로 나누어 그 반은 수산 쪽에 매복시키겠소."

실곡이 경은의 말을 듣지 않았다. 사기가 오른 의병은 혼성 부대가 계곡에 들어오기를 기다렸다. 혼성 부대는 계란재로 올라오지 않았다. 민가에서 가축과 곡식을 빼앗아 배불리 먹고만 있었다. 의병은 사기가 떨어지고 초조해졌다.

수안보 병참 왜병 이백 명이 월악산 송계계곡을 지나 청풍나루까지 왔다는 소문이 의병에게 퍼졌다. 인근 주민들에게도 소문이 흘러들어 갔다. 해를 당할까 짐을 꾸려 마을을 떠나는 주민이 생겨났다. 떠나는 주민을 보는 의병이 동요하기 시작했다. 계란재에서 물러갔던 왜병이 가산리로 잠행하여 사인암에 이르고 있다는 전령의 보고가 들어왔다. 경상도로 넘어가는 죽령이 막히는 셈이었다. 의병의 사기가 더 떨어졌다.

사실은 왜병이 가산리로 돌아 도망가는 중인데 누군가 헛소문을 퍼뜨린 것이었다. 왜병이 가산리로 가다가 마을로 잠입했다. 캄캄한 밤이라 쉬어가자니 의병이 나타날까 두려웠다. 왜병이 마을 주민을 잡아다가 노부모와 여자와 어린아이를 인질로 잡고 협박했다.

"의병의 동정을 염탐하여 와라. 거부하거나 거짓으로 말한다면 가족은 오늘 밤 줄초상이 날 것이다."

협박에 염탐 가던 주민이 중간에서 걸음을 돌렸다.

"검은 옷을 입은 놈은 빨리 도망가라. 의병이 크게 온다."

마을로 뛰어가며 소리를 질렀다. 왜병이 혼비백산하여 마을에서 도망갔다. 의병이 매복해 있을까 두려워 충주로 되돌아가지 못하고 예천으로 도망갔다. 이러한 내막을 모르는 의병은 도망간 왜병을 두려워하며 사기가 가라앉았다.

공주 병참에서 지원부대가 수산으로 왔다. 의병에 패한 혼성 부대보다 다섯 배가 넘었다. 혼성 부대가 계란재로 올라왔다. 의병은 증강된 혼성 부대를 당해낼 재간이 없었다. 주력부대인 중군이 장회와 수산에 분산되어 있었다. 의병장 실곡이 군사 경은의 전략을 받아들이지 않은 탓이었다. 총에 맞아 쓰러지는 의병이 속출했다. 의병이 죽령으로 퇴각했다.

칼바람이 몰아치는 깜깜한 밤. 사인암에 있다는 왜병이 급습할까 조마조마 죽령고개로 올라갔다. 패하여 뒷걸음질하느라 곡기를 굶었다. 구불구불 고개 정상에 오를수록 칼바람이 뼛속을 헤집었다. 곡괭이와 낫을 들고 곡식 일구던 의병에게 동료가 피를 쏟으며 죽어 가는 모습은 엄청난 충격이었다.

이러다가 관군에게 잡히면 목을 베일 것이 틀림없어. 내 목만 떨어지면 다행이지. 관군이나 왜놈이 한통속으로 가문의 씨를 말릴 것이 틀림없어.

이민오 일당이 또 선동하자 의병이 총을 버리고 소백산으로 후다닥 달아났다.

“도망간다.”

누군가 소리 질렀다. 대열 전체가 술렁였다. 의병 서넛이 또 무기를 던지고 소백산으로 달아났다.

“엄동설한에 숲으로 달아난들 살아나겠나? 배도 곯았는데 산중을 헤매다 얼어 죽기 십상이지.”

심대풍이 달아나려는 의병의 앞을 막았다.

“잡혀서 가문의 씨가 마르는 것보다는 이 몸 하나 얼어 죽는 편이 조상님에게 도리인지 모르지.”

이민오의 선동에 의병이 또 숲으로 달아났다.

“형씨도 도망가는 것이 좋을 텐데?”

심대풍이 이민오를 협박했다.

“도망가야 할 사람은 내가 아니라 형씨야. 계란재 싸움에서 형씨가 한 짓을 똑똑히 보았거든?”

이민오도 심대풍을 협박했다.

“내가 한 짓?”

"형씨는 간이 배 밖으로 튀어나왔소?"

"무슨 막말을 하시오?"

"의병장이 알면 목이 뎅강 떨어질 일을 해놓고도 태연하니 하는 소리외다."

"당신이 선동해온 짓거리를 다 알고 있소."

심대풍도 물러서지 않았다.

"코앞에 적을 도망가게 한 짓을 나 말고도 본 사람이 셋이나 더 있으니 나를 함부로 할 생각을 마시오."

강달식을 살려준 것을 두고 신 처사와 박 주사와 최 진사를 증인으로 세워 협박했다. 이민오와 심대풍은 서로의 약점을 틀어쥐었다.

전투에 패한 책임을 누군가 져야한다는 발언이 생겨났다. 화살이 의병장 실곡에게 쏟아졌다. 군사인 경은의 말을 듣지 않고 중군을 분산 배치한 의병장 때문에 패했다는 말이 퍼졌다.

군중에서 책임론이 터져 나왔다. 패배의 책임을 물어야 한다. 의병장이 책임을 져야 한다. 적에게 패한 원인은 군사를 양분한 탓이다. 실곡 때문이다. 실곡을 죽여야 한다. 의병장을 죽이라는 말이 서슴없이 터져 나왔다.

실곡이 의병을 버리고 소백산으로 도망을 가는 사태가 벌어졌다. 밤중에 죽령을 넘은 의병이 풍기에 도착했다. 날이 밝았다. 굶고 지쳐 초췌한 모습이 드러났다. 의병장도 밤에 사라졌다. 어디로 가야 할지 갈피를 잡을 수 없었다. 의병은 우왕좌왕 오합지졸이 되었다. 경은이 대열 앞에 섰다.

"들으시오. 우리가 단양전투에서 패배했고 애석하게도 동지를 잃었소이다. 의병장도 자취를 감추었소이다. 환란을 피해 도망질한다는 것은 죽기보다 더 수치스러운 일이오. 거사의 뜻에 지조가 남아 있는 동지는 나를 따르시오."

경은이 앞장섰다. 경은을 따르는 자는 삼십에 불과했다. 이민오 일당도 사라졌다. 경은과 괴은과 하사와 절충이 통곡했다.

"이제 어찌해야 한단 말인가?"

경은이 한탄했다.

"소백산 뒷자락으로 돌아 영춘으로 가는 길은 험하기는 하나 안전할 것이오."

괴은이 관병을 피해 험한 소백산을 넘어가자고 말했다. 삼십여 의병이 괴은의 뜻에 동조했다.

"북과 깃발을 어찌하면 좋겠소?"

의병 깃발을 쥐고 죽령을 넘어온 심대풍이 물었다.

"깃발과 북은 풍기군청에 맡겨둡시다. 훗날 기필코 찾아가리라 굳게 약조합시다."

괴은의 제안에 북과 깃발이 풍기군청에 맡겨졌다.

"영월로 피신했다가 충주성을 기필코 점령할 것이오. 심대풍 동지는 어찌하겠소?"

절충이 못내 아쉽다는 표정으로 물었다.

"영춘까지 동행하겠습니다. 꼭 만나야 할 사람과 해후한 후에 영월로 가겠습니다."

괴은과 경은이 영월로 출발했다. 우용은 이민오 일당을 처단하지 못한 것에 분을 참지 못했다.

"의병이 영월에서 모이면 그놈들도 나타날 것이오."

의병이 해산되지 않는 한 이민오 일당의 밀정질은 계속될 것이라 믿었다.

"혹시 심대풍이 아닙니까?"

지치고 배도 고픈 몸을 끌고 가는데 심대풍을 부르는 소리가 들렸다. 불러 세워놓고 가까이 온 사람은 행색이 걸인과 다름이 없었다. 자세히 바라보니 낯이 익었다.

"어디로 가시오? 지치고 배가 고프니 호랑이가 아니라 살쾡이가 나타나도 뜯겨 먹히기 십상이니 서로 의지하며 길을 갑시다."

심대풍이 길바닥에 주저앉았다.

"훈련대 장교와 함께라면 저야 안심이 되지요."

사내가 찬 바닥에서 넙죽 절했다. 심대풍이 깜짝 놀라 사내를 일으켰다. 경복궁에서의 참사가 있던 날 주막에서 함께 술을 마셨던 장종선이었다. 시월 여드렛날 새벽, 일본 낭인의 칼에 쓰러지던 궁궐 수비대의 모습이 떠올랐다. 일본 군인과 낭인에 맞서던 궁궐 수비대 군사들이 무참히 목숨을 잃었다. 야간훈련이 있으니 궁으로 어서 오라는 일본공사 미우라의 꼬임에 빠져 달려가 보니 훈련대 군사와 일본 군사가 궁궐로 쳐들어가고 있었다. 훈련대를 해산하겠다는 소문 때문에 조정에 반감을 가지고 있었지만, 국모를 시해하고 임금과 태자에게 치욕스러운 수모를 주는 일본의 앞잡이가 될 줄 몰랐다.

"수치스럽던 그날 궁에서 나왔소. 돌이키건대 치욕스러움이 내 목을 조르는 듯하오."

심대풍이 비통한 심정으로 말했다.

"그날 아침에 나오길 잘하였습니다. 장교보다 한 달가량 더 있다가 낙향을 하였습니다."

장종선도 역시 비통한 표정이었다.

"국모가 시해된 후의 일들을 소상히 아시겠구려."

"왜놈에 빌붙어 영화를 누리려는 자들의 행태를 차마 더 볼 수 없었습니다."

같은 길이면 함께 가면서 말벗 삼고 싶었다. 장종선은 안동으로 가야 했다. 장종선이 가야 할 길과 심대풍이 가야 할 길은 반대였다. 둘은 서로 보이지 않을 때까지 손을 흔들며 헤어졌다.

영월로 간다던 경은 일행이 보이지 않았다. 왜병이 죽령을 넘어와 길목마다 지키고 있을지 모른다는 우려를 안고 바삐 걸어갔다.

죽령 길목에서 시끄러운 소리가 들렸다. 앞서 출발한 경은 일행인 줄 믿었는데 왜병 삼십여 명이 길목에서 떠들고 있었다. 심대풍은 바위 뒤로 숨었다. 왜병도 밤새 죽령을 넘느라 지쳐 휴식을 취하는 중이었다.

저들에게 발각되기 전에 소백산 숲으로 숨어야 했다. 바위틈으로 왜병을 엿보며 걸어가던 심대풍의 발이 뚝 멈추었다. 의병 여섯 명이 포승줄로 묶인 채 무릎을 꿇고 있었다. 왜병이 소총 끝에 꽂은 검의 서슬 푸른 칼날을 의병 얼굴에 들이대며 희롱하는 중이었다. 포박당하지 않은 의병도 보였다. 역시 이민오 일당이었다. 이민오와 그를 돕는 셋은 따뜻한 물을 호호 불어 마시면서 포박당한 의병에게 불쌍한 시선을 보냈다. 이민오가 묶인 의병에게 다가와 무어라고 말을 걸었다. 의병이 이민오의 얼굴에 침을 뱉고 고래고래 욕을 퍼부었다. 이민오가 의병의 얼굴을 걷어찼다. 의병이 뒤로 자빠져 떼구루루 구르다 도랑에 얼굴을 쑤셔 박았다. 왜병이 걸어와 일으켜 세웠다.

관병은 보이지 않았다. 의병 셋을 나무에 묶었다. 나머지 의병은 무릎 꿇린 채 묶인 의병에게서 시선을 떼지 못하도록 협박당했다. 왜병이 묶인 의병 앞에 세 줄로 세워졌다. 장교가 소리를 버럭 질렀다. 오장이 다짜고짜 총검으로 의병의 복부를 깊숙하게 찌르는 것이 아닌가. 배가 갈린 의병이 고통의 비명을 질렀다. 선혈이 의병의 적삼을 발갛게 물들였다. 의병이 고통으로 숨을 할딱이고 선혈이 울컥울컥 흘러나와 바지를 적셨다. 오장이 물러나자 줄지어 섰던 왜병이 차례로 다가와 의병의 몸통에 총검을 찔렀다. 심대풍의 사지가 바르르 떨리는 처참한 상황이 벌어졌다. 눈도 가리지 않은 의병을 나무에 묶어 놓고 왜병이 차례로 총검술을 훈련하고 있는 것이었다. 총검에 찔린 의병이 숨을 거두었다. 대열 끝의 왜병까지 걸어 나와서 죽은 몸통에 총검을 찔러댔다. 무릎 꿇린 의병은 동료의 처참한 죽음을 바라보지 못하고 눈을 감았다. 오장이 무릎 꿇린 의병을 끌고 가더니 죽은 의병을 나무로 삼아 묶었다. 몸통이 찢겨져 창자가 흘러나오고 가슴팍이 벌집이 된 시체에 덧붙여 묶었다. 의병은 모든 것을 포기한 듯 담담하게 눈을 감았다. 의병이 의병가를 불렀다.

조선의 의병들은 애국으로 뭉쳤으니
고혼이 된들 무엇이 무서우랴.
의로 죽는 것은 대장부의 도리거늘
죽음으로 뭉쳤으니 죽음으로 충신 되자.

동료의 피를 몸에 적시며 피를 토하듯 의병가를 불렀다. 오장이 험악한 얼굴로 총검을 겨누었다. 장교가 소리 질러 멈추도록 했다. 장교는 의병가를 처음으로 들었다. 의병가를 끝까지 들어보고 죽이려는 의도로 오장을 멈추게 했다.

조선에 좀 벌레 같은 놈들아.

어디 가서 살 수 없어 오랑캐가 되었단 말인가.

오랑캐를 잡자하니 내 사람을 잡겠구나.

죽더라도 서러워하지 마라.

우리 의병 금수를 잡는 것이다.

우리 의병은 죽어서라도

너에게 복수를 할 것이니

그리 알고 우리 백성 괴롭히지 마라.

원수 오랑캐야.

의병의 눈에서 굵은 눈물이 뚝뚝 떨어졌다. 장교가 손짓하자 오장이 의병의 가슴에 총검을 박았다. 왜병이 차례로 나와 총검을 찔렀다.

우리 조선 사람들은 너를 살려 보내지 않고

분을 풀고 보내리라 오랑캐 이놈들아.

너 죽을 것을 모르고 왜 왔느냐.

네놈들을 우리가 못 잡으면 후손들도 못 잡으랴.

원수 같은 왜놈들아. 네 놈들 잡아다가

살을 베고 뼈를 갈라 조상님께 분을 푸세.

의병은 숨이 떨어지는 순간까지 의병가를 불렀다. 짐승도 차마 눈 뜨고 볼 수 없는 처참한 광경이 짧은 순간에 여섯의 목숨을 앗아갔다. 심대풍이 이민오의 표정을 바라보았다. 언젠가는 자신의 몸통도 저렇게 찢기고 갈라질 것임을 예감한 듯 낯빛이 까맣게 죽었다. 심대풍의 주먹이 후르르 떨었고 몸도 흔들렸다. 밟고 있던 돌이 미끄러지면서 심대풍이 아래로 굴러떨어졌다. 왜병과 눈이 마주쳤다. 심대풍이 도망가기 시작했고 왜병이 달려왔다. 이민오가 더 놀라 허둥거렸다. 이민오가 황급히 돌 뒤로 숨었다. 심대풍은 돌아보지 않고 뛰었다. 소백산 숲으로 도망치니 가파른 오르막이었다. 나무를 잡고 기어 올라갔다. 왜병이 총을 쏘았다. 나무에 총알 박히는 소리가 귓전에 들렸다. 돌에 부딪힌 무릎에 피가 흘렀고, 가지에 찔린 얼굴과 팔뚝이 따끔거렸다.

3

돌부처로 앉은 각시

덧옷이 까맣고 속에 받쳐 입은 것이 쌀가루처럼 하얗다. 나무로 사람을 깎아서 까맣고 하얀색을 칠한 목각인형으로 보였다. 목덜미로 하얀 옷깃이 드러났고 손목으로 하얀 옷소매가 드러났으며, 머리는 가르마를 타고 기름을 발라 넘겼으니 영락없이 가마에 구운 백자 인형이기도 했다.

창말을 익히 아는 듯 주저 없이 걸어왔다. 강바람이 맵찬 겨울이라 골목에 사람은 물론 강아지 그림자도 안 보였다. 골목으로 들어갔다가 머금었던 생각을 바꾼 듯 걸어 나왔다. 추수가 끝나고 짚동가리만 군데군데 쌓여있는 논으로 가로질러 갔다. 바람이 논 가운데에서 회오리로 솟아올랐다. 자라목으로 바람을 잠깐 피한 젊은이가 걸음을 멈춘 곳은 남한강 둔치였다. 추수 끝난 논바닥도 그랬거니와 억새밭도 을씨년스러웠다. 바람이 심술을 부려 젊은이의 양복 깃을 흔들었다. 가르마 탄 머리칼이 흩날리면 손바닥으로 매만져 흐트러지는 것을 용납하지 앉았다. 칼바람에 대항하는 표정이나 머리를 정돈하는 모습을 잠시 바라만 보아도 젊은이 성격을 짐작할 수 있었다.

젊은이는 강막실과 혼약한 박시만이었다.

박시만이 양복 안주머니에 손을 넣어 봉투를 꺼냈다. 봉투에 고종의 교지가 들어있었다. 교지를 봉투에서 꺼내다 멈추고 강 건너 먼 산을 바라보았다. 고개를 돌려 충주가 있는 남동쪽을 한참 응시했다. 남한강 상류의 물줄기가 계곡을 비집고 아슴아슴 머리를 감추었다. 둔치에서 바라본 남한강은 거대한 구렁이가 몸통을 꿈틀거리다 계곡에 머리를 감추고 있는 형상이었다. 정오가 지난 햇덩이가 파란 하늘에 떴다. 햇덩이는 남한강 굽이치는 강물에도 오롯하게 떴다. 박시만이 교지를 마저 꺼내 펼쳤다.

충주부 관찰사 다음 벼슬인 도사로 임명한다는 교지에 옥새가 발갛게 찍혔다.

창말로 갈까 머뭇거리다가 목계 병참으로 향했다.

"아나따가 사사끼 쇼군데스까?"

박시만이 다짜고짜 손을 쑥 내밀고 당신이 사사끼 대장이냐고 물었다.

"앗떼루케도 아나따와 다레데스까?"

조선사람 같아 보이는데 일본말이 유창하니 어리둥절해진 사사끼가 엉겁결에 누구냐고 물었다.

"박시만이오."

첫 인사를 나누어 웃을 만도 했는데 굳은 표정으로 어금니를 물었다.

"오호라. 경성 공사관 어르신과 친분이 있다던…?"

사사끼가 의자를 내밀었다. 장부 정리하던 왜병이 난로에서 끓는 물을 그릇에 따라왔다.

“거제도에서 올라온 유자차니 따끈할 때 드시오.”

거제도는 엄연하게 조선의 땅인데 일본의 섬인 것처럼 사사끼가 말했다. 박시만은 조선이 일본의 부속영토인 것처럼 말하는 사사끼가 거북스러워졌다. 졸병이 가져온 차를 탁자에 놓도록 손짓했다.

“장가를 간다고 들었소.”

심만옥에게 깨물려서 아물지 않은 입술로 사사끼가 말했다.

박시만은 사사끼가 내민 의자에 앉지 않고 사무실 내부를 둘러보았다. 거만하게 뒷짐도 쥐고 트림을 거억 뱉었다.

“본국의 내 아들이 벌써 소학교에 들어갔다는 연락을 받았소. 하하하.”

내가 너보다 열 살은 더 먹은 어른이다. 결혼도 하지 않은 사사끼가 거짓말을 했다.

“강막실을 감옥에 가두었다는 사실이 맞소?”

박시만이 의자를 난로 가까이 끌고 와 앉았다.

“작은 오해가 있었는데 바로 방면하였소. 가혹 행위는 조금도….”

“무슨 이유로 병참에 왔었는지를 알고 싶소.”

“당신에게 이롭지 않은 말을 정녕 듣고 싶소?”

“나는 강막실에 대한 사실을 알 권리가 있는 사람이오.”

사사끼가 심대풍에 대해 소상히 말했다. 심대풍을 잡기 위해 잠깐 소환했다고 변명했다.

“고맙소.”

사사끼가 장황한 설명을 끝내자 박시만이 차갑게 잘라 말했다.

“조선은 조혼의 미개한 풍습이 아직도 남아 있다 들었는데 일본의 문물을 배운 사람이라 역시 다르오.”

사사끼가 말끝에서 이죽이죽 웃었다.

"조선을 너무 경망스럽게 판단하지 마오."

박시만이 사사끼에게 일침을 놓고 병참에서 나오다 똥깐과 맞닥뜨렸다.

"이게 누구? 창말 사는 박시만이… 아녀…어? 어쩐지 날이 찢어지게 좋더라? 경성서 엄청나게 배웠다더니 낯짝이 빤들빤들한 것이 똑소리가 나는구먼?"

똥깐이 반갑다고 말을 걸었다.

"당신 누구요?"

박시만이 정색하고 물었다.

"따끈따끈한 거 머더냐. 아! 그려 신식을 잔뜩 배웠다는 박시만이가 나를 몰라보다니 섭섭하구먼?"

똥깐이 호들갑을 떨었다. 박시만이 차가운 시선으로 똥깐을 바라보았다. 아무리 살갑게 다가와도 받아줄 수 없는 똥깐의 꼬락서니였다. 머리는 작년 여름에 멱을 감은 후 물을 대지 않아 봉두난발이었다. 사사끼 앞잡이라 단발을 하였는데 묵정밭에 우거졌다가 태풍을 만난 쑥대처럼 일부는 눕고 일부는 곤두선 것이 정신 멀쩡한 사람으로 보아줄 수 없었다.

"부랄 빨갛게 달구서 멱을 감다가 둔치에서 두꺼비집도 만들고 했잖아? 내가 박시만이 자네보다 세 살이나 위니 내가 형님뻘이지? 나도 박가여. 창말 사는 박창호."

똥깐이 답답하다는 시늉으로 가슴을 치며 목소리를 길게 끌었다.

"당신 몰라."

박시만이 똥깐을 밀치고 걸어갔다.

"저런 싸가지라고는 모기간만도 못한 놈이 애간장에다가 맷돌을 깔끄럽게 돌리고 자빠졌네. 길 가다 쇠똥 밟고 돌멩이에 자빠져서 핏구멍이 마빡에 주먹덩이 만하게 뚫릴 노므 시끼."

똥깐이 침을 탁 뱉었다.

태양이 계명산 봉우리로 불쑥 떠올랐다. 창말에서 달마실로 가는 논둑길을 비칠비칠 걸어가는 사람이 있었다. 다섯 걸음 간신히 걸어놓고 몸체를 흔들다 겨우 몸을 끌고 갔다. 발을 헛디뎌 논두렁에 머리를 쑤셔 박기도 했다. 바르작거려 일어나 달마실로 몸을 끌고 갔다. 박시만에게 냉대를 받고 구옥정에서 밤새 술 퍼마신 똥깐이 알아듣지 못할 소리를 주절거리면서 달마실로 걸어갔다.

강막실 안마당에 대례청이 차려졌다. 버들개지 물오른 봄에 대사를 치르기로 했으나 박시만이 일찍 창말로 왔다. 박운정이 부랴부랴 날을 고쳐 잡아 달마실로 통보해서 대사가 급작스레 이루어졌다. 새벽부터 강창우가 설쳐댔다. 강주칠은 종가 어른이자 중매쟁이 강창우가 골골거리는 곁에서 잔심부름을 할 뿐이었다. 얼었던 땅이 녹으면서 질척해질까 볏짚이 땅 위에 흩뿌려지고 멍석이 깔렸다. 대례상이 멍석에 놓였다.

"닭 한 쌍을 보자기에 싸서 가져오게."

강창우 말에 강주칠이 수탉과 암탉을 청보자기 홍보자기에 싸서 대례상에 올렸다.

"자손을 열이고 스물이고 잔뜩 얻어 부귀하라고 놓는 것이다."

강창우가 신이 났다.

"생기가 부리부리한 한 쌍을 마주보게 놓으니 내외 평생 화락하겠지요?"

강주칠의 시선이 장미산으로 향했다. 경사스러운 날에 불경한 생각이 가슴으로 밀려왔다.

"청색 홍색 초를 쌍으로 밝히고. 소나무랑 대나무도 성깔 바리바리 한 놈으로 가져오게. 송죽같이 절개 있고 서슬 퍼런 잎사귀처럼 아무리 추워도 죽지 않고 변하지 말라는 바램이다."

밤 대추 곶감이 접시에 담아서 대례상에 올려졌다. 어포와 술잔도 놓였다. 쟁반에 수건 두 개와 물을 떠다 놓고 청실홍실을 늘였다.

"청실홍실 늘인 정이라고 말하지 않는가? 청실홍실 늘인 정으로 백년을 기약하는 것이다."

대례상을 바라보며 강창우가 흡족한 표정을 지었다. 심익수는 차마 강막실네 집으로 들어갈 수 없었다. 가족이 죽고 집이 불탄 불경한 신세가 경사에 부정될까 조심했다.

똥깐이 사립문에 떡 버티고 서 있는 것을 강창우가 먼저 보았다. 창말에서 이십 분이면 올 수 있는 거리를 한 시간 넘게 비틀거려 왔다. 밤새 마신 술이 깨지 않아 두 다리로 뻗대고서 몸을 비틀비틀 흔들었다. 머리칼이 봉두난발이었고 왜병군화는 어디다 버렸는지 버선발이었다. 개씨바리가 누렇게 돋은 눈으로 대례상을 간신히 바라보았다.

"호랑이는 무엇을 먹고사는지 몰라. 저놈이 사지 멀쩡하게 걸어 다니고 있으니 조선 팔도 호랑이 모두 굶어 죽었나 봐."

강창우가 혀를 찼다.

"건들면 벌집에 작대기 꽂은 것처럼 앵앵거리면서 소리 지를 겁니다."

강주칠은 똥깐이 무섭지 않았다. 사위 될 박시만이 병참에 들러 사사끼를 만났다는 소문을 들었다. 사사끼도 함부로 못하는 사위를 맞으니 똥깐이 아니라 누구도 무섭지 않았다.

"간신히 서 있는 꼬락서니를 보아하니 술 한 잔 더 먹이면 도랑에 빠져 종일 인사불성일 테니 괜한 걱정 말자고."

누군가 창말로 데려다주지 않으면 도랑이고 두엄더미고 쓰러져 인사불성이 될 판이었다. 똥깐이 비틀비틀 두어 걸음 놓다가 얼굴을 땅바닥에 찧고 고꾸라졌다. 어이쿠 소리를 동시에 내면서 웃었다. 똥깐이 팔다리를 바르작거려 일어나려 했으나 허사였다. 사지를 쭉 뻗고 코를 골아대기 시작했다. 강주칠과 강창우가 질질 끌어 골목 밖 논두렁에 엎어 놓았다. 창말에서 가마를 앞세워 오던 상객과 신랑이 논두렁에 엎어진 똥깐을 보았다. 아이들이 막대기로 똥깐의 옆구리를 쿡쿡 찔렀다.

"신랑은 칠보단장하고 있는 각시 집만 똑바로 보고 가시오."

신랑이 부정 탈까 똥깐을 보지 못하도록 했다.

"각시 집에 아뢰오. 신랑이 달마실로 오고 있다는 기별입니다."

사립문 밖에서 외치는 소리가 들렸다. 근동 사람이 신랑의 모습을 기대하며 술렁였다. 대례를 준비하는 손길이 분주해졌다.

"각시는 칠보단장을 다하였는가? 신랑이 달마실에 왔다는 기별이네."

강창우가 안방에 소리 질렀다. 용포댁이 강막실의 머리를 땋아 올리고 분홍치마에 노랑저고리 입히고 족두리 씌우고 댕기 달고 월연지 붙였다. 달마실 할멈들이 둘러앉았다. 강막실이 부끄러워 벽으로 돌아앉았다.

신랑이 달마실에 도착했다. 상객과 후행과 소동 둘을 대동하고 정방에 들었다. 정방은 가장 가깝다는 집에 차리는 것이 통례였다. 심익수가 불탄 안채를 정리했다. 심만옥이 쓸고 닦아낸 사랑채에 정방이 차려졌다. 신랑이 각시 집을 지나지 않는 집이라야 했기 때문에 심익수 사랑채가 맞춤이었다. 신랑의 허기를 재울 음식상이 마련되었다. 간단히 요기한 신랑이 사모관대 하고 각시 집으로 걸어갔다.

"자네는 생각하는 것이 왜놈 난쟁이 똥자루만도 못한가?"

강창우가 꾸짖었다. 갑자기 돌변해 꾸짖는 이유를 강주칠은 알지 못했다.

"정방 차릴 곳이 심가 집 말고 없던가? 달마실에 심가네만 있느냔 말이여. 마당에서 사람이 죽어 나갔고 집은 불타서 부정이 깔린 곳인데 정방을 덜컥 두다니. 아무리 조카지만 자네 처신이 볼썽사납구먼?"

강창우가 못마땅해 혀를 찼다. 각시가 흠모했던 심대풍의 방에 정방을 차렸다고 화가 난 거였다.

사립문 앞 길목에 짚을 깔고 불을 놓았다. 액막이 짚불이 타올랐다. 신랑이 짚불을 성큼 넘어섰다. 신랑이 달고 온 부정을 씻어낸다는 통과의례였다.

"상객 들어온다."

사립문 밖에서 소리가 들렸다. 강주칠이 먼저 영접했다. 각시를 태워 갈 가마를 앞세워 신랑이 들어왔다.

용포댁이 버선발로 뛰어나와 사위를 처음 보니 외모 준수했다. 가슴을 억눌렀던 무거운 그림자가 한순간에 장미산으로 훨훨 날아갔다. 신랑의 키가 훤칠했다. 눈썹 끝이 곤두서 매섭다는 느낌도 들었다. 신랑이 고개를 빳빳하게 들고 주변을 둘러봤다. 종가 어른이 잔뜩 몰려왔으나 신랑은 혼례 절을 중하게 여겼기 때문에 누구에게도 허리 굽히지 않았다. 대례자리와 별도로 멍석을 깔아 병풍을 세우고 전안상을 놓았다. 신랑이 전안상으로 걸어가 무릎 꿇고 기러기를 놓은 다음 네 번 절했다. 용포댁이 기러기를 치마로 받아들고 각시가 있는 안방으로 던졌다. 방바닥에 던져진 기러기가 눕혀지지 않고 오뚝 앉았다. 사람들이 박수하며 환호했다. 기러기가 누우면 첫 딸을 낳는다는 말을 들어왔다. 전안지례는 기러기와 같이 의리를 지키겠다는 서약이었다. 신랑이 대례상으로 안내되어 동쪽에 섰다. 원삼을 입은 각시가 한삼을 팔에 걸어 얼굴을 가린 채 수모의 부축을 받아 신랑과 마주 섰다. 각시가 먼저 두 번 절하고 답례로 신랑이 한번 절했다. 교배지례가 끝났다. 대례상의 술이 각시에게 건네어졌다. 각시가 잔을 입에 슬쩍 붙였다 내밀자 신랑이 받아 마셨다. 답례로 신랑이 술을 따라 입에 대었다가 각시에게 건네어졌다. 각시가 술잔에 입을 댔다가 물렸다. 셋째 잔은 서로 교환하여 마셨다. 합근지례가 끝났다. 각시가 안방으로 들어가고 신랑은 사랑방으로 안내되었다. 신랑이 사모관대를 벗고 장모가 만든 두루마기로 갈아입었다. 잔치 음식이 가득한 주안상이 들어왔다. 신랑은 먹는 시늉만 하고 손을 거두었다. 음식은 시댁으로 가기 위해 광주리에 담았다.

정방이 차려졌던 사랑채에 심익수와 강주칠이 술상을 두고 마주 앉았다. 막걸릿잔을 들면서 강주칠이 어색하게 웃으면 심익수도 어색한 웃음으로 화답했다. 둘은 그렇게 말을 삼키면서 서로의 빈 잔을 채워주며 막걸리를 마셨다. 강주칠의 얼굴에 벌건 술기운이 돋았다. 심익수는 목구멍까지 출렁이도록 막걸리를 마셔도 취하지 않았다. 시중드는 심만옥이 조마조마하게 둘을 지켜보았다. 심대곤은 부엌에서 막걸리를 대접으로 마시고 어디론가 사라졌다. 장미산에 올라갔거나 목계 강바람을 맞으러 나루터에 나갔을 것이라고 심만옥은 짐작했다.

"고맙네."

눈자위에 술기운이 발갛게 번진 강주칠이 먼저 말했다.

"외동딸 내놓는 날에 이웃이면서도 크게 도와주지 못하여 민망한 노릇이네."

침묵하던 심익수가 화답했다.

"만옥이도 짝을 지워줘야 하지 않겠나?"

강주칠이 윗목에서 다소곳한 심만옥을 바라보았다.

"동갑내기로 이웃하여 오물조물 자랐는데 막실이 시집을 갔으니 만옥이도 짝을 만나야겠지."

심익수는 표정이 밝지 않았다.

"아버님. 전 시집 안 가요."

심만옥이 얼굴을 발갛게 붉혔다.

"인물이 훤칠하고 배움도 출중한 사위를 얻었으니 자네는 외동딸 고이 키운 보람이 있어."

심익수는 대례청에서 본 강주칠의 사위를 떠올렸다.

"고맙네."

강주칠은 사위가 출중하다는 말을 사양하지 않고 받아들였다. 심익수가 숨을 길게 내쉬었다. 강주칠이 대접에 찰랑한 막걸리를 마셨다.

"자네…혹여…대풍이 소문 들은 거 있는가?"

강주칠이 조심스럽게 물었다.

"죽은 자식 소식을 들어서 뭣하나?"

심익수가 대접에 든 홧술을 벌컥 들이켰다.

"대풍이가 살아 있다는 소문이 돌고 있다네."

강주칠의 표정이 사뭇 진지해졌다.

"자네 귓구멍에다 헛소문을 담았구먼?"

심익수가 빈 대접에 막걸리를 콸콸 담았다.

"귀동냥이지만 소문이 돌고 있다네."

"헛소문인 게야. 죽었다는 자식이 살았다는 소문을 달가워하지 않는 부모가 어디 있겠나. 멀쩡한 형을 죽었다고 말하는 동생이 어디 있겠는가. 살아 있는 형을 죽었다고 부모에게 거짓을 고할 자식이 어디에 있단 말인가."

듣고만 있던 심만옥이 옷고름으로 눈물을 찍었다.

"주칠이 있는가?"

마당에서 강창우의 목소리가 들렸다. 강주칠은 강창우가 부르고 있음을 알면서 대답하지 않았다.

"주칠이 나 좀 잠깐 보세."

강창우의 목소리가 또 들렸다. 강주칠이 방문을 열자 마당에 선 강창우 얼굴이 일그러졌다. 술이 거나해진 강주칠이 비틀거렸다. 어험. 강창우가 몸을 휙 돌려 사립문으로 나갔다. 강주칠이 신발을 꿰어 신고 뒤뚱 따라 나갔다.

"자네는 생각이 그렇게도 짧은가?"

사립문 밖에서 강창우가 대뜸 나무랐다.

"생각이 짧다니요?"

강주칠이 발개진 눈알을 끔벅거려 반문했다.

"심가네랑 가까이 말라고 예전부터 일침을 놓았을 텐데 그새 잊었는가?"

강주칠은 강창우가 왜 못마땅해하는지 알아차렸다.

"딸자식 혼인날 막역한 친구랑 술잔 나눔이 잘못인가요?"

공교롭게도 강주칠이 말을 하면서 꺼억 술 트림을 뱉었다.

"주칠이 자네 이러다가 큰 사달을 내겠네. 심가네 아들이 왜병 죽인 것을 벌써 까먹었는가?"

강창우가 얼굴을 잔뜩 찌푸리고서 성질을 버럭 냈다.

"죽을 짓을 했으니 죽었지요. 심가 안사람이 왜병에게 죽은 사실은 왜 말씀하지 않는가요?"

강주칠의 몸이 뒤뚱 흔들렸다.

"이 사람. 정말로 큰 사달을 내겠군? 자네 하나 때문에 문중이 어지러워지겠어?"

강창우가 뒷짐 지고 돌아서서 쯧쯧 혀를 찼다.

"왜놈이 백성을 고역스럽게 한 사실을 종가 어르신은 모르신답디까?"

강주칠이 강창우 앞으로 걸어와 말했다.

"자네 술이 과하구먼?"

"외동딸 애지중지 키워서 여의는 날이라 술 한잔했습니다. 잘못입니까?"

"재차 일러둡세. 심가네랑은 아예 정을 끊고 살게나. 자네 한 사람 때문에 문중이 치도곤당하는 불상사 보고 싶지 않네. 내 말 가슴에 꼭 새겨두게나."

강창우가 종종걸음으로 골목에서 나갔다. 강주칠은 담벼락에 손을 얹고 흔들거리는 몸을 지탱했다. 가슴이 울컥해졌다. 으엉으엉 울고 싶었다. 사위의 겉모습을 보아서는 외동딸이 시집은 잘 갔다고 생각했다. 심익수와 술잔을 나누고서 막막하게 애상스러워지는 자신을 가눌 수 없었다.

강주칠이 마시던 술대접을 바라보는 심익수도 설움이 북받치기는 마찬가지였다. 심만옥이 곁에 있어 어금니를 물고 참았다.

사사끼 총에 절명한 여주댁 무덤. 잔설이 하얗게 굳은 봉분에 심대곤이 엎드려 있었다. 언 땅을 파고 급히 만든 봉분이 을씨년스러웠다. 혜원 스님이 법당에 정좌하여 염주를 굴렸다. 칼바람 소리 간간한 산중에 시간이 무심하게 흘러갔다. 혜원 스님이 법당에서 나와 무덤으로 갔다. 혜원 스님의 기척에도 심대곤은 엎드려 있었다. 혜원 스님이 갑자기 빠른 걸음으로 걸어가 심대곤 어깨를 흔들었다. 얼굴을 언 땅에 엎고 울던 심대곤이 일어나 머리를 조아렸다.

"삶과 죽음의 경계가 아득하게 멀다고 생각들 하지만 저승의 문턱이 허망할 정도로 가까이 있다네. 자다가 저승으로 가는 사람이 있고, 사립문 나가다가 저승으로 가는 사람도 있지. 삶과 죽음의 경계가 한 발짝도 안 되는 곳에 있다는 뜻이야. 그렇게 가까이 있다고 함부로 넘어서는 아니 될뿐더러 부처님의 뜻이 아니면 넘을 수도 없는 것이야."

몸이 얼고 입술이 파란 심대곤을 혜원 스님이 요사채로 데려갔다.

"막실이 오늘 혼인했습니다."

심대곤이 울먹였다. 혜원 스님이 고개를 끄덕였다.

"형수가 될 줄 알았던 막실이 시집을 갔습니다. 세상이 이럴 수가 있습니까?"

심대곤이 기어코 흐느꼈다.

"세상이 어떠하기에 젊은이가 눈물을 보이는 것이오?"

혜원 스님이 심대곤의 눈물을 보고도 잔잔하게 웃었다.

"스님은 왜놈의 패륜 횡포를 모르시고 말씀을 그리 하십니까? 스님은 병참에 불려가 수모를 당한 적이 있지 않습니까?"

심대곤이 울부짖으며 물었다.

"이승에 있지 않은 사람에게 집착하지 마시오. 산 자가 죽은 자에게 연을 끊지 못하고 살아 움직이는 생물체로서 중심을 잡지 못한다면 그 또한 죽은 자와 다를 게 무엇이 있겠소? 죽은 자와 연을 끊지 못하는 몽중의 처신으로는 아무 일도 할 수가 없소. 죽은 자에게 연연하지 말고 갈 길이나 바삐 가시오."

혜원 스님이 웃음을 싹 거두고 단호하게 합장했다.

삼삼오오 앉아 술과 음식으로 왁자지껄하던 하객이 돌아갔다. 강창우는 술에 취해 누군가에 업혀 창말로 갔다. 신랑 하객도 창말로 돌아갔다. 장미산에서 어둠이 부슬부슬 내려와 달마실을 서서히 껴안았다.

신방에 주안상이 차려졌다.

박시만이 주춤 서 있는 강막실 치맛자락을 잡았다. 강막실은 부끄러워 고개를 돌렸다.

"앉으세요."

박시만이 치맛자락을 당겼다. 강막실이 박시만 곁에 쓰러지듯 앉았다.

"부인 말씀은 가문 어른께 많이 들었소. 참하고 조신한 처녀라는 말씀 귀가 닳도록 들었어요."

박시만의 음색이 맑았다. 말마디에서 신식 물이 뚝뚝 떨어졌다. 낱말 하나하나를 건네주듯 또박또박한 말씨에 강막실이 얼굴을 붉혔다.

"나는 신식 공부를 많이 했고, 서양 여러 문물을 많이 보기도 했고, 서양 사람과 얘기도 나누었고 아울러 신식을 배운 사람과도 사귀었는데 그중에는 부인 같은 또래의 여자도 있었소."

강막실 가슴이 철렁했다. 귓불로 달아오르던 열기가 싸늘하게 식었다.

"일부종사 전통이 있는 가문 자손으로 오늘 부인과 만인 앞에 백년가약 맺었소. 술 한 잔 주시지 않겠소?"

박시만이 잔을 들었고 강막실이 주전자로 손을 내밀었다. 박시만을 바라보지 않고는 술을 따를 수 없었다. 강막실이 어깨를 돌려 술잔을 겨우 바라보았다.

"음식을 권하면서 얼굴을 보지 않는 것은 예법에 어긋나는 것이오."

박시만이 잔을 상에 놓았다. 강막실은 서방의 얼굴을 처음 바라보았다. 주전자에서 술이 움찔 흘러나왔다. 술이 박시만 소매로 떨어졌다.

"허허허."

박시만이 잔을 다시 내밀고 웃었다. 강막실은 귓불이 확확 달아올라서 찔끔찔끔 술잔을 채웠다.

"부인도 한잔 받으시오."

박시만이 술잔을 상에 가만히 놓고 잔을 강막실에게 내밀었다.

"전 술 못 해…요."

강막실이 떠듬떠듬 말했다.

"여인네가 술을 못하는 것은 흠도 자랑도 아니요. 오늘은 날이 날인만큼 한잔 받으시오."

박시만이 저고리 밑에 숨긴 강막실 손을 끌어다 잔을 쥐여 주었다. 손이 바들바들 떨렸다. 박시만이 강막실 소매를 잡아 겸상하여 마주 앉게 했다. 강막실이 대담하게 박시만을 바라봤다. 박시만도 강막실의 까만 눈동자를 보고 흡족하게 웃었다.

"혼인 첫날 서방님 면전에서 어찌 술을 마실 수 있겠습니까?"

"합환주를 마시는 것이오."

박시만이 술잔을 들었다.

"감히 마주할 수 없습니다."

"앞으로 매일 이러자는 것도 아니니 한 잔 드세요."

박시만이 강막실 손에 술잔을 쥐여 주었다.

"그럼 먼저 드십시오."

강막실이 한사코 같이 마시기를 거절하고 박시만이 먼저 마셨다.

"이젠 부인 차례요."

강막실은 거절하지 못하고 몸을 돌려 천천히 마셨다. 처음 마시는 술이라 가시가 목젖을 긁고 넘어가는 느낌이었다. 가슴은 꿀물을 마신 듯 콩닥거렸다. 박시만이 일어나서 족두리를 벗기고 예복을 벗겼다. 문밖에서 기척이 들렸다. 강막실이 부끄러워 몸을 옹송그렸다.

"아직 초저녁인데 벌써 신방을 지키려 하시오? 하하하."

박시만이 의연하게 웃었다.

"부끄러워 마시오. 문밖에 계신 분들이 우릴 흉보고자 하는 것이 아니라 우릴 축복하고 지켜주기 위해 이 추운 날씨에도 저 고생을 하고 있는 것이랍니다."

바람이 사립문을 흔들었다. 누군가 몸을 떨다 에취– 기침을 토했다. 킥킥 웃는 소리도 났다.

"날이 무척 사납소. 고생하지 말고 차라리 이리 들어오시지요?"

박시만이 여유 있는 농을 던졌다.

"누구는 거시기가 찢어지게 좋겠구먼?"

술에 취해 논두렁에 잠들었던 똥깐이 나타났다. 창호지에 눈구멍 내고 신방을 엿보던 동네 아낙이 슬금슬금 사립문 밖으로 꽁무니를 뺐다. 똥깐이 혼자 마당에 덜렁 남았다. 신방 아궁이에서 발갛게 타던 장작이 스러지는 소리를 냈다. 똥깐이 아궁이와 마주 앉아 궐련을 입에 물었다.

"경성에서는 건배를 하면서 술을 마신답니다. 잔을 이리 내미시오."

박시만이 잔을 부딪혔다. 문밖에 똥깐이 나타났음을 안 강막실 표정이 어두워졌다.

"첫날 인연의 밤을 잠으로만 허비하겠소? 우리 내외는 밤새워 돈독하게 정담 나눕시다."

똥깐이 듣도록 큰 소리로 박시만이 말했다.

"한잔 더 올릴까요?"

강막실이 박시만의 의도를 알고 수줍게 웃었다.

"술맛이 금강산 상탕 물보다 더 맛깔스럽구려."

강막실이 술잔을 채웠다. 박시만이 호탕하게 웃었다. 강막실도 일부러 소리 내어 웃었다.

"지랄 떨구 자빠졌네. 머? 한잔 듭시다? 원앙금침 깔았으면 할 짓이나 얼른 할 것이지?"

똥깐이 사그라지는 불심을 뒤집으며 악담을 퍼부었다. 허허허. 박시만이 웃었다. 강막실은 똥깐이 무슨 짓을 할지 몰라 가슴이 조마조마했다.

"단물 쪽쪽 나온다고 급하게 하다가는 홀랑 벗고 황천길 가기 십상이지."

똥깐이 터벅터벅 걸어나갔다. 사방이 고요해졌다. 바람에 나뭇가지가 흔들렸다. 신방에 침묵이 흘렀다.

"박 서방. 날세."

용포댁이 밖에서 박시만을 불렀다.

"예. 장모님."

박시만이 공손하게 대답했다.

"불 끌 때는 입으로 후 불어서 끄지 말고 신랑 옷깃으로 바람을 내어 꺼야 한다네?"

첫날밤 신방 촛불은 신랑이 옷깃을 흔들어 꺼야 평생 복이 깃든다는 것을 박시만이 모를까, 신방에 불이 꺼지지 않자 불안해진 용포댁이 한마디 던졌다.

"알아 뫼시겠습니다."

박시만이 은은하게 웃었다. 용포댁이 안방으로 들어갔다.

"내 말 잘 들으세요. 부인."

박시만이 강막실을 다가앉도록 했다.

"경성에서 오 년 넘게 공부했습니다. 일본에도 다녀왔고…."

"배우지 못한 제가 어찌 받들어 모셔야 할지 걱정이 태산입니다."

한글 간신히 깨우친 몸으로 신식 문물 익힌 서방님을 어떻게 내조한단 말인가. 느닷없는 강창우의 닦달로 박시만을 알고부터 가슴에 묻어둔 고민이었다.

"부인은 나와 낮에 혼인의 예를 갖춘 분이요. 부언하자면 부인은 나의 정실일뿐더러 박시만의 조강지처입니다."

얼굴이 붉어진 강막실이 고개를 조아렸다.

"그런데…."

박시만이 말을 끊고 술을 마셨다.

뜻 모를 불안감이 강막실 가슴으로 밀려왔다

"경성에서 사람을 여럿 사귀었소. 물론 그중에는 여자도 있소."

강막실이 입술을 깨물었다.

"나를 사모하는 분도 있소…. 사실대로 말하리다. 우린 서로 사모하는 관계요. 부모님이 강씨 문중 어른과 약조를 하시고서 저의 의견도 묻지 않고 혼처를 정한 것이오."

강막실이 박시만을 당돌하게 응시했다. 박시만도 눈길을 피하지 않았다. 지금 말하고 있는 내용이 진실임을 심어 주기 위함이었다.

"바삐 내려오느라 그 여인과의 매듭을 미루고 왔소."

"그분은 서방님의 혼인을 알고 있나요?"

강막실이 물었다.

"알지 못하오. 신식 물에 젖은 사람이라 어느 곳이던지 자유롭게 오고 가는 사람이요. 어느 날 창말로 불쑥 내려올지도 모르는 일이오. 해서 내가 이렇게 부인에게 미리 말을 하는 것이오."

강막실은 앞이 캄캄했다. 눈을 크게 뜨고 박시만을 보니 의연한 자세 그대로였다. 술 몇 잔으로 흐트러진 자세가 아니었다. 술 취한 헛소리가 아님에 강막실은 더 괴로웠다.

"신식여자가 내려오면 어찌하실 참인지요?"

강막실이 떨리는 음색으로 물었다.

"조금 전에 말했지만, 부인은 나와 혼인한 정실부인이오."

"그 여인을 사모했다고 말씀하셨잖아요?"

"지금도 그렇소. 그래서 부인에게 털어놓는 것이오."

"마음속에나 담아 두실 일이지 제게 말씀하시는 연유가 무엇입니까?"

"부인은 내 조강지처가 됐소. 조강지처에게 불순한 것을 숨기는 것은 옳은 일이 아니라고 생각하오. 부인에게 털어놓고 차후에 신중하게 매듭지을 것이오."

"차라리 제가 모르게 매듭을 짓는 것이 옳지 않은가요?"

"그 여잔 신식 물을 먹어서 어디든 달려오고 달려갈 사람이라고 말했잖소? 내일이라도 달려올 여자란 말이오. 부인에게 숨기는 것이 도리가 아니라는 판단을 했소."

박시만이 술 주전자를 들었다.

"제가 올리겠습니다."

강막실이 손 내밀어 주전자를 잡았다. 둘의 시선이 맞닿았다.

"손이 참 곱소. 마음도 그러하다는 소문 들었습니다."

바람이 문풍지에서 울었다. 강막실의 속도 울고 있었다. 긴장을 늦추면 울음이 터질 것 같았다. 어금니를 물고 박시만을 바라보았다. 박시만은 잠자코 술을 마셨다. 고요하고 적막한 시간이 흘렀다. 족두리와 예복만 벗은 강막실이 돌부처로 앉았다. 박시만이 꼿꼿하게 앉아 술을 거푸 마셨다.

용포댁과 강주칠이 호롱불을 껐다지만 신경은 신방에 닿아 있었다.
"자정이 넘었는데 등불이 안 꺼졌어요."
용포댁이 강주칠 귓전에 소곤거렸다.
"잠이나 자요. 대사 치르느라 힘들었잖아."
초야에 들었을 시각에 등불이 꺼지지 않았다. 도란도란하던 소리가 들리지 않았다. 가슴에 맷돌을 얹은 듯 답답했다.
"사위가 사립문으로 썩 들어올 적 생각나우? 믿음직하지요?"
용포댁이 강주칠 옆구리를 흔들었다. 강주칠이 끄응 돌아누웠다.
"잠이나 자요."
강주칠이 시퉁스럽게 뱉었다. 안방에도 신방처럼 적막이 감돌았다. 바람 소리가 잦아들었다. 멀리서 개 짖는 소리가 들렸다. 창호지로 스며드는 신방 등불이 꺼지기 전까지는 잠을 이룰 수 없다는 예감을 안고 그저 누워 있었다. 방바닥의 온기가 밋밋하게 식었다.
"방바닥이 식었어요. 사랑방에 군불 좀 넣고 와요."
용포댁이 강주칠 옆구리를 찔렀다.
"주책없는 소리 작작하고 잠이나 자랬잖아?"
강주칠이 신경질적으로 대꾸했다.
"사랑방은 웃풍이 있어 콧등이 쌀랑할 텐데?"
"방 안이 환한데 부스럭거리란 말이야?"

강주칠은 사랑방에 등불이 꺼지면 살며시 나가 아궁이에 군불을 넣어줄 요량이었다. 등불이 꺼지기는커녕 도란도란 말소리가 끊이지 않았다.

“자리에 누우시오.”

박시만이 꼿꼿이 앉아 강막실에게 잠자리에 들것을 권했다.

“서방님은 어쩌시렵니까?”

“난 좀 더 있다 눕겠소.”

“혼인 첫날 서방님이 앉아 계신데 제가 어찌 몸을 펴겠습니까?”

“이대로 더 앉아 있고 싶소. 마음 쓰지 말고 어서 누우시오.”

“당치 않은 말씀이십니다. 여자의 몸으로 이러한 말씀을 드림이 부끄럽고 창피한 일이나 여쭙겠습니다.”

“괜찮소. 말해 보시오.”

“양측 종가 어른 모시고 대례 치렀으니 서방님은 신랑이고 저는 각시인 것이 당연하지 않습니까? 이날이 가기 전에 부부의 정을 나누고 날이 밝으면 지아비가 되고 지어미가 되는 것 또한 당연한 일이지 않습니까? 서방님이 침수에 들기를 거부함은 이 몸의 지아비를 주저하고 있음이라 생각하여 부끄럽기 한이 없지만, 감히 여쭙는 것입니다.”

강막실의 차분함에 박시만이 고개 돌려 한숨을 쉬었다.

“서방님도 아시겠지만, 이 몸은 벌써 박씨 가문으로부터 청홍 재단과 패물이 든 함을 받아들였습니다. 이는 한 여자로서 박씨 가문의 서방님을 섬기고 살겠다는 일부종사의 절개를 각오한 것입니다. 각오한 절개를 거절하심은 이 몸에게 자결을 원하는 것이나 다름이 없음으로 생각이 되오니 이 몸의 자그만 심정으로는 감히 감당하기가 태산과 같습니다."

"부인 심정 알고 있소. 초저녁에도 말했지만 내게는 아직 정리하지 못한 불미스런 관계가 있소."

"경성에 두고 온 여인 때문에 침소를 주저하시는 것입니까?"

"그렇소."

"상객 앞세워 대례청에 납시지 말고 혼약을 파했어야 옳은 행동이 아니었는지요?"

"내 말은 그런 뜻이 아니오. 남겨두고 온 매듭을 짓고서 부인을 받아들일 참이오."

박시만이 또 한숨을 지었다.

"내 말 잘 들으시오. 부인은 나와 백년가약을 맺은 조강지처요. 부인을 만나고 보니 마음씨가 아름답다는 것을 한눈에 알았소. 아름답고 순결한 부인에게 내 어찌 함부로 다가가겠소. 경성에서 있었던 일을 모두 매듭짓고 부인에게 기꺼이 다가가겠소. 이런 내 심정을 아량으로 이해하시고 몇 날만 기다려 주시오."

"외동딸 하나만 믿고 살아오신 부모님이 지금 어찌 잠에 들었겠습니까? 신방에 등불이 꺼지지 않으니 아마도 한숨으로 날밤을 지새울 게 분명합니다."

"그럼 내가 불을 끄리다. 자리에 누우시오."

"서방님도 자리에 누우셔야 합니다."

박시만이 옷자락을 펄럭여 불을 껐다. 어둠이 삽시간에 들어찼다. 불은 꺼졌으나 둘은 앉아 있는 상태였다.

"어서 누우세요."

박시만이 재촉했다.

"서방님이 자리에 드세요. 제가 이렇게 있겠습니다."

강막실이 고집부렸다. 박시만이 저고리를 입은 채 자리에 누웠다.

"이리로 오시오."

침침히 앉아 있는 강막실을 박시만이 잡아당겼다. 강막실이 이끌려 박시만 옆에 누웠다.

"손 이리 주세요."

박시만이 강막실 손을 꼬옥 쥐었다.

"오늘은 이렇게 우리의 가약을 맺읍시다."

강주칠이 신방 아궁이에 장작을 넣고 군불을 지폈다. 박시만에게 손은 잡혀 있으나 잠을 이루지 못하는 강막실이 군불 지피는 기척을 들으면서 눈물을 흘렸다. 방이 조금씩 데워지면서 눈물이 베갯잇을 적셨다.

심익수는 밑동 잘린 통나무처럼 쓰러져 잠들었다. 심만옥이 옷고름으로 눈물을 찍어냈다. 똥깐이 마당으로 들어왔다. 살금살금 문설주에 귀를 댔다. 코 고는 소리와 흐느끼는 소리가 들렸다. 문틈으로 보니 심익수가 잠들었고 호롱불에 마주 앉은 심만옥이 훌쩍거리고 있었다.

"어느 년은 가랑이가 찢어지게 좋아 죽겠고, 어느 년은 질질 짜고. 세상 참 더럽다."

똥깐이 투덜거렸다. 심만옥이 겁에 질려 토끼 눈알이 됐다.

"장미산 소쩍새가 우는 줄 알았더니 만옥이 잠 못 드는 소리였구먼?"

똥깐이 마루에 걸터앉았다.

"밤 깊었는데 무슨 일이세요?"

"막실이는 사타구니가 흠뻑 젖어 아리랑 고개를 넘어가는데 만옥이 소쩍소쩍 울고 있으니 내가 어찌 이 잠을 잘 수 있을까?"

심익수가 술에 취했음을 간파한 똥깐이 노골적으로 이죽거렸다.

"돌아가세요."

심만옥의 목소리가 떨렸다.

"만옥이가 막실이보다 못한 게 모기 간뎅이만큼도 없는데. 만옥이 소쩍새여? 밤중에 소쩍소쩍 울어서 길 가는 사람 가슴 찢어지게 하는 거여? 만옥이 열여덟이지? 막실이도 열여덟이고. 막실이는 경성에서 온 싸가지 없는 놈에게 작신 깔려가지고 아리랑 고개를 깔딱깔딱 넘고 있는데 만옥이 무슨 죄가 있다고 밤중에 찔찔 짜고 있는 것이여?"

똥깐이 문고리를 덜그럭 잡았다. 심만옥이 얼른 일어나 문고리를 걸었다.

"만옥이 나 좀 보자고. 말 좀 들어 줘."

똥깐이 달그락달그락 문고리를 잡아당겨 애원했다. 왼손은 바지춤에 손을 찔러 넣어 성난 것을 만지작거렸다. 심익수가 인사불성이 되었다. 문고리가 벗겨지면 방에 들어가 겁간할 태세였다. 마침 장미산에서 내려온 심대곤이 똥깐을 보았다.

"똥깐이 너 이놈!"

심대곤이 두엄더미에서 쇠스랑을 뽑아 들었다. 똥깐이 화들짝 놀라 사립문으로 도망쳤다.

"망나니만도 못한 짓 하다가 내 손에 걸리면 작신 맞아 뒈질 날이 올 것이다."

심대곤이 쇠스랑을 겨누고 사립문으로 걸어갔다.

"어차피 처남 매부 사이가 될 텐데 너무 그러지 말자고."

똥깐이 심대곤의 속을 뒤집는 말을 뱉어 놓고 후다닥 도망갔다.

"오빠."

심대곤이 방에 들어가자 심만옥이 울음을 훅 터뜨렸다.

"대풍 오빠가 불쌍해. 빈집에서 얼어 죽었다니. 못 먹고 배고픈 몸으로 쓰러져 잠들었다가 변을 당한 게 분명해. 대풍 오빠가 너무 불쌍해"

심만옥이 가슴에 묻었던 응어리를 토하며 흐느꼈다.

"너무 슬퍼하지 마."

"대풍 오빠가 불쌍해서 저절로 울음이 나와. 대풍 오빠는 춥고 배곯아서 땅속에 묻혀있는데 막실이는 지금 신랑하고 신방에 들었어. 낮에 막실이 혼례 치르는데 대풍 오빠가 너무 억울한 생각이 자꾸 들어서 울음을 간신히 참았어."

"형은 죽지 않았어."

심대곤이 비장한 표정으로 낮게 말했다. 심만옥이 울음을 뚝 끊었다. 심대곤이 심만옥의 어깨를 잡고 술에 취해 곯아떨어진 심익수를 살폈다.

"무슨 소리야? 대풍 오빠가 죽지 않았다니?"

심만옥이 바짝 다가앉았다.

"그래. 형은 지금 살아 있어."

"오빠가 살아 있다고? 나 속이는 거 아니지?"

심대곤이 주변을 경계하면서 고개를 끄덕였다. 심만옥이 또 엉엉 울었다. 슬퍼서가 아니라 너무 기뻐서 쏟아내는 눈물이었다. 심대곤이 자초지종을 낮은 목소리로 말했다. 심만옥은 눈물을 주먹으로 훔치면서 고개를 끄덕였다.

"아버님께는 아직 말씀드리지 마. 감정이 격해지셔서 일을 그르칠 수도 있어."

"알았어. 오빠가 살아만 있다면 내 목숨이 끊어져도 나만 알고 있을 테니까."

"아버지를 모시고 떠나야 해. 놈들이 찾아내지 못하는 곳에 숨어 있어야 해."

"여길 쉽게 떠나지 않으실 텐데."

"떠나야만 해. 형이 의병에 가담하고 관군이나 왜병과 맞서 싸우다가 거짓이 드러나면 우리 가족은 엄청난 보복을 당할 거야."

"아버지와 내가 여길 떠난 후에 대곤 오빠는?"

"떠나기 전에 할 일이 있어. 사사끼랑 똥깐이 모가지를 비틀어 놓고 떠날 거야."

심대곤이 이를 부드득 갈았다. 심대곤은 아버지와 동생 심만옥을 옥녀가 있는 의풍으로 보내고 싶은 의도였다. 새싹이 돋으면 하리모토가 의풍으로 사람을 보낼 것을 생각하니 찜찜했다. 하지만 의풍을 에워싼 높은 산이 많고 사방으로 뻗은 골도 깊었다. 여차하면 강원도나 경상도로 도망갈 수 있는 길이 사방으로 열려 있었다.

"대풍 오빠랑 함께 있다는 옥녀는 어떻게 생겼어?"

심만옥이 멀겋게 웃었다. 무척 오랜만에 보는 웃음이었다. 심대곤의 가슴이 뭉클해졌다.

"막실이보단 훨씬 낫지?"

심대곤이 웃음을 입가에 지으며 고개를 끄덕였다.

4

공규

계명산 햇덩이가 중앙탑 뜰로 쏟아져 내렸다. 대례 용떡을 썰어 끓인 떡국이 신방에 들어왔다. 박시만이 아침상을 물리고 안방 장인 장모에게 절했다.

“장인 어르신께서 아시겠지만, 충주부에 부임할 날짜가 얼마 남지 않았습니다. 거리로야 지척이지만 신행이 오늘 이루어져야 부임에 따른 준비가 수월히 이루어질 수 있어 더 머물지 못하고 신행을 할까 합니다.”

강주칠 내외는 할 말이 없었다. 해가 중천에 오르자 가마가 마당에 놓였다. 가마에 호피를 얹고 방석 밑에 목화씨와 숯을 깔았다.

“개울을 건널 때나 서낭당을 지날 때 한 개씩 던지게나. 잡귀를 피해 잘 살아야 하네.”

강주칠이 한지로 접은 것을 박시만에게 주었다. 달마실을 떠난 가마가 창말에 이르렀다. 기다리던 동네 사람들이 잡귀를 쫓는다고 목화씨와 소금, 콩과 팥을 던졌다.

신랑 집 앞에 잡귀를 쫓는 짚불이 지펴졌다. 가마가 대문을 지나 대청 앞에 이르자 박시만이 가마의 문을 열어 각시를 맞이했다. 가마에 있던 호피를 지붕에 던져 각시가 도착했음을 알렸다. 달마실에서 장만해 온 술과 안주, 밤과 대추로 폐백상이 차려졌다. 시부모와 시어른들에게 폐백을 올렸다. 한집에 살아야 할 사람은 시부모와 아직 혼인을 못 한 시누이였다. 시누이는 다리를 절고 있었다.

박시만이 아침상을 물리고 밖으로 나가면 해가 저물어야 돌아왔다. 어디로 가서 무슨 일을 하고 오는지 아는 사람은 아무도 없었다. 박운정이 아들을 불러 놓고 어디를 다녀오느냐고 물었다. 오 년 만에 돌아온 창말과 목계가 어떻게 변했는지 보고 왔다는 대답뿐이었다. 어느 날은 목계로 남한강을 건너가기도 하였고 또 어느 날은 북쪽 봉황산 쪽으로 가기도 했다. 박달재를 넘어갔다 왔는지 고단한 모습으로 돌아오기도 했다.

흐트러짐이 없는 걸음걸이와 돌부처와 같이 굳어버린 표정, 사무적인 어조, 농담 한마디 입에 담지 않는 그에게 먼저 말을 건네는 사람이 없었다. 박시만이 마주 걸어오기만 하여도 속이 움찔할 정도였다.

강막실도 박시만과 마주 앉으면 혹 무슨 잘못이 있어 표정이 저렇게 굳어 있을까, 저절로 등줄기가 오그라들었다. 건네는 말 한마디 한마디가 조심스러웠다.

오늘은 해가 저물어 들어온 박시만에게서 술 냄새가 조금 풍겼다. 먼 거리를 다녀왔는지 몹시 고단한 모습이었다. 이부자리를 깔면 금방 코를 골 듯했다.

"초야에 내가 했던 말 기억하오?"

먼 거리를 다녀온 다리를 주무르며 박시만이 말했다. 강막실은 박시만의 입에서 무슨 말이 나올까 눈알을 깜박거렸다. 경성에서 사귀었다는 신식 여자 얘기를 하려는 것은 아닌가. 낮에 점심상을 물리고서 강막실은 시부모의 부름을 받고 안방에 들어갔었다. 시아버지 박운정이 돌아앉은 채 담배를 피웠고 시어머니 강금년의 곁에 시누이 박시연도 앉아 있었다.

"경성에서 겨우 돌아왔는데 충주부 관리로 벼슬을 받아 또 대처로 나가야 한다니 갓 시집 온 네게 미안하다."

강금년의 말에 강막실은 머리를 조아렸다.

"우리 집은 손이 귀하다."

박운정이 말을 이었다.

"나라의 관리가 되면 사사로이 집안일에는 소홀해질 수밖에 없다. 충주성에 거처를 마련하게 되면 며느리도 함께 보낼까 하는 마음이 없는 것은 아니지만 시집에 온 지 채 한 달이 되지 않았으니 그렇게 할 수도 없어 마음 아프다."

아들은 벼슬을 받았으니 충주로 보내고 며느리는 아직 새댁이니 남아 있으라는 강금년의 선언이었다.

"엄니 말씀이 옳아. 시집살이 한 달 만에 밖으로 보낸다면 사람들이 뭐라고 하겠어. 올케가 서방 없는 공규에서 외롭고 힘들어도 참아야 해."

시누이 박시연이 애처롭다는 표정으로 말했다. 박시연은 어려서 몹쓸 병을 얻어 다리를 절었다. 부모의 잘못도 아니요, 박시연의 잘못도 아니었다. 세 살 이른 봄날에 닷새를 앓았다. 처음은 고뿔인 듯 대수롭지 않게 여겼다. 겨우 아장거리는 작은 몸이 화롯불인 듯 열을 펄펄 쏟아냈다. 열이 내리고 병석에서 일어났는데 한쪽 다리의 성장이 멈췄다.

소아마비가 온 것이었다. 몸이 불편하여 문밖 출입 없이 사춘기를 보냈다. 시집을 가야 했으나 혼처가 들어오지 않았다. 외톨이로 자랐으나 마음씨는 고왔다.

"우리 집은 박씨 문중의 가운데 자손은 아니지만, 예의범절이 올곧은 집안이다."

강금련 면전에서 쪼그린 강막실은 치맛단만 만지작거렸다.

"의병이 도처에서 일어나고 관군과 왜병이 의병을 잡으러 몰려다니는 혼란한 시기에 시만이가 충주부 관리가 된다는 것이 영 탐탁치가 않다. 경성에서 배운 것이 많아 나라에서 그리하는 것을 어쩌겠냐. 의병이 소백산으로 흩어져 도망을 갔다지만 다시 뭉쳐 충주성으로 쳐들어온다는 소문도 무성하니 심란하기 짝이 없구나."

박운정의 탄식에 모두 근심에 잠겼다.

"내일모레면 충주부에 부임을 한다는 것을 알고는 있니?"

박시연이 물었다. 강막실이 고개를 끄덕였다.

"그래서 하는 말이다. 시집온 지 채 한 달도 안 되는 며느리에게 이런 말을 하는 것도 우물에서 숭늉 찾기와 다를 바 없다. 부모 된 입장에서 마음이 조급하여 부탁을 한다. 이틀 동안에 문밖출입을 삼가고 이불도 걷지 말거라. 시만이 따로 불러서 단단히 일러둘 테니까. 이틀 동안은 잠자리에서 나올 생각을 말거라."

강금년 말에 박운정이 어험, 기침했다. 시어머니 말뜻을 알아차린 강막실의 얼굴이 발갛게 달았다.

"박씨네 가문을 이어 갈 아들을 낳아달란 소리야."

박시연이 결론짓듯 말했다. 강막실은 얼굴만 새빨갛게 붉히고 있다가 안방에서 나왔다.

"낮에 안방에 불려갔다 온 거 알고 있소. 나도 저녁 무렵에 부모님의 부름을 받았었소."

저녁상을 물리고 박시만이 낮에 있었던 말을 먼저 꺼냈다.

"당신들의 후손을 원하세요."

강막실 대답에 박시만이 고개를 끄덕였다. 박시만이 강막실을 찬찬히 바라보며 말을 다듬었다. 강막실은 박시만의 입에서 경성 여자 얘기가 나올까 불안했다.

"이틀 후에 충주부에 부임하기로 하였지만, 내일 날이 밝으면 충주로 갈 것이오."

박시만의 입에서 충주로 간다는 말이 나왔다.

"내일이라 하셨습니까?"

"그렇소."

"부모님의 뜻을 저버리고 충주로 가야 할 연유가 있나요?"

강막실의 물음에 박시만이 당황스러운 표정을 잠깐 그렸다.

"대례를 치른 첫날밤에 내가 말했던…."

"경성에서 사귀었다는 여자 말씀인가요?"

"홍금희가 나를 찾아온다는 서신이 왔소."

박시만이 품에서 종이를 꺼내 강막실 앞에 놓았다.

홍금희. 홍금희. 강막실은 종이를 내려다보면서 속으로 중얼거렸다.

"그 여자를 만나기 위해서 부모님의 뜻을 저버리고 충주로 가신다는 말씀이군요?"

강막실의 목소리에 격한 감정이 묻어났다.

"그렇게만 생각하지 마시오. 첫날밤에 말해두었듯이 부인은 내 조강지처가 분명하오. 홍금희가 멋모르고 창말로 온다면 우리 가문은 물론 달마실의 장인 장모님께도 큰 누가 될 게 틀림없소. 물론 부인에게는 더한 욕을 뒤집어씌우는 꼴이오."

박시만은 홍금희의 존재를 창말에 알리고 싶지 않았다.

"그래서 충주성으로 오라 하셨나요?"

강막실이 고개를 숙였다. 저절로 고이는 눈물을 보이기 싫었다. 박시만도 입을 다물었다.

"그만 불 끄고 자거라."

밖에서 강금년의 목소리가 들렸다. 불을 끄고 자리에 누울 상황이 아니었다. 무거운 침묵이 방 안에 고였다.

"어서 불 끄고 자리에 들어가라 하지 않더냐? 밤이 짧다."

강금년의 나무람이 들렸다. 정월 밤이 정녕 짧을까? 떠나보내야 할 아들에게서 자손을 기어코 얻고픈 강금년의 마음이 조급한 것이었다. 강막실이 일어나서 이부자리를 폈다. 박시만이 호롱불을 훅 불어 껐다.

박시만은 어둠 속에 침침히 앉아 있었다. 강막실도 눕지 못하고 다소곳이 앉았다. 강금년이 안방으로 들어가는 기척이 들렸다. 어둠에 익숙해지자 박시만의 윤곽이 드러나고 얼굴도 보였다. 강막실이 입술을 깨물었다. 눈 싸라기가 나뭇가지를 스치듯 강막실의 몸에서 옷 벗겨지는 소리가 들렸다. 흠! 박시만이 짧게 신음하고 헛기침을 토했다. 덧저고리와 속저고리까지 천천히 벗었다. 강막실의 부연 몸이 드러났다. 가슴 위로 동여맨 치마 고름까지 풀었다. 박시만이 보는 앞에서 차마 속곳은 벗지 못했다. 강막실이 이불 속으로 들어갔다. 이불 속에서 속곳을 벗었다. 박시만은 묵묵히 앉아 있었다.

"자리로 들어오세요."

강막실이 낮은 목소리로 말했다. 박시만은 시선을 문 쪽으로 돌려놓고 요지부동이었다. 강막실이 손을 뻗어 박시만의 손을 잡았다.

“이러는 제가 음탕하다고 생각하셔도 어쩔 수 없어요. 시부모님의 바람도 있지만 혼인한 여자로서 서방님께 당연히 요구할 수 있다고 생각해요.”

강막실이 박시만의 손을 슬몃 잡아 당겼다. 박시만이 버텼다.

“부인의 속을 모르는바 아니오. 마을 사람들 모아 놓고 혼인을 해놓고서 이러는 내가 야속하기도 하겠지요.”

박시만이 문종이에 부딪는 달빛을 바라보았다.

“그러니까 들어오세요.”

강막실이 잡아당겼다. 박시만이 못 이기는 척 강막실의 옆으로 쓰러졌다. 강막실이 박시만의 몸을 이불 속으로 끌어들였다.

“달이 한차례 삭았다가 만월이 되도록 기다렸다가 또 한 차례의 기움과 차오름을 기다려주시오. 충주성에 가서 홍금희를 만나 관계를 마무리하고 꼭 부인의 품으로 돌아오겠소.”

박시만이 강막실의 심정에 찬물을 끼얹었다.

“경성 여자 얘기는 이제 더 하지 마세요.”

강막실이 박시만의 손을 가만히 끌어다 배꼽 언저리에 놓았다. 박시만은 알몸에 놓인 손을 거두어가지 않았다. 강막실은 가만히 누워 숨을 죽이면서 박시만을 기다렸다. 박시만은 천장으로 눈알을 말똥거렸다.

“어서요.”

강막실이 재촉했다.

“나는 한번 먹은 뜻은 꺾지 않는 못된 버릇이 있소. 부인이 날 이해하여 주었으면 하오.”

박시만이 강막실의 몸에 놓였던 손을 거두어갔다. 강막실의 가슴이 크게 꺼져 내리면서 한숨이 길게 쏟아져 나왔다.

“먼 길 다녀오시어 노곤하시면 주무시고 새벽 시간도 있어요.”

강막실은 무슨 수를 써서라도 박시만의 아이를 잉태하기로 결심했다.

“몸은 괜찮소. 마음에 허허로운 기운이 들어차 있을 뿐이오. 충주성에 다녀오면 마음속 허허로움도 모두 없어질 테니 걱정하지 마시오.”

박시만이 강막실의 손을 가져다 자신의 아래에 놓았다. 달군 쇠 방망이 같은 것이 강막실의 손에 닿았다. 박시만이 강막실의 손을 슬며시 치우고서 돌아누웠다. 아! 이런 것이 공규란 말인가? 눈물이 이불을 적셨다.

강막실이 소스라치게 놀라 잠에서 깼다. 방안에 동녘 햇살이 길게 드리워졌다. 이불을 젖히고 일어서다 강막실은 또 한 번 놀랐다. 망측스럽게도 실오라기 한 올 걸치지 않은 알몸이 아닌가. 손바닥을 이마에 짚고 상황을 알아차렸다. 밤늦도록 모로 돌아누운 박시만에게 들킬세라 숨죽여 눈물을 흘렸다. 베개를 흠뻑 적시다가 새벽에 깜빡 잠이 들었다. 박시만은 방에 없었다. 강막실은 간밤에 베고 잤던 베개를 만져보았다. 아직도 젖어 있었다. 서둘러 몸 매무새를 갖추고 방문을 열었다. 벌써 충주로 떠난 것은 아닌가. 어젯밤에 박시만이 했던 말이 스치듯 살아났다.

“달게 잤느냐?”

강금년이 기다렸다가 강막실을 맞이했다.

“죄송합니다. 서둘러 아침상을 올리겠습니다.”

강막실이 강금년에게 머리를 조아리고 황급히 부엌으로 갔다.

“아니다. 아침은 먹었다.”

부엌에는 다리가 불편한 시누이가 설거지를 끝내는 중이었다.

"좋은 꿈 꾸었어?"

박시연이 강막실에게 싱글싱글 웃었다. 서방님의 종적이 궁금했다. 내막도 모르고 싱글거리는 강금년과 시누이 때문에 뜻도 없이 창피스러웠다. 서방님의 종적을 묻고 싶었지만, 부엌에서 나갈 수가 없었다. 강금년이 부엌으로 들어왔다.

"면구스러워 마라. 시만이 아침 일찍 충주로 떠나면서 곤하게 잘 테니 깨우지 말라고 해서 그리한 것이니 얼굴 숙일 거 없다."

강금년이 대견스러워 죽겠다는 눈초리로 강막실을 어루만졌다. 강막실은 아궁이로 들어가고 싶은 심정이었다.

"내외간에 흉스런 일도 아닌데 고개 숙일 거 없다."

강금년이 강막실의 어깨를 토닥여주고 부엌에서 나갔다. 강막실은 숟가락을 놓고 문틈 사이 파란 하늘을 바라보았다. 지금쯤 충주성에 도착했을까? 경성에서 온다는 홍금희를 벌써 만나고 있는 것은 아닌가? 신식 공부를 했다는 그 여자는 어떤 사람일까?

의병이 공주 병참 관군과 왜병의 혼성 부대에 대패해서 죽령 너머로 도망갔다는 소문이 창말에 돌았다.

"의병의 죽은 숫자가 어느 정도라 하던가?"

심대곤이 가흥창고 장길수에게 물었다.

"수산에서 장회로 넘어가는 고개에서 며칠을 두고 크게 싸웠는데, 의병이 패하여 죽령을 넘었다는 전문을 사사끼가 가져왔네. 의병의 시신이 열을 넘지 않는 것으로 보아 소백산 어딘가에 숨어 있는 것으로 추측하고 있다네."

죽은 의병의 숫자가 열을 넘지 않는다는 말에 심대곤은 안도했다. 자꾸 불안해지는 속내를 가슴에서 거두어 낼 수 없었다. 달마실에 있는 아버지와 여동생을 어서 피신시켜야 한다는 생각을 곱씹었다. 왜병대장 사사끼는 목계 병참과 가흥창고를 뻔질나게 오가며 왜병들을 독려했다. 도주한 의병이 게릴라처럼 습격할지도 모른다며 행인 감시가 심했다. 가흥창고 소장 하리모토도 전전긍긍하기는 마찬가지였다. 신변의 위협을 느껴서인지 창말에 오지 않고 목계에 머무는 날이 많아졌다. 가흥창고 사무실에는 장길수와 심대곤이 난로에 불을 지펴놓고 가끔씩 날아오는 전문을 관리했다.

"눈송이가 닭똥만하네? 하리모토가 강을 건너오지 못할 테니 연화가 앙탈을 부리겠어."

가흥창고 밖으로 펑펑 내리는 눈송이를 보고 장길수가 말했다. 심대곤은 잿빛 하늘을 묵묵히 바라보았다. 어지럽게 흩날리는 눈송이처럼 눈앞에 닥쳐 있는 모든 것이 혼란스러웠다.

"하리모토가 목계에서 몇 날을 자고 있으니 젊은 여자가 밤마다 서럽겠어. 논다니라서 사내 품에 맛들어있을 텐데."

심대곤이 입을 다물고 있자 장길수가 또 말했다.

"구옥정에 색시가 새로 왔는데 하리모토가 반했다네. 사사끼랑 색시를 놓고 줄다리기를 벌이다가 사사끼가 하리모토에게 양보를 했다더군. 연화만 처량해졌어."

사사끼와 하리모토가 구옥정 논다니를 사이에 두고 줄다리기를 했음은 여우 같은 사사끼의 술수였다. 하리모토가 논다니에게 군침을 흘린다는 것을 알고서 경쟁자인 것처럼 줄다리기하다가 선심 쓰듯 양보했다. 하리모토는 사사끼를 밀어내고 논다니를 품에 안았으니 연정이 더 애틋했다. 구옥정은 목계 나루터에 있었고 가흥창고는 강 건너 창말에 있었다. 하리모토가 구옥정에 가려면 나룻배를 타고 강을 건너야 했다. 하리모토는 눈이 펑펑 쏟아지거나 홍수가 나면 나룻배가 뜨지 않는다는 핑계로 사흘이고 나흘이고 창말 사택에 오지 않았다. 그런 날에는 사사끼가 고양이처럼 사택에 몰래 숨어들었다, 군복을 횃대에 걸어놓고 달려들면 하리모토 애첩 연화가 요분질을 일삼았다.

"처량해진 게 아니라 외려 잘됐어. 늙은 왜놈 품에서 무슨 영화를 얻겠어? 저러다가 임기 끝나면 연줄 닿고 있던 조선인 팽개치고 일본으로 빼소니를 칠 작자들인데."

심대곤은 연화가 화제에 오를 때마다 창밖으로 시선을 돌렸다. 사택으로 눈이 하얗게 내려앉고 있었다. 연화가 사택 마당에 나와 눈을 맞고 있었다. 심대곤의 가슴이 괜히 불안해지기 시작했다. 연화를 바라볼 때마다 무엇인가 막연히 위태로워지고 있다는 느낌을 떨칠 수 없었다.

"달마실 처녀와 혼인한 박시만이 일본에 다녀와 신식 물을 먹어선지 모양새가 범상치 않아."

장길수가 박시만을 들먹였다.

"일본에 열흘 남짓 갔다 왔다고 벌써 대갈빼리에 쪽발이 냄새라도 나는 거야?"

심대곤이 시퉁스럽게 쏘아붙였다.

"이 사람아, 말조심하게."

"내가 뭐 틀린 말이라도 했는가?"

"박시만 그 새파란 것이 충주부 관리로 발령을 받았다는군."

"충주부에서 벼슬을 한다고?"

"관찰사는 그 나이에 아닐 테고. 관찰사 밑에 한자리 차지했겠지. 그

나저나 대곤이 자네 동네 강막실이라는 처녀가 용의 모가지를 껴안은 횡재를 했어."

장길수가 곁눈으로 심대곤의 표정을 살폈다. 강막실과 심대풍과의 연정을 장길수도 소문으로 들었다.

"소작농 딸이 벼슬아치 부인이 되었구먼?"

심대곤이 속을 감추고 장길수와 동조했다.

"모르긴 몰라도 신식 공부를 한 박시만이 경성에서 여자를 몰랐겠는가? 경성에는 신학문에 눈을 뜬 여자들도 많다고 들었어."

장길수가 굳어진 심대곤의 얼굴을 한동안 쳐다보았다. 사택 마당에 있던 연화가 가흥창고로 걸어왔다.

"난 달마실에 좀 가야겠네."

심대곤이 일어섰다.

"연화가 나타나면 쇠똥에 코를 박은 듯 호들갑을 떠는 모양새가 수상스러워."

장길수가 히히히 웃었다.

"실없는 소리 말고 장작이나 더 넣게나."

"실없긴? 눈에 훤히 보이는 것을 낸들 어쩌겠나? 달마실 강막실이 얘기만 나오면 설사병 걸린 똥개가 방귀 흘리듯 신음을 칠칠 흘리잖나. 게다가 연화만 이쪽으로 떴다 하면 안절부절못하니."

비아냥대는 장길수에게 우물쭈물하는 사이 연화가 가흥창고 밖에 왔다.

"쉬이. 똥깐이 귀띔을 줘서 알았는데 하리모토가 목계 구옥정 논다니에 빠져 있는 틈을 타서 사사끼가 밤마다 도둑고양이처럼 연화의 방을 드나든다네."

장길수의 말이 끝나기 무섭게 연화가 가흥창고로 들어왔다.

"대곤이 왔어?"

연화가 새삼스럽다는 음색으로 눈을 찡그렸다. 장길수가 모를 리 없었다. 심대곤이 문 쪽으로 비칠비칠 물러났다.

"왜? 가려고?"

연화가 문턱에서 심대곤의 길을 막아섰다.

"부엌에 장작이 없어. 굴참나무 베어다 도끼로 장작을 패야 해서."

심대곤이 궁색하게 변명했다.

"조금만 있다 가지?"

연화가 심대곤을 끌어다 자리에 앉혔다. 장길수가 슬며시 가흥창고에서 나갔다.

"사택에 왜 안 와? 나 죽어 자빠지는 꼴 볼 셈이야?"

연화가 갑자기 화냥기를 품었다.

"큰일 날 소리 하지 마. 나도 귀가 달려서 소문 다 듣고 있어."

심대곤도 태도를 바꿨다.

"소문? 하리모토 늙은 주정뱅이가 가랑이를 찢어 죽일 화심이년이랑 붙어산다는 소문?"

연화가 요염한 눈빛을 이글거리면서 한 걸음 걸어왔다. 심대곤이 가흥창고 밖을 바라보았다. 장길수가 창말로 걸어가고 있었다.

"내가 숙맥으로 보여? 사사끼 그 쪽발이 새끼가 야밤에 연화의 방에 도둑고양이처럼 드나드는 거 모르는 줄 알아?"

"어…어느 놈이 벼락 맞을 소리를 씹고 다니는 거야?"

말을 더듬는 연화의 얼굴이 발개졌다.

"아무리 화냥기가 온몸에 도졌다지만 똥오줌은 가릴 줄 알아야지.

하리모토가 사실을 알면 다치는 건 사사끼가 아니고 연화 너야. 쪽발이가 이 땅에 들어와서 조선 여자를 노리개로 농락하다가 임기 끝나면 떠나갈 놈들인데 같은 쪽발이끼리 연화 너 때문에 다투지 않아."

심대곤의 말에서 찬바람이 일었다. 연화가 아랫입술을 깨물고 눈물을 글썽였다.

"밤마다 심대곤이 기다렸단 말이야."

연화가 심대곤의 품에 와락 안겼다. 심대곤이 기겁을 하고 연화의 몸을 떨쳐냈다.

"너란 여자, 정말 어쩔 수 없구나. 한 치 앞에 칼날이 있는 줄 모르고 색욕에 느물거리다 몸덩이 두 동강으로 썩둑 잘라지는 수가 있어."

심대곤이 가흥창고 문을 거칠게 열었다. 문턱을 넘다 연화를 날카롭게 노려봤다.

"나만 안 죽어. 심대곤이 얼마나 도도한지 두고 볼터. 고지랄로 뻗대다가 똥물 쓰는 것은 심대곤이 너니까."

연화가 날카롭게 노려봤다. 심대곤이 문을 꽝 닫고 가흥창고에서 나갔다.

"뭐? 심대풍이 객사했다고? 심대곤 네놈이 꾸며낸 허무맹랑한 소문인거 내 모를 거 같아? 나한테 계속 그러기만 해. 본때를 보여줄 테니까."

연화가 자리에 주저앉아 독기를 품었다. 심대곤 가슴이 철렁 쇳소리를 냈다. 꾸며낸 허무맹랑한 소문이라는 말이 연화의 입에서 나왔다면…, 목계 땅을 떠나본 적이 없는 연화의 입에서 나왔다면…, 누군가 연화에게 말했다는 것인데….

아니다. 아닐 것이다. 색욕을 외면했다고 독기를 품은 연화가 헛소리를 지른 것이 분명해. 고개를 절레절레 흔들며 혼잣말을 주억거리며 걸어갔다. 섬뜩한 기운이 뒷머리를 자꾸 움켜쥐었다.

5

소백산 영물

사립문에 서성거리다가 마당으로 걸어 들어갔다. 소백산의 고요까지 끌어다가 끼얹은 마당에 서서 옥녀가 잠들었을 안채를 바라보았다. 둥근달에서 쏟아져 내려온 달빛이 마당에 그득히 고였다. 한 걸음 내디디면 달빛에서 첨벙 소리가 날 것처럼 으늑했다.

옥녀와 떨어져 있었는데 몹시 그리웠다. 작은 소리로 옥녀를 깨우고픈 생각 간절했다. 불 꺼진 방을 향해 장승처럼 오래 서 있었다. 달이 베틀재 너머로 내려앉으면서 어둠이 차츰 짙어졌다. 새벽이 오기에는 아직 이른 시각이었다.

장회전투에서 공주 병참 관군에게 패해 죽령을 넘어 풍기까지 밀려났던 의병들이 뿔뿔이 흩어졌다. 괴은과 경은을 따라 영월로 가다가 용진에서 헤어졌다. 초저녁에 베틀재로 오르기 시작했는데 옥녀가 있는 불당골에 도착하자 깊은 밤이 되었다.

옥녀는 안채에 있지 않았다. 별채 문종이에 달빛이 하얗게 부서지는 것을 보며 자정이 넘도록 심대풍을 그리워하다가 잠들었다. 문이 살짝 열렸다. 찬바람이 방안에 훅 들어왔다. 옥녀가 벌떡 일어나 앉았다. 심대풍이 문턱에 우람하게 서 있는 것이 아닌가. 심대풍이 방으로 성큼 들어갔다. 옥녀가 벌떡 일어나 심대풍의 품으로 무너졌다.

불당골을 떠난 심대풍을 옥녀는 한시도 잊은 적이 없었다. 새벽에 일어나면 곡식 바가지를 들고 사립문에 나가 베틀재를 오래오래 바라보았다. 밥상을 차려도 한 그릇 더 놓았다. 금방이라도 문을 열고 들어와 밥숟가락을 집어들 것만 같았다. 밥그릇을 별채 아랫목에 묻어두고 정월 긴 밤을 뒤척였다. 달빛이 문종이에 부서지면 마음이 산란해지고, 골바람이 문풍지를 흔들면 귀를 번쩍 세웠다. 오늘도 밤이 깊도록 뒤척이며 눈물로 베개자락을 적시다 잠들었다. 그토록 그리던 심대풍이 방문을 열고 성큼 들어왔다. 옥녀는 자신도 모르게 심대풍의 품으로 파고들었다.

옥녀가 불을 밝히려고 부싯돌을 찾았다.

"어르신이 깊이 잠드셨는데 그만두시오."

심대풍이 부싯돌을 빼앗았다.

"시장하실 텐데 요기라도 해야지요."

심대풍이 밤새 베틀재를 넘어왔음을 옥녀는 미루어 알고 있었다.

"새벽이 다가오는데 안채 어르신 잠에서 깨실까 염려되니 그만두시오."

심대풍이 만류했지만 옥녀가 아랫목에 묻어두었던 밥주발을 소반에 놓았다. 초저녁 군불로 데운 방바닥이 미적지근하게 식었다. 아랫목에 묻어두었지만 따뜻하지 못한 것에 옥녀는 가슴이 아팠다. 옥녀가 한사코 밥숟가락을 쥐여 주었다. 심대풍은 옥녀 모르게 눈물을 섞어 밥그릇을 비웠다.

옥영감이 별채 방문 앞에 나란히 놓인 신발을 보았다. 옥영감은 안방으로 들어가 문틈으로 별채 방을 지켜보았다. 옥할멈이 무슨 일이냐고 물었다. 옥영감은 입을 꾹 다물고 별채 방을 바라보기만 했다. 해가 떴는데 밥 짓는 옥녀가 보이지 않자 옥할멈이 밖으로 나가려 했다. 옥영감이 옥할멈을 붙잡아 이불 속에 밀어 넣었다. 망측스럽게 무슨 짓이냐며 옥할멈이 눈을 흘겼다. 옥영감은 그냥 누워 있으라는 눈짓을 보냈다.

아침 먹을 시간이 한참이나 지났다. 옥영감이 배고픔을 참고서 문틈으로 별채 방문을 살폈다. 옥할멈은 앉았다 누웠다 반복하며 옥녀가 늦잠을 자고 있다고 여겼다.

별채 방문이 열렸다. 옥녀가 황급하게 나와 부엌으로 들어갔다. 솥뚜껑 여는 소리 들리고 아궁이에 불을 지핀 연기가 안방으로 스멀스멀 들어왔다.

"옥녀가 늦잠을 잤나 보오. 배고파도 좀 참으시오."

옥할멈이 말했다. 심대풍이 마당으로 걸어 나왔다. 옥영감이 문틈에 들이댔던 얼굴을 거두었다.

"어르신."

마당에서 심대풍이 옥영감을 불렀다. 옥할멈이 화들짝 놀라고 옥영감이 방문을 열었다.

"말씀도 드리지 못하고 떠났다가 돌아왔습니다."

심대풍이 옥영감에게 허리를 굽혔다.

"냉동설한에 몸은 성한가? 옥녀는 무엇하고 있느냐? 어서 따끈한 밥상 올리지 않고?"

옥영감은 심대풍이 사립문으로 막 걸어온 것처럼 말했다. 밥 짓다 나온 옥녀가 얼굴을 발갛게 달궜다.

"십년 손님 오신 날 늦잠에 빠진다 하더니 옥녀가 그렇구나."

옥영감의 속뜻을 모르는 옥할멈이 아침상 짓는 옥녀를 거들었다.

옥녀는 눈에 보이는 것에 모두 신이 났다. 심대풍이 골물로 메기를 잡으러 가면 새끼염소처럼 머리 댕기 흔들어 촐랑촐랑 따라갔다. 심대풍과 산속에 놓아둔 덫을 보러 가서 종일 있기도 했다. 심대풍도 옥녀와 함께 있는 시간이 하루의 전부였다. 손톱만한 자갈이 환히 보이는 골물처럼 맑은 옥녀에게서 꾸밈이나 위선은 티끌만큼도 없었다. 옥녀와 함께 있으면 자신도 골물처럼 맑아지는 기분이었다. 투명한 속내를 비치는 옥녀에게 곧 떠나야 한다는 말을 하려니 마음이 아팠다.

소백산에서 흩어진 의병이 영월에서 다시 만난다고 했다. 영월은 의풍에서 서쪽 골짜기로 걸어나가면 반나절 거리도 못됐다.

심대풍은 목계 병참 감옥에서 아버지와 여동생이 풀려난 사실을 알지 못했다. 자신이 폐가에서 얼어 죽었다는 소문이 퍼진 것도 알지 못했다. 강막실이 충주부 관리로 올 예정인 박시만과 혼인한 사실도 알지 못했다.

"회제비 녹구 언 땅 풀리면 아버지를 따라 다니세요."

하얀 눈이 덮인 응달 산자락으로 걸어가면서 옥녀가 말했다.

"회제비 녹으면 어디를 다녀요?"

옥녀의 심마니 은어를 심대풍이 알아듣지 못했다. 심마니는 하얗게 쌓인 눈을 회제비라고 말했다.

"봄 되면 어인마니를 따라 다니면서 소장마니를 하란 말이에요."

봄이 오면 노련하고 경험 많은 채삼꾼 옥영감을 따라 산삼을 캐러 다니라는 소리였다. 심대풍은 이마에 송골송골 땀을 닦으며 눈동자를 말똥거렸다.

"더구레 벗고 잠깐 안침하면서 연초 한 대 실으세요."

저고리 벗고 앉아 쉬면서 담배를 피우라고 옥녀가 말했다.

"난 담배 배우지 못했어요."

옥녀가 가랑잎을 긁어모아 두둑하게 만든 곳에 심대풍이 엉덩이를 놓았다.

"옥영감님 산삼을 캐나 보죠?"

심대풍은 소백산 첩첩이 쌓여나간 봉우리와 봉우리 틈서리에 깊게 패인 골짜기를 바라보았다. 눈이 녹고 골물도 녹으면 산자락이 온통 회색빛 봄의 문턱에 들어설 터였다. 회색이 연두색으로 변하면서 저 높고 깊은 곳에서 새싹 틔우는 소리가 아우성칠 터였다.

"목계는 심이 없나요?"

옥녀는 소백산 자락을 벗어나지 못했다. 옥영감 따라 베틀재 넘어 용진에 다녀온 것이 의풍을 벗어난 전부였다. 태백산이 발원하고 소백산이 수량을 키운 남한강 줄기를 따라가면 산은 어머니 젖무덤처럼 둥글다고 들었다. 끝이 가물가물하도록 넓은 논밭도 있다고 들었다. 목계는 뗏목이 쉬어가는 나루터이므로 낮은 산과 넓은 토지가 있을 것이라 믿었다. 목계에 있는 동그만 산에도 산삼이 있는지 물었다.

"산이 낮아 심을 봤다는 소문 들어보지 못했어요."

"대풍 씨는 소댕이구먼요? 회제비 녹으면 생자리를 꼬옥 보세요?"

산삼이 새롭게 발견된 곳은 생자리, 누군가가 삼을 캤던 곳을 구광자리라고 했다.

"경험이 많은 어르신을 따라 다녀야지요?"

"소댕이는 어인마니 뒤를 따라다니는 것이 아니라 앞서가는 거래요.

소댕이가 맨 앞에 서는 것은 눈과 귀가 밝아서 부정한 것을 먼저 보기 때문이래요."

심대풍은 심마니 은어를 쓰는 옥녀가 귀엽고 사랑스러웠다. 높은 산 우거진 숲이라 더욱 마음이 움직였는지 옥녀를 안아주고 싶은 충동에 사로잡혔다. 가파른 언덕을 올라 옥녀봉 소나무 숲으로 들어갔다. 옥녀가 놓아둔 덫을 찾아 바삐 돌아다녔다. 나무 밑동에 묶어둔 올가미에 토끼가 걸려 있었다. 소나무 숲에서 나왔을 때 심대풍의 손에는 토끼 세 마리가 잡혀 있었다. 둘은 베틀재로 걸어 내려갔다.

옥녀가 심대풍의 옷소매를 잡고 나무 뒤로 숨었다.

"저곳을 보세요."

손가락으로 가리킨 베틀재로 사람이 걸어오고 있었다. 심대풍도 나무 뒤로 몸을 낮췄다. 한눈에 보아도 왜병 복장이었다. 용진에 있는 왜병이 왜 베틀재로 넘어왔을까? 자세히 바라보니 눈에 익은 왜병이 보였다. 눈을 비벼 시력을 돋구고 베틀재를 바라보았다. 왜병을 통솔하는 자가 눈에 익었다. 왜병은 이또였다. 새벽에 달마실로 들이닥쳐 어머니를 죽게 했던 사사끼의 오장이 분명했다. 심대풍이 주먹을 쥐고 부르르 떨었다. 이또의 왜병은 십여 명이었다. 왜병이 베틀재에 앉아서 쉬고 있는데 올라오는 사람이 보였다. 하리모토와 동생 심대곤이 보였다. 맨 나중에 똥깐이 혀를 빼고 숨을 몰아쉬며 올라왔다.

"검은 옷을 입은 저들이 왜병인가요?"

용진에서 심대곤을 찾으러 갔다가 왜병을 처음 보았던 옥녀가 물었다.

"앞장을 선 놈이 사사끼 부하 이또라는 놈입니다."

심대풍이 이또에게서 시선을 떼지 못하며 어금니를 물었다.

"영감처럼 보이는 사람도 왜병인가요?"

"가흥창고 소장인 하리모토란 놈입니다."

"옷만 다르게 입었지 같은 사람이네요?"

옥녀는 왜병이 아닌 일본사람을 처음 보았다. 의풍으로 들어오는 저들이 무서워졌다.

"사람이 사람을 못살게 괴롭히니까 저놈들을 두고 사람의 가죽을 쓴 짐승이라고 하는 것입니다."

"대곤 씨도 왔네요?"

심대곤을 발견한 옥녀가 놀라 말했다. 심대곤이 하리모토와 무슨 말인가를 주고받았다.

"대곤이는 가흥창고 물자를 두모포까지 물길로 나르는 뗏목 사공입니다."

"대풍 씨가 여기 있는 것을 알고서 오는 것이 아닐까요?"

"하리모토가 대곤이를 앞세워 이곳 지리를 살피러 온 것이 분명합니다."

"무슨 이유로 왜병을 데리고 왔을까요? 열 명씩이나 총을 메고."

"의병이 영월에 다시 모이고 있다는 것을 알고 있을 테니까요. 사사끼에게 청을 해서 왜병을 대동했을 것입니다."

왜병이 언덕에 걸터앉아 담배를 물었다. 하리모토는 심대곤이 손짓하는 곳으로 시선을 던져놓고 고개를 끄덕이면서 흡족하게 웃었다. 하리모토가 길을 재촉했다. 왜병이 불당골로 내려가기 시작했다. 옥녀의 마음이 급해졌다. 왜병들이 내려가면 옥녀의 집이었다.

"큰일 났어요. 저들이 집으로 들이닥치면 어떡해요?"

옥녀가 겁에 질린 눈초리로 심대풍의 팔을 흔들었다.

"걱정하지 마세요. 대곤이 있으니."

심대풍도 속은 불안했다. 심대곤이 왜병과 하리모토를 데리고 온 이유를 알 수 없었다. 불길한 억측이 생겨나고 번지는 들불처럼 불안감이 커졌다.

"부모님이 놀라실까 염려돼요. 왜놈이 이곳에 온 적이 없었거든요?"

옥녀도 불안을 털어 내지 못했다.

"저들을 앞질러 가는 지름길은 없나요?"

심대풍은 산에 숨어 있는 것이 안전했다. 옥녀가 불안해하니 그럴 수 없었다. 옥녀만 불당골로 보낼 수 없었다. 심대곤이 왜병과 불당골로 온 이유를 알아야 했다.

"저를 따라오세요."

옥녀가 가파르고 험한 고갯길로 달리기 시작했다. 심대풍도 뛰어갔다. 옥녀가 옥영감에게 상황을 설명했다.

"늙은 몸에다 무슨 짓을 하겠는가? 대풍이 자네가 어찌해야 하는 거 아닌가?"

옥영감의 말에 옥녀는 심대풍이 위험해졌다는 것을 깨달았다.

"산으로 가세요."

옥녀가 심대풍의 등을 떠밀었다. 심대풍은 혼자 도망갈 수 없었다. 심대풍이 버팅기자 옥녀가 눈물을 흘리며 애원했다. 왜병이 불당골 입구로 접어들었다. 사립문으로 나가면 왜병에게 발각되는 상황이 되었다. 옥녀는 다가오는 왜병과 심대풍을 번갈아 보며 부들부들 떨었다. 심대풍이 별채 방으로 들어갔다. 옥녀가 심대풍의 신발을 부엌으로 숨겼다. 왜병이 사립문 밖에서 걸음을 멈췄다. 하리모토와 심대곤이 집으로 들어왔다. 댓돌에 앉아 낫을 갈던 옥영감이 일어섰다.

"어르신, 절 기억하십니까?"

심대곤이 한길음 나서며 공손히 인사했다. 하리모토는 옆구리에 두 손을 얹고 집안을 두루 살폈다.

"올챙이 국시를 자시고 갔던 그 젊은이 아닌가?"

옥영감이 심대곤을 알아봤다. 심대풍과 너무 흡사했다. 옥녀와 함께 들어왔다면 심대풍으로 착각을 할 정도였다. 옥영감은 사립문 밖에 선 왜병이 심대풍을 잡으러 왔다고 생각했다. 부엌에 서 있는 옥할멈의 손이 부들부들 떨렸다. 옥녀도 가슴이 조마조마했다. 똥깐이 집안 곳곳을 뒤지기 시작했다. 부엌문을 와락 열었다. 옥녀가 아궁이 앞에 쪼그리고 앉아 오들오들 떨었다.

"뉘시오?"

옥할멈이 구부정한 몸을 세워 똥깐의 앞을 막았다.

"할망구에게는 볼일이 없어."

똥깐이 옥할멈을 밀치고 옥녀 옆에 쪼그려 앉았다. 아궁이 장작불로 옥녀의 얼굴이 발갛게 익었다. 조마조마한 표정을 숨길 수 있었다.

"호오라. 색시 얼굴이 발갛게 익은 능금 같네? 까치가 떼로 날아와서 볼때기를 한 모금 쪼아 먹으려고 입질을 하겠어."

똥깐이 구린내 진동하는 입을 벌려 옥녀 볼에 손가락을 댔다. 옥녀가 화들짝 놀라 고개를 돌렸다.

"이런 불한당 같은 놈이 감히 어따 손질을 하고 있어?"

옥할멈이 부지깽이로 똥깐의 등짝을 냅다 후려쳤다. 뼛속이 아려오는 통증이 똥깐의 몸을 휘감았다.

"할망구가 죽고 싶어 환장을 했나?"

회초리 맞은 개구리처럼 푸드득 일어선 똥깐이 통증을 참느라 이를 악물었다.

"나라님도 여염집 처녀에게 버릇없이 손질하지 않는다. 버르장머리라고는 씨나락 눈곱만큼도 없는 놈아."

옥할멈도 물러서지 않았다. 하리모토가 똥깐에게 그만 나오라고 손짓했다. 산삼을 얻으려면 옥영감에게 환심을 사야 했다.

"노인네가 산삼만 먹고 살았는가? 손바닥이 칡넝쿨보담 더 맵네?"

똥깐이 아직도 쓰라린 등짝을 문지르며 부엌에서 나왔다. 하리모토가 심대풍이 숨은 별채를 물끄러미 바라보았다. 다음에 왔을 때 묵을 방을 생각하는 중이었다. 옥영감의 다리가 후둘 떨렸다. 하리모토가 별채로 걸어갔다.

"저 봉우리가 옥녀봉입니다."

심대곤이 걸어가 하리모토를 막았다. 방에 숨은 심대풍이 옷을 걸었던 횃대를 몽둥이로 집어 들었다. 하리모토가 방으로 들어오면 후려칠 자세였다.

"옥녀봉에서 영물이 나온답니다."

심대곤이 말했다.

"영물?"

하리모토가 침을 꿀떡 삼켰다.

"산삼."

"호오. 고려 산삼?"

하리모토가 눈을 휘둥그레 떴다. 손아귀에 백 년 묵은 산삼을 쥔 듯 입이 귀밑까지 찢어졌다. 옥영감이 힘없는 늙은이 행세로 구부정하게 일어나 눈을 껌벅거렸다.

"영감. 저기에 산삼이 정말 있소?"

하리모토가 산삼이 나온다는 옥녀봉에 손짓하며 물었다.

"머…머…라고?"

옥영감이 가는귀 먹은 척 되물었다.

"산삼이 있냐고 물었소."

하리모토가 옥영감의 귀에 소리를 질렀다.

"이놈이 벼락을 맞고 싶어 환장을 했구먼? 썩은 내 진동하는 아가리로 감히 영물을 말하느냐?"

옥영감이 하리모토를 꾸짖었다.

"영감이 뭐라 씨부렁거리는 것이오?"

하리모토가 심대곤에게 물었다.

"산삼은 부정한 사람에게는 눈에 띄지 않는다는 말입니다. 산삼을 얻으려면 마음부터 정갈히 해야 한다는 뜻입니다."

심대곤이 여전히 별채를 막아서고 말했다.

"부정한 사람에게는 눈에 띄지 않지만 먹는 사람이 부정할지라도 약효는 변하지 않는 영물이겠지?"

하리모토가 옥영감에게 느물거렸다. 옥영감 목덜미 핏줄이 굼틀거렸다.

"영감이 산삼 캐는 심마니 맞소?"

하리모토 물음에 옥영감은 대답하지 않았다. 버르장머리 없는 놈을 보는 시선을 하리모토에게 던졌다.

"영감. 산삼을 캐본 적이 있소?"

하리모토가 큰소리로 물었다.

"산신령님이 점지해주신 적은 있긴 하지만 부정을 타면 어림도 없다."

옥영감 대답에 하리모토 입이 헤 벌어졌다.

"영감. 산삼 한 뿌리만 캐주시오. 한 달 안에 다시 올 테니까 산삼 한 뿌리만 내 손에 쥐여 주시오. 그러면 쌀 스무 가마에 소금 한 가마 얹어 주리다."

하리모토가 침을 튀기며 말했다. 옥영감이 하리모토를 꼬장꼬장한 눈매로 쳐다보다가 댓돌에 앉았다. 하리모토가 어정어정 따라왔다.

"쌀 스무 가마라고 했소. 거기에다가 소금 한 가마."

하리모토가 손가락을 펴가며 말했다.

"지금은 심메 보러 가는 시절이 아니다. 몸이 늙어 살피개가 껌껌하니 심을 볼 수가 없다."

하리모토가 옥영감 말을 알아듣지 못했다. 심대곤도 말뜻을 몰라 눈을 깜박거렸다.

"지금은 삼을 캐는 시기가 아니랍니다. 작년에 자란 삼대가 겨울에 말라 죽어 생긴 흔적이 있다 한들 연로하신 아버님의 눈이 컴컴하시어 삼을 볼 수 없다 하십니다."

옥녀가 부엌에서 나와 말했다.

굶주린 개처럼 쭈그리고 앉았던 똥간이 뻘떡 일어나 어정어정 걸어왔다. 옥녀가 옥영감 뒤로 숨었다. 옥할멈이 부지깽이를 곤두세우고 부엌에서 나왔다.

"에이 씨부랄. 내가 언제부터 똥개만큼도 못한 인간이 되었단 말인가?"

똥깐이 슬금슬금 뒷걸음으로 물러났다. 사사끼 앞잡이로 인간 취급을 받지 못하던 똥깐이 첩첩산중에 와서도 같은 대접을 받으니 심사가 뒤틀렸다. 심대곤은 똥깐의 행동을 살피는데 게을리하지 않았다. 심사가 뒤틀린 똥깐이 고삐 풀린 망아지로 집안 곳곳을 헤집을까 염려되었다.

"그럼 언제쯤 그 심을 볼 수가 있단 말이오?"

하리모토가 우물에서 숭늉을 구하듯 애를 태웠다.

"심을 묘절에 돋우면 잎이 돋느라 효험이 싹으로 몰리고 단절에는 숲이 가려 찾아내기가 여간 힘이 들기도 하지만, 하룻밤 사이 꽃이 발갛게 피니까 쉬이 찾을 수도 있지. 하지만 황절심이 천하제일이다. 시기도 아닌데 성급한 탐욕으로 젖먹이처럼 칭얼거리지 마라. 산신령님이 크게 노하실까 우려된다."

옥영감이 성급하게 보채는 하리모토를 찬찬히 꾸짖었다. 하리모토는 옥영감이 꾸짖는 것을 알면서도 비굴한 억지웃음을 칠칠 흘렸다. 옥영감 비위를 맞춰 산삼을 얻고픈 욕망뿐이었다.

"조선 나랏말은 어따 팔아먹고 듣기 거북한 말을 쓰는 게요? 묘절은 뭣이고 황절은 또 뭣이요?"

옥영감의 말을 알아들을 수 없는 똥깐이 투덜거렸다. 묘절은 봄이며, 단절은 여름이고, 황절은 가을임을 무식한 똥깐은 알아들을 수 없었다.

"왜놈 시키면 똥구멍이나 핥아 먹고 사는 놈이 조선 나랏말 알아듣기를 바라는 게냐?"

옥영감이 똥깐에게 소리를 버럭 질렀다. 똥깐이 푸드득 일어섰다가 슬그머니 앉았다. 옥할멈에 손에 들린 부지깽이가 무서웠다. 옥영감에게 괄시를 받고 옥할멈에게 등짝을 얻어맞아 씀바귀를 씹은 듯 속이 쓰라렸다. 심대곤에게 슬금슬금 걸어왔다.

"썩은 냄새 진동하는 아가리 질끈 닫고 있어라? 네 놈은 들짐승을 너무 잡아먹은 죄가 있어. 개구리지 잡아서 허리 질끈 부러뜨려 먹고, 길 가는 똥개 목매달아 먹고, 너구리도 먹고 뱀도 먹어서 입만 벌리면 뱃속에서 끼룩끼룩 짐승 우는 소리가 들린다?"

심대곤이 똥깐의 가슴에 갈퀴질하듯 말했다.

"그깟 것들 내 뱃속에서 보약이 되었는데 무슨 죄가 된단 말이여?"

똥깐이 깔짝깔짝 다리를 흔들며 싯누런 이빨로 건들거렸다.

"저쪽 골짝으로 다섯 걸음만 들어가도 호랑이가 시뻘건 입을 쩌억 벌릴 것이다. 네 놈이 잡아먹은 짐승 냄새가 고소하게 풍기는데 동짓달에 배곯은 호랑이가 널 가만두겠느냐?"

심대곤의 비아냥거림에 똥깐이 식은땀을 흘렸다.

"저 방을 내게 빌려주시오."

하리모토가 심대풍이 숨은 방을 가리켰다. 심대곤과 옥영감이 일시에 긴장했다. 옥녀와 옥할멈도 가슴이 조마조마해졌다.

"허물어가는 저 방을 무엇에 쓰려고?"

옥영감이 태연하게 물었다.

"내가 쓰자는 것이 아니고. 새싹이 돋으면 몇 사람을 이리로 보낼 것이오. 저 방을 쓰도록 허락해 주시오. 소금가마를 드릴 테니까."

심마니를 보내 산삼을 캐가고야 말겠다는 하리모토의 집착이었다.

"맘대로 하시구려. 날 풀리면 우린 회골로 거처를 옮길 테니, 이 집을 통째로 쓰든 맘대로 하시오."

옥영감이 시퍼렇게 날이 선 낫을 지게에 꽂았다. 지게 지고 사립문으로 나갈 참이었다. 하리모토를 집 밖으로 몰아내야 했다. 별채 방에 심대풍이 숨어 있었다. 천방지축 나대는 똥깐이 느닷없이 별채 방문을 열지도 모르는 일이었다. 심대풍이 바람 앞에 촛불처럼 위태로웠다.

"어둡기 전에 베틀재를 넘어가야 합니다."

심대곤도 옥영감의 의도를 간파했다. 하리모토와 똥깐이 사립문으로 걸어 나왔다.

"심대풍이 폐가에서 죽었다고 하지 않았소? 우린 그것을 눈으로 확인하고 돌아가야겠소."

사립문에서 기다리던 이또가 소리를 버럭 질렀다. 이또는 하리모토가 의풍에 온 연유를 몰랐다. 뗏목 출발지인 용진나루에 오는 줄로 알았다. 사사끼에게 왜병을 내어달라고 할 때도 의풍에 간다는 얘기가 없었다. 막상 용진에 도착하고서 하리모토의 용무가 의풍에 있음을 알았다. 베틀재를 힘들게 넘어와 개인의 욕심을 채우기 위해 산골 노인에게 갖은 아첨을 떨고 있는 것이 아닌가. 하리모토가 마당에서 나오지 못하고 계속 비굴한 아첨을 하자 이또는 화가 단단히 났다.

"어둡기 전에 심대풍의 시신을 확인해야겠소."

이또가 또 소리를 질렀다. 심대곤은 속이 뜨끔했다. 심대풍도 하리모토가 밖으로 나가는 기척을 듣고 긴장을 늦추다가 깜짝 놀랐다. 멀쩡하게 살아 있는 자신의 죽음을 확인해야 하겠다는 말을 납득할 수 없었다.

"저쪽 골짜기를 돌아가면 폐가가 있는데 거기서 변을 당했소. 거기까지 갈 참이오?"

심대곤이 회골이 아닌 영월 방향 골짜기를 가리켰다.

"사사끼 대장의 명령입니다."

하리모토는 소백산 영물에 욕심을 품고 의풍에 왔다. 단양전투에서 의병이 패하여 흩어졌지만, 잔당이 영월로 집결한다는 소문을 들었다. 단양에서 용진을 거쳐 의풍으로 오는 길은 흩어진 의병이 영월로 가는 길목이었다. 소백산 산삼을 탐하러 간다는 사실은 숨긴 채 사사끼에게 왜병의 동행을 요청했다. 사사끼가 이또와 왜병 열 명을 내주었다. 사사끼가 이또를 은밀하게 불렀다. 의풍에 가서 심대풍이 정말로 죽었는지 반드시 확인하라고 밀령을 내렸다.

"회골 폐가와 무덤을 확인하고 베틀재를 넘기에는 너무 늦습니다. 깜깜한 밤에 베틀재를 넘는다는 것은 위험한 일입니다. 태백산 줄기에 닿아 있어 맹수의 공격을 받을 가능성이 있음은 물론이거니와 의병의 습격을 받지 않으리라는 장담이 없습니다."

심대곤이 기우는 해를 손짓하며 베틀재를 넘어가자고 했다. 의병이 습격해올 수 있다는 말에 하리모토의 얼굴색이 까맣게 죽었다. 이또의 가슴도 덜컥 내려앉았다.

"사사끼 대장이 심대풍의 죽음을 반드시 확인하고 돌아오라는 명령을 내렸습니다. 명령에 따라야 합니다."

이또가 고집을 부렸다. 옥녀는 심대풍이 회골에서 죽었다는 소리를 이해하지 못했다. 별채에 숨은 심대풍도 자신이 죽었다는 말에 놀랐다. 이또가 회골에 갈 것을 계속 요구했다. 하리모토가 이또에게 얼굴을 찡그렸다. 사사끼에 대한 불만이었다.

"보름 전인가? 회골에서 얼어 죽은 그 젊은이 얘기를 하는 것이오?"

지게를 진 옥영감이 능청을 떨었다. 옥녀를 음탕한 눈초리로 흘끔거리던 똥깐이 옥영감과 마주 섰다.

"여기 이 사람과 닮은 젊은이가 의풍에서 얼어 죽었다는 소문이 참말이오?"

똥깐이 심대곤의 어깨를 잡고 물었다. 심대곤이 똥깐의 손을 불쾌한 표정으로 뿌리쳤다.

"이마가 아직 시퍼런 젊은 것이 어찌하여 어른의 말을 믿지 못하는가?"

머리칼이 봉두난발이며 입에서 구린내가 나는 똥깐을 옥영감이 꾸짖었다.

"영감의 눈으로 정말 보았소?"

하리모토가 씩씩거리는 똥깐을 제치고 물었다.

"사람이 살다 떠난 빈집에서 낯모르는 젊은이가 얼어 죽었어. 연고를 몰라 시신은 그냥 뒀지. 맞아. 여기 이 사람하고 생긴 게 똑같아. 이 젊은이가 내 집에 들렀을 때 그 얘기를 해줬더니만 시신을 확인하고서 대성통곡을 하더군. 시신을 이 젊은이가 회골에다 대충 묻었어. 봉분이 허술해서 찾기도 힘들어."

어험. 말을 마친 옥영감이 지게를 지고 회골로 천천히 걸어갔다.

"영감의 말을 들었잖소. 이러다 베틀재를 넘기도 전에 어둠을 만나면 어찌할 텐가?"

하리모토가 이또를 나무랐다. 이또가 주춤거리다가 베틀재로 올라갔다.

"영감님. 감옥에 갇힌 아버님과 여동생이 풀려났어요."

심대곤이 저만치 걸어가고 있는 옥영감에게 소리를 질렀다. 심대풍이 들으라고 크게 외쳤다.

"그러신가? 퍽 잘 되었네."

옥영감이 돌아서서 작대기를 허공에 흔들었다. 하리모토 일행이 베틀재로 올라갔다.

"갔어요. 나오세요."

옥녀가 별채 방문을 두드렸다. 심대풍이 마당으로 나왔다. 회골로 지게를 지고 갔던 옥영감이 돌아왔다.

"회골로 정말 이사 가실 작정이세요?"

옥녀가 물었다.

"새싹 돋으면 저놈들이 떼로 몰려와서 설칠 텐데 그 꼴 보고는 못 산다."

옥영감이 베틀재로 올라가는 하리모토 일행을 바라보았다.

심대풍이 사립문에 숨어 동생의 뒷모습을 바라보았다.

보름달이 떴다. 달빛이 창호지에 파리하게 부서졌다. 심대풍이 옥영감네로 옮겨오고 열흘이 지났다. 심대풍은 밤늦도록 잠을 이루지 못했다. 보름달에서 은은히 발산되는 빛으로 갖가지 생각이 묻어왔다. 밤이 깊어질수록 정신이 외려 토끼 눈알로 또렷해졌다. 골짜기 바람에 창호지가 부르르 떨었다.

"주무시나요?"

옥녀의 나지막한 소리에 심대풍이 방문을 열어주었다. 심대풍도 옥녀가 혹시 들어올까 잠들지 못했다.

"잠이 오지 않아요."

옥녀가 방으로 들어왔다. 심대풍이 건넛방으로 들어오고 옥녀도 밤마다 잠을 이루지 못했다. 심대풍이 건넛방에 와 있다는 생각으로 가슴이 벌렁거렸다. 잠자리에 누워도 잠은 오지 않고 갖은 생각이 솟아나 건넛방으로 뻗어 나갔다. 건넛방으로 가지는 못하고 귀만 자꾸 밝아졌다. 바람이 헛간을 스치는 소리가 심대풍이 걸어 나오는 소리로 들렸다. 밤중에 혼자 얼굴을 붉히기도 했다.

오늘 밤은 용기를 내어 심대풍이 자고 있는 방문을 열었다.

"춥지 않아요?"

옥녀가 이부자리에 손을 넣어 온기를 살폈다.

"안방에서는 주무시나요?"

심대풍이 옥영감 내외가 잠들었는지 물었다. 불을 밝히지 않아도 창호지에 부서지는 달빛에 서로를 알아볼 수 있었다. 마주 앉아 있는 표정이 서로에게 보였다. 심대풍은 어찌할 바를 몰라 난감한 표정이었다. 사내 방에 불쑥 들어온 옥녀는 귓불까지 발간 얼굴로 무엇인가를 작심한 듯 아랫입술을 물었다. 심대풍의 품으로 무너지듯 들어왔다. 심대풍은 옥녀의 향기에 정신이 몽롱해졌다. 옥녀가 심대풍의 손을 쥐었다. 시간이 끊어진 듯 정적이 방안에 들어찼다. 어둠보다 더 까만 옥녀의 눈빛이 심대풍을 그윽하게 바라보았다. 조금만 움직여도 옥녀 입술에 닿을 것 같았다. 옥녀가 눈 감고 심대풍의 입술을 기다렸다. 재촉하듯 심대풍의 손을 꼭 쥐었다. 심대풍은 눈이 스르르 감기고 구름 위를 둥둥 떠다니는 황홀감에 사로잡혔다. 불현듯 강막실 얼굴이 심대풍의 뇌리로 들어왔다. 심대풍이 눈을 부릅떴다. 옥녀를 품에서 밀어냈다.

"어쩐대요? 밤마다 잠이 오지 않아요."

옥녀가 품에서 밀려나 말했다. 심대풍은 강막실 얼굴을 잃지 않으려 눈을 감았다.

"용진 짚더미가 자꾸 생각나요. 못된 여자가 아닐까 자책감에 빠져들기도 해요."

심대풍은 묵묵히 듣기만 했다. 속으로 막실아 막실아 불렀다.

"이러는 제가 못마땅한 것은 아닌지…."

옥녀가 말끝을 흐렸다. 심대풍은 아무 말도 하지 않았다. 천장에 시선을 고정하고 강막실을 생각했다.

6

연분홍 블라우스 홍금희

관찰사를 만나러 충주성 숏을 남문으로 걷던 박시만이 걸음을 뚝 멈췄다. 남문 문턱에서 박시만을 기다리던 홍금희가 낭창낭창 걸어왔다. 검은 무명치마와 흰 저고리를 입고 머리를 길게 땋아 내린 여느 충주 처녀들과는 달랐다. 하늘색 주름치마를 입었는데 끝단이 종아리 중간에 닿았다. 버선이 아닌 분홍색 양말을 신은 종아리가 갓 뽑은 무처럼 하얗게 빛을 발했고 짚신도 나막신도 아닌 검정 구두를 신었다. 연분홍 블라우스 깃이 바람에 살랑살랑 흔들렸다. 레이스가 달린 옷소매의 손은 흙이라고는 만져보지도 못한 살점이 희뿌연 빛을 냈다. 창이 둥근 모자 아래로 드러난 머리는 귀밑으로 돌려 깎은 단발머리였다.

홍금희가 눈동자를 말똥거리면서 손끝을 입에 물었다. 박시만이 황급히 달려와 덥석 안아주기를 기다리는 눈빛이었다. 박시만은 급히 걸어가기는커녕 한걸음 물러서서 주변을 살폈다. 길목을 지나던 사람들이 슬금슬금 걸어왔다. 성문을 지키는 사령과 몰려든 충주 백성의 시선이 홍금희에게서 박시만에게로 옮겨왔다. 코딱지 어린애도 떼로 몰려와 문둥병자를 보듯 에워쌌다. 검은 양복을 입은 남자와 묵정밭에 우후죽순 피어난 들꽃처럼 천연색의 복장을 한 여자는 색다른 구경거리였다.

박시만이 주변을 의식하여 주춤 물러서자 홍금희 얼굴에 서운하다는 빛이 감돌았다.

"눈동자가 빠지는 줄 알았어."

홍금희가 걸어와 박시만의 손을 덥석 잡았다.

저것 좀 봐. 알나리깔나리. 코딱지 애들이 손가락질했다. 길거리에서 장성한 처녀가 어찌 남정네의 손을 덥석 잡을 수가 있을까. 둘러싼 이들이 놀라 입을 막고 에헴 기침을 쏟고 눈을 질끈 감기도 했다.

"언제 왔어?"

박시만이 손을 뺐다. 멈칫거리다가는 홍금희의 가슴에 안길 것 같았다.

"어제 내려왔어. 간밤에 혼자 자는데 시만씨만 생각했어. 하룻밤인데 시만씨 없는 순간은 견뎌낼 수 없다는 것을 뼛속이 아리게 깨닫는 시간이었어."

홍금희가 박시만의 손을 다시 잡았다. 홍금희의 콧김이 박시만의 얼굴에 쏟아졌다. 눈을 지그시 감는 것으로 보아 가슴에 얼굴을 묻기 직전이었다.

"여기서 잠깐 기다려."

박시만이 주춤 물러났다. 구경꾼의 표정에서 실망의 빛이 묻어났다. 그들은 전혀 새로운 모습을 갈망하는 중이었다. 전통과 풍습에 억압되어 온 가슴에서 무엇인가가 은근하게 꿈틀거리는 것을 즐기는 중이기도 했다.

"어제부터 눈알이 빠져라 기다렸는데 또 기다리라고?"

홍금희가 몸을 흔들어 투정했다. 애들이 와아 웃었다. 구경꾼이 더 모였다. 엿판을 깔아 놓고 어깨와 엉덩이를 덩실거리는 각설이 패거리보다 더한 구경거리가 되었다. 충주 백성을 다스리는 관찰사 다음의 벼슬을 제수받고 온 박시만에게는 낯 뜨거운 상황이 아닐 수 없었다.

"관찰사 어른 뵙고 나올 때까지 기다려."

박시만이 솟을 남문 쪽으로 걸어갔다. 홍금희가 박시만의 앞을 막았다.

"싫어. 아침도 안 먹었어. 배고파. 나랑 점심 먹은 후에 관찰사 만나."

박시만이 홍금희를 주막으로 안내했다. 애들이 주막 사립문까지 몰려와 얼씬거렸다. 주모가 훠이- 애들을 쫓았다. 주모가 돌아서자 애들이 또 몰려왔다. 박시만이 주모에게 청해서 방으로 들어갔다.

"아버지께서 한번 내려오신대. 관찰사 만나서 시만씨 잘 봐달라는 부탁 말씀하시러 오신대. 그리고 우리 아버지 궁내부에서 일본 공사관으로 자리 옮기셨어. 잘됐지?"

홍금희가 엉덩이를 바닥에 놓기도 전에 달뜬 목소리로 말했다. 홍금희 아버지 홍종오가 일본 공사관으로 자리를 옮겼다. 조정의 벼슬을 그만두고 일본 공사의 조선인 관리가 되었다.

"언제까지 충주에 있을 작정인데?"

홍금희의 호들갑에도 무뚝뚝하던 박시만이 물었다. 홍금희가 처음부터 마뜩하지 않았다.

"글쎄? 하루? 보름? 한 달? 아니면 영영?"

홍금희가 박시만의 심정에 아랑곳하지 않고 흥얼흥얼 말했다.

"머무를 날짜를 기약하지 않고 내려왔단 말이야?"

박시만의 목소리에서 짜증이 섞였다. 그래도 홍금희는 호호호 웃었다.

"최소한 아버지께서 충주에 오실 때까지 시만씨랑 있을 참이야. 아버지께서 언제 오실지 모르니까 나도 모르는 거지. 짐 싸가지고 왔어. 깨끗하고 넓은 방도 얻어놨어."

주모가 밥상을 들여왔다.

"색시는 경성에서 왔는가? 총각도 살결이 쌀뜨물 같은 게 어쩜 배꽃 같아?"

주모가 호들갑을 떨었다. 홍금희도 덩달아 좋아 죽겠다는 표정을 지었다. 주모는 방문을 나가면서 둘을 번갈아 보았다.

"경성으로 올라가."

숟가락을 뚝배기에 넣는 홍금희에게 말했다.

"경성으로 올라가라고? 농담하지 마."

홍금희가 눈을 흘기면서 국밥을 입에 퍼 넣었다. 몹시 시장한 모습이었다. 박시만이 입술을 깨물었다.

"왜 안 먹어? 배 안 고파?"

여전히 무뚝뚝한 박시만에게 홍금희가 살랑살랑 웃었다. 박시만은 새벽에 창말에서 충주로 출발했기 때문에 몹시 배고팠다.

"경성으로 가서 아버님께 말씀드려. 충주에 내려오지 마시라고."

홍금희가 뚝배기를 비우고 숟가락을 놓자 박시만이 말했다.

"왜 그래? 시만씨를 위해서 일부러 내려오신다는 데 그런 말을 할 수 있어?"

박시만의 엄중한 표정에 홍금희가 말끝을 흐렸다.

"이유는 묻지 말고 내 뜻대로 해. 충주에 다시는 오지 마. 아니 나를 찾아오지 마."

박시만이 어금니를 물었다. 홍금희 표정이 시무룩해졌다.

"충주로 의병이 곧 쳐들어온다는 소문 때문에? 아버지와 내가 위험해질까 봐? 아버지와 줄이 닿아 있으면 의병에게 보복을 당할까 봐?"

"그것도 있지만…."

"그럼 뭐야?"

홍금희가 박시만에게 다가앉으려 엉덩이를 끌었다. 밥상이 박시만 무릎에 닿았다.

"나… 혼인했어."

박시만이 곤혹스러운 표정으로 말했다. 홍금희가 피식 웃었다.

"지금 농담하는 거지? 나 놀래주려고?"

실없는 말이나 하는 박시만이 아님을 아는 홍금희 표정이 굳어졌다.

"사실이야."

박시만이 차갑게 대꾸했다. 홍금희 얼굴이 발갛게 변했다.

"달마실 처녀와 대례를 치렀어. 정실이 된 부인과 신방에서 잤어."

"그럼 난… 뭐야?"

홍금희가 눈물을 글썽였다.

"우린 사귀는 관계였지 정혼한 사이는 아니었잖아?"

"사귀는 관계? 그럼 내가 이제까지 시만씨에게 그 정도밖에 되지 않았단 말이야?"

"경성에는 신학문이 있고 개화된 풍습이 가능하지만 여긴 전통이 존중되는 곳이야. 부모님과 종가 어른이 약조한 정혼을 어길 수 없어."

"나는 인정할 수 없어. 시만씨를 포기할 수 없어."

홍금희가 울먹였다. 주모가 놀란 표정으로 방문을 열었다가 살며시 닫았다.

"아버지는 시만씨를 사위로 점찍어 놓으셨는데. 이제 와서 이러면 우리 가족은 어쩌란 말이야? 또 난 어쩌고?"

홍금희가 두 손으로 얼굴을 싸매고 울기 시작했다.

"아버님께 입은 은혜 잊지 않고 있어. 아무것도 없이 의욕만 들고 경성에 간 나를 돌보아주시고 정신적으로나 금전적으로 크게 도움을 주신 아버님을 죽을 때까지 잊을 수 없어. 그렇기 때문에 경성으로 올라가서 나를 잊으라고 말하는 거야. 이미 정실부인을 맞이한 몸으로 금희와 가까이 지낸다는 것은 아버님이 베푸신 은혜를 원수로 갚는 거와 다를 바 없어. 이런 말을 해야 하는 내 가슴도 온전치 않아."

홍금희가 울음을 뚝 끊었다. 손바닥으로 눈물을 훔치고 박시만을 바라보았다.

"혼례를 치렀다는 것은 내게 아무런 문제가 없어. 우리 할아버지도 정실을 두고서도 첩을 셋이나 거느리셨어. 남자가 첩 하나쯤 더 두었다고 흉이 되는 것은 아니잖아. 나는 첩이라도 괜찮아. 그러니까 나더러 경성에 가라는 말 더하지 마."

홍금희가 또박또박 말했다. 박시만이 난감한 표정으로 입을 다물었다.

"여기 이대로 앉아 있을 테니까. 충주부 관찰사 만나고 이리로 와."

홍금희가 방문을 열었다. 엿듣던 주모의 얼굴을 문짝이 정통으로 때렸다. 어이쿠. 주모가 땅바닥에 나동그라졌다가 화들짝 일어나 부엌으로 갔다.

"충주부에 가서 관찰사 만나고 곧장 이리 와. 관찰사 어른을 만나면 아마 우리 아버지 얘기도 나올 테니까."

홍금희가 마당으로 팔을 뻗어 재촉했다. 박시만이 일어났다.

"여기로 오지 않으면 내가 관찰사 어른께 찾아갈 테니까."

홍금희가 방문을 닫았다.

박시만이 충주부 관찰사와 동헌에서 마주 앉았다. 경성에서 받아온 교지를 건넸다. 제수받은 직책은 관찰사 다음인 수령관으로 통칭되는 도사였다.

"일본 공사관으로 자리를 옮겼다는 홍종오의 기별을 받았네. 자네가 그 사람의 사위 될 예정이라고 하더군. 약관의 나이에 관찰사 다음인 도사 벼슬을 제수받은 것이 누구 덕인지 알아야 할 것이야."

관찰사가 홍종오의 소식부터 말했다.

"그분이 그런 말씀을 하셨습니까?"

박시만이 되물었다. 관찰사가 껄껄껄 웃었다.

"홍종오 여식이 충주에 와 있다고 하더군. 이름이 뭐라고 하였더라?"

관찰사가 가물거리는 이름을 떠올리려 고개를 갸웃거렸다.

"홍금희입니다."

"맞아. 홍금희. 그래 그 여인을 만나는 보았겠지?"

박시만이 고개를 끄덕여 수긍했다.

"약관의 나이로 관운이 탁 트인 게 참 부럽네. 경성에 홍종오를 장인으로 두었으니 충주부 관찰사인 내가 자네를 어찌할 수 있겠는가? 길어야 이삼 년 있으면 경성의 요직으로 발탁될 사람인데 누가 자네에게 쇠꼬챙이를 겨누겠어. 허허허."

박시만은 관찰사가 마뜩하지 않았다. 지척에서 의병이 충주성을 노리고 있는데 마음의 조급함이 조금도 보이지 않았다. 관찰사가 홍종오를 내세워 허허 웃었으나 동조하지 않았다. 무거운 표정으로 입을 다물었다. 관찰사가 박시만의 의중을 감지하고 웃음을 거두었다.

"의병의 목표가 충주성입니다. 단양 장회나루에서 공주 병참부대에 패하여 흩어졌다고 하나 마음을 놓을 수 없는 상황입니다."

박시만이 의병을 화제에 올렸다.

"자네가 부임하면서 처음으로 하는 말이 그것인가? 의병 얘기만 하면 골치가 아파."

관찰사가 못마땅해했다.

"목전에 적이 있습니다. 적을 물리치기 전에는 어쩔 수 없는 근심입니다. 대책을 세워야 합니다."

"오합지졸을 너무 크게 부풀려 염려할 일도 아니야. 선비란 자들이 일자무식한 농사꾼을 얄팍한 농간으로 끌어모아 작당을 지었을 뿐이네. 충주에는 경성에서 파견된 경대 사백과 또 지방대 사백이 있고, 지척인 수안보와 목계에 왜병이 주둔하고 있어. 또 참령 나리께서 의병을 토벌하려 경대 이천을 대기시켜 놓았다는 장계도 와 있어."

"왜병을 너무 믿지 마십시오. 왜병은 자신에게 직접 부닥치지 않는 한 앞장서지 않을 것입니다."

"그런 소리 말게. 충주성이 의병 수중에 들어가면 수안보 주둔 왜병과 목계 주둔 왜병이 공격을 받을 건 빤한 이치인데 나서질 않다니. 억지 주장하지 말게."

관찰사가 역정을 냈다.

"왜병이 도와주러 올 때는 충주성은 이미 함락된 뒤며 목숨 또한 끝난 뒤입니다. 관찰사는 감사통치군민이라 하여 충주부의 행정, 사법, 군사를 관할하여야 합니다. 지금은 군사 통치에 주력하여야 할 시기입니다. 관군을 통할하시어 충주부를 지켜내야 합니다."

박시만이 말을 던져두고 자리에서 일어났다.

"그럼 자네가 관군을 총지휘하도록 하게."

관찰사가 박시만에게 관군 통수권을 부여했다.

홍금희는 박시만이 돌아올 때까지 주막에 앉아 있었다.

"내가 얻어 놓은 집으로 가서 얘기해."

박시만이 방으로 들어오자 홍금희가 일어났다. 홍금희가 앞장서 주막에서 나갔다. 박시만이 맥없이 따라갔다. 홍금희는 남산 기슭에 방을 얻어 놓았다. 권세가가 살았음직한 대갓집이었다. 방 한 칸을 얻은 것이 아니었다. 뒤곁의 방 두 칸과 툇마루가 딸린 행랑을 통째로 얻어 놓았다. 마당에 서니 남산성이 한눈에 들어왔다.

"뭐해? 어서 들어오지 않고?"

홍금희가 방문을 열어놓고 재촉했다. 박시만이 마루로 올라갔다.

"들어오셨네요?"

늙은 내외가 마당으로 걸어와 홍금희에게 허리를 굽혔다.

"방 따뜻하게 해놨어요?"

홍금희가 종을 부리듯 늙은 내외에게 물었다.

"아침나절에 군불 한 짐 넣어두었습니다. 방바닥이 식었으면 말씀하십쇼. 군불 지펴드리겠습니다."

내외가 허리를 굽혔다.

"행랑만 세 얻으려다 저 내외도 돈을 주고 샀어. 집 삯은 월 십 원이고 내외는 오 원 주기로 했어."

방은 정갈하고 따뜻했다. 샛문을 지나 윗방으로 가보니 홍금희 짐이 정돈되어 있었다. 눌러살기로 작정을 하고 왔음이었다. 어젯밤 수치스러움을 참아내며 이불 속에 알몸으로 누웠던 강막실이 떠올랐다.

"가야겠어."

박시만이 마루로 나왔다.

"갈 곳이 또 있어?"

홍금희가 따라 나왔다.

"거처할 방을 얻어야 해."

박시만이 댓돌에 내려와 신발을 신었다. 홍금희가 맨발로 뛰어 내려와 팔을 붙잡았다.

"정말 이럴 거야?"

"유부남인 나더러 저 방에서 살라는 말이야?"

박시만도 물러서지 않았다.

"당연히."

"우린 장성한 남자와 여자야. 남녀가 엄연히 유별한데 한방에서 지낼 수 있다는 생각 받아들일 수 없어."

박시만이 뿌리치고 쪽문으로 걸어갔다. 홍금희가 뛰어와서 또 붙들었다.

"안 돼. 보낼 수 없어."

박시만은 말문이 막혀 홍금희를 바라보았다.

"떠나지 마. 경성에서 충주까지 시만씨만 생각하고 먼 길 내려왔어. 내 맘 잘 알잖아? 내가 이렇게 사정할 게. 나가지 마. 제발."

홍금희가 애절한 눈초리로 울먹였다. 박시만은 걸어나갈 수 없었다. 차근차근 얘기를 해보겠다는 생각으로 방에 들어갔다. 홍금희가 방문을 질끈 닫았다.

"혼례를 치렀다는 강막실에게 내 얘기 했어?"

"아니. 말하지 않았어."

박시만이 거짓말을 했다.

"왜? 나를 숨기고 싶었어?"

"숨길 이유도 없어."

“어째서 나를 말해주지 않았어?”

“우리 사이에 아무 일도 없었는데 일부러 말할 필요를 느끼지 않았어.”

박시만이 무미건조하게 말했다.

“곧 얘기해야 되지 않을까?”

홍금희는 보통내기가 아니었다. 냉담하게 뚝뚝 부러지는 말을 털어내는 박시만 태도에 아랑곳하지 않았다. 자신이 넘치는 표정으로 싱글싱글 웃었다.

“조강지처 불하당이오, 빈천지교 불가망이라는 옛 말씀의 근원지가 충주라는 거 알고 있어?”

박시만이 홍금희의 표정을 가만히 살폈다. 조강지처는 뜰 아래 내려오지 않게 하며 가난하고 천할 때 사귄 친구는 잊어서는 안 된다는 뜻임을 홍금희도 알고 있었다. 홍금희가 입술을 물었다. 창말에서 남한강을 건너면 금가땅이 있는데 문장가 강수가 자라났다. 나이 스물이 되자 부모가 고을의 용모와 행실이 좋은 여자를 중매하여 장가를 들이려 했다. 강수에게는 이미 사귀고 있는 처녀가 있었다. 그녀는 대장장이 딸이었다. 강수는 이미 정을 둔 처녀가 있다며 부모의 뜻을 거역했다. 아버지가 버럭 화를 내며, 너는 세상에 이름이 나서 모르는 사람이 없는데 미천한 여자를 배필로 삼으려는 것은 수치스러운 일이 아니냐? 꾸짖었다. 강수는 두 번 절을 하고, 가난하고 천한 것은 부끄러운 바가 아닙니다. 도를 배우고 실행하지 않는 것이 참으로 부끄러운 것입니다. 일찍이 옛사람의 말에 조강지처는 뜰 아래 내려오지 않게 하며 가난하고 천할 때 사귄 친구는 잊어서는 안 된다고 하였습니다. 천한 아내라고 하여 차마 버릴 수는 없습니다. 잘라 말했다. 조강지처 강막실을 두고 홍금희와 한방에서 지낼 수 없다는 박시만의 뜻이었다.

"남산성에 올라가야겠어."
박시만이 일어났다.
"같이 가."
홍금희도 일어났다.

고갯길에 눈이 서릿발로 얼어 있었다.
"정월 추위에 의병이 쳐들어올 거라고 믿어?"
홍금희가 목에 차오른 숨을 헐떡였다.
"정월이니까 의병이 가능한 거야. 날 풀리고 봄 농사 시작되면 의병의 수가 줄어들기 때문이지. 봄이 오기 전에 충주를 점령하려는 계획을 품고 있음이 틀림없어."
"엄동설한에 군사를 움직인다니 도무지 이해할 수가 없어."
"박달재를 넘고 남한강을 건너야 하는데 강이 얼어야 의병이 강을 건너올 수 있어."
두 시간이 족히 걸려 남산성에 도착했다. 성에는 관군 이십 명이 매운바람을 막는 가건물에서 겨울잠 자는 곰처럼 웅크리고 있었다. 볼이 얼어서 새까맣게 죽어 있었다. 바닥을 파고 불을 지펴 언 몸을 녹이는 중이었다. 관군은 박시만을 알아보지 못했다. 홍금희를 의아한 눈초리로 바라보았다.
"충주부 도사로 부임한 박시만이다. 누가 지휘권을 가지고 있는가?"
늙수그레한 관군이 박시만을 멀뚱 쳐다보기만 했다. 새파랗게 젊어 보이는데 도사 벼슬이라 자처하니 믿지 않았다. 처녀를 데리고 왔으니 의심이 컸다.
"너희들 중에 누가 선임자인지 물었다."

박시만이 호통을 쳤다. 관군이 움찔하며 한걸음 걸어왔다.
“정말로 도사 어른이시오?”
관군이 뒤통수를 긁으면서 여전히 의심의 눈길을 보냈다.
“관군 통수권을 관찰사로부터 위임받은 도사 박시만이다.”
관찰사로부터 병권을 위임받았다는 사실을 알렸다.
“그렇지 않아도 관찰사 어른께 꼭 아뢸 말이 있었는데 도사가 오셨으니 참 다행이오다.”
관군이 거드름을 피웠다. 이십 명 모두 불만이 가득해 보였다.
“관찰사 어른께 올릴 말이 있다니 그게 무엇이냐?”
“의병이 병참부대에 혼쭐이 나서 도망질을 쳤다는데 맞소?”
“장회전투에서 공주 병참부대에 의병이 패하여 도주한 것은 사실이다.”
“도사 양반도 싸대기를 얻어맞은 듯 볼때기가 얼얼하고 사지가 벌벌 떨리지요?”
관군이 칼바람에 춥지 않으냐고 물었다.
“그래서 어쨌단 말이냐?”
비아냥거리는 늙수그레한 관군에게 박시만이 소리를 버럭 질렀다. 멀리 영봉이 가물 보이는 월악산 쪽에서 내달려온 바람이 매서웠다. 귓불이 얻어맞은 것처럼 얼얼했다.
“눈구멍이 있으면 저어기 저쪽을 좀 보시오.”
관군이 남한강 계곡으로 팔을 뻗었다.
“강을 따라 내려오는 의병을 감시하기에 이만한 장소도 없구나.”
한눈에 드러나는 남한강 물줄기를 박시만이 바라보았다.
“강바람이 관우의 청룡언월도 칼인 듯 저리 매서운데 의병이 어찌 오겠소.”

관군이 남한강 상류를 가리켰다.

"그래서 뭐가 어쨌단 말이냐?"

"관찰사 어른께 여쭤서 우리를 산에서 내려가게 해주시오."

"그건 아니 된다."

박시만이 거절했다.

"아니 된다니? 여기서 빳빳하게 언 송장이 되라는 말씀이오?"

관군이 으르렁거리듯 걸어왔다.

"날이 추우면 움막에 들어가 바람을 피하여라. 사방에 땔나무가 널려있으니 불을 더 크게 지펴서 몸을 데우면 된다."

박시만도 물러나지 않았다.

"젊은 양반이 참 딱도 하오. 도사 당신이 하룻밤만 있어 보시오. 눈을 감아도 잠이 오는지. 얼음덩어리 음식이 목으로 넘어가는지 있어 보시오."

관군이 거칠게 항의했다.

"먹을 것을 충분히 공급하도록 할 테니 산을 내려간다는 말을 다시는 하지 마시오."

"벌건 낮에 꽁꽁 동태가 된 육신을 밤에는 절절 끓는 구들장에서 녹여야 하지 않겠소?"

낮에만 올라와 감시를 하고 밤에는 내려가 집에서 자겠다고 고집을 부렸다.

"두말하지 않는다. 남아서 이곳을 지켜야 한다."

박시만이 완강히 거절했다.

"얼어 죽지 않으려면 도망을 쳐서라도 살아야 하니 나중에 책망을 마시오?"

관군이 병장기를 바닥에 팽개쳤다.

"밤낮을 가리지 말고 경계를 소홀히 해서는 안 된다. 춥고 배고프고 힘들지만, 임금과 가족을 위해서 버텨야 한다."

박시만이 사정하다시피 말했다.

"여기서 벌벌 떨어가며 의병을 지키는 것이 임금과 가족을 위하는 것인지 혼란스럽소."

사기가 바닥에 떨어진 관군은 박시만의 말을 듣지 않으려 했다.

박시만은 주변 지형을 꼼꼼히 살폈다. 의병이 공격해온다면 대림산은 아니고 계명산과 남산이 어깨를 맞대고 있는 마즈막재를 넘어올 것으로 생각했다. 영월에서 집결한 의병이 남한강을 건너와 마즈막재를 넘어 충주성으로 공격해 올 것이라고 예측했다. 남한강을 건너오는 의병을 감지하기 위해서 남산성에 관군이 반드시 있어야 했다.

"관찰사 어른께 꼭 전해주시오. 빳빳하게 언 송장이 되는 것이나 도망가다 잡혀 모가지가 떨어지는 것이나 저승 가기는 같으니 알아서 하시라고 전해주시오."

산에서 내려오는 박시만의 등에 관군이 소리쳤다.

"군진을 이탈하는 자는 그 가족을 모두 잡아다가 벌할 것이다."

박시만이 엄포를 놓았다.

"관군 지휘체계가 엉망이고 사기가 저토록 바닥이니 의병 백여 명만 걸어와도 충주부에 지방대 사백과 경대 사백이 모두 꽁무니를 뺄 지경이니 큰일이다."

박시만이 허탈하게 중얼거렸다.

저녁상을 물리고 홍금희는 무엇이 그리 기쁜지 웃음을 잃지 않았다.

"경성으로 올라가 있는 것이 좋겠어. 낮에 관군이라는 자들의 꼴을 직접 봤으니 내 말을 이해할 수 있을 거야."

박시만이 심각하게 말했다.

"경성 가란 소리 다시는 하지 말랬잖아."

홍금희가 펄쩍 뛰었다. 박시만은 말문이 닫히고 속이 더욱 갑갑해졌다. 사태를 알아차리지 못하고 냉큼 앉은 홍금희가 측은했다.

"그만 자."

홍금희가 이불을 폈다.

"그래. 그만 자자."

박시만이 일어났다.

"어딜 가?"

홍금희도 일어났다.

"그만 자야지."

박시만이 문고리를 쥐었다. 홍금희가 방문을 가로막았다.

"어디로 가?"

"안주인에게 말해서 방 한 칸 달라고 해야지."

"나를 음탕한 여자로 생각해도 어쩔 수 없어. 이 방에서 나랑 같이 자."

박시만이 방문을 열었다. 홍금희가 열린 문을 닫고 박시만을 떠밀었다. 펴놓은 이불에 박시만이 엉덩방아를 찧었다.

"윗방에 내 잠자리를 만들어 줘."

박시만은 방을 따로 사용하자고 말했다. 홍금희가 윗방에 이불을 폈다.

박시만은 관찰사를 찾아가 남산성 상황을 낱낱이 말했다. 관찰사는 활량들과 활을 쏘러 활터에 가려던 참이었다. 관찰사는 고개만 끄덕였지 대책을 말하지 않았다.

"관군의 일부를 마즈막재에 배치하여야 합니다."

"일부라니? 경대는 우리가 통제하기 어렵고 지방대 사백 중에서 몇의 관군을 그리 보낸단 말인가?"

"지방대 사백 중에서 백 오십은 마즈막재에 주둔시켜야 합니다."

"마즈막재를 꺼려할 텐데?"

관찰사가 못마땅한 표정을 지었다. 마즈막재는 남한강 뱃길로 이송된 죄수가 충주로 넘어오는 고개였다. 마즈막재를 넘으면 처형장으로 끌려갔다.

"의병은 마즈막재를 넘어올 것입니다. 성에 관군을 모두 배치해서 의병과 맞서는 병법보다는 마즈막재를 지키는 것이 옳다고 판단하였기 때문에 청하는 것입니다."

"또 의병 얘기요? 의병은 공주 병참 부대에 혼쭐나서 뿔뿔이 도망갔소. 관군을 둘로 갈라놓는 무리한 병법이 아니오?"

"임란 때 신립 장군은 천의 요새 문경새재를 비워두고 탄금대에 배수진을 쳤다가 장군은 물론 병사들이 몰살을 당한 것을 아시잖습니까. 관군을 성에만 배치한다면 탄금대 배수진과 다름이 없습니다. 지방대 이백으로 마즈막재에서 저항하다가 여의치 않으면 후퇴해서 경대 사백과 합세하여 성을 지키는 방법을 써야 합니다."

박시만이 관찰사를 설득하려 했다. 관찰사는 임기를 어서 채우고 가족이 있는 경성으로 갈 생각만 하고 있었다. 경성 친일 대신의 눈 밖에 나지 않으려 단발령 시행을 강요했다. 경성 대신에게 줄을 대고 있는 충주 벼슬아치나 지주에게도 아부를 게을리하지 않았다. 설마 경성 대신을 뒷배로 두었는데 의병이 감히 나를 어쩌랴? 허무한 배짱을 가슴에 꽉꽉 채웠다.

"관군의 통수권은 도사에게 넘겼으니 알아서 하시오."

관찰사는 활터에 가서 활량들과 활을 쏠 마음이 급했다.

7

연화와 똥깐이

달마실 골목에 똥깐이 어슬렁거렸다.

"저놈이 간에 붙었다 쓸개에 붙었다 하네?"

"저놈이 사람인가? 짐승만도 못한 불한당이지."

"막실이가 시집갔으니 만옥이를 어떻게 해보려고 눈만 뜨면 달마실로 온다지?"

달마실 사람이 소곤거렸다. 심대곤이 나타나면 똥깐은 잽싸게 숨었다. 심만옥을 보면 헤죽헤죽 웃었다. 사립문에 서성거리는 똥깐이 심익수에게 들켰다. 심익수가 눈을 부릅뜨고 두엄더미에 박힌 쇠스랑을 뽑아 들었다.

"어어? 내가 쇠똥인 줄로 착각을 하십니까?"

똥깐이 깜짝 놀라 뒷걸음쳤다.

"이놈아 쇠똥이면 텃밭 거름에나 쓰지."

심익수가 쇠스랑을 똥깐에게 겨눴다.

"내게 이러시면 나중에 무슨 사달이 나도 책임질 수가 없는데요?"

마당에 나온 심만옥에게 눈길을 던지며 팔을 내저었다. 마침 골목으로 들어오던 심대곤이 똥깐의 멱살을 틀어쥐었다.

"똥개 같은 새끼. 무슨 냄새 맡으려고 얼씬거려?"

심대곤은 달마실로 오는 동안 몹시 불안했다. 심대풍이 죽었다는 소문 모두 꾸며낸 것이 아니냐는 연화의 말을 듣고 가슴이 아찔아찔했다. 연화가 그냥 넘겨짚은 말이겠지, 안심하려 했으나 무슨 일이 벌어질 것 같은 불안감에 휩싸였다.

"모가지에 보리 까끄라기가 들어갔는지 까슬까슬한 것이 배창자에 똥자루가 무지근하네? 대곤이랑 쌀뜨물 한잔 하고 싶어서 왔구먼?"

똥깐이 멱살 잡혀 벌건 얼굴로 캑캑 기침을 토했다.

"너랑 막걸리 마실 이유가 없다."

심대곤이 잘라 말했다.

"꼭 들어야 헐 말이 있는데 이러면 안 되지."

똥깐이 헤헤 웃었다.

"너 같은 놈 입에서 나오는 말 듣고 싶지 않아."

심대곤이 잡은 멱살을 거칠게 흔들었다. 겁먹은 것은 똥깐이 아니라 심익수였다. 똥깐을 쫓기 위해 쇠스랑을 뽑아 들었는데 성깔이 불같은 심대곤이 똥깐의 멱살을 잡았다.

"그만두어라."

심익수가 쇠스랑을 두엄더미에 박았다. 심대곤이 멱살을 놓았다.

"대곤이 나한테 이러면 심가네 집안에 엄청난 사달이 날 텐데? 시방 코앞에 닥친 상황이 얼마나 위험한 일인지 안다면 나한테 이럴 수 없지?"

똥깐이 으름장을 놓았다.

"목계로 가자고. 내가 뿌연 쌀뜨물로 목구멍 뿌듯하게 해줄 테니. 계집을 품고 싶으면 아랫도리가 노긋노긋하도록 선심도 쓸 요량이구먼?"

똥깐이 말해놓고 심만옥을 힐끔 쳐다봤다.

"코앞에 닥쳤다는 상황이 무엇인지 들어나 보자."

심대곤이 앞장서 걸어갔다. 똥깐이 심익수에게 고개를 숙였다가 심만옥에게 헤헤 웃었다. 심만옥이 부엌으로 얼른 들어갔다. 저놈이 무슨 날벼락 같은 소리를 듣고 와서 저러는 것인가. 혹시 형이 의병에 가담한 것을 알고 그것을 미끼 삼아 술수를 부리는 것은 아닌가. 사사끼 주변을 맴돌다가 엇어들은 중요한 사실 때문에 저러는 것인가. 앞장서 걸어가는 심대곤은 몹시 불안했다.

"똥깐이 저놈이 무슨 볼일이 있어 자네 집에다 콧등을 빼고 큼큼대는가?"

강주칠이 담 너머로 말을 걸었다.

"난들 알겠는가? 저놈이 설치고 다니면 멀쩡한 사람 끌려가고 누군가 곤욕을 치르곤 했으니."

"저놈이 자네 집에 어슬렁거린 것이 벌써 달포가 지났어."

"귀띔을 좀 주지. 저놈 꼬락서니를 보면 작년에 먹은 것이 메슥거려."

심익수는 아들이 똥깐과 주막으로 갔음이 찜찜했다. 심만옥은 부엌에서 아버지와 아저씨가 주고받는 소리를 들었다. 살아 있다는 대풍 오빠가 불현듯 보고 싶었다. 부지깽이로 불두덩을 다독거리려 대풍 오빠와 함께 있다는 옥녀를 머릿속에 그려보았다.

달마실 입구에 있는 주막에 똥깐과 심대곤이 마주 앉았다.

"코앞에 닥친 상황이 무엇인지 빨리 말해."

심대곤이 윽박질렀다.

"아따 성깔이 급하기는? 회초리에 개구리 다리 바르르 떨 듯하네? 쌀뜨물로 목구멍 좀 달착지근하게 적신 담에 코앞에 닥친 상황이 무엇인지 들어나 보셔."

똥깐이 비실비실 웃었다. 심대곤은 아침부터 가슴을 짓누르던 불안이 커졌다. 술상이 들어왔다. 대접에 콸콸 쏟은 막걸리를 마셨다.

"목계 별신제가 며칠이나 남았지? 그날 줄초상이 날지도 몰라."

똥깐이 뜬금없이 별신제를 꺼내 들었다.

"줄다리기를 감행하면 또 총을 쏘겠다고 하던가? 사사끼 그놈이?"

목계 줄다리기는 규모가 크고 장관이었다. 정월 보름부터 아이들 줄다리기가 시작되어 어른의 줄다리기가 되었는데 이월 초순까지 계속되었다. 남한강을 경계로 동편 서편으로 나누었는데, 동편은 강원도 강릉까지 서편은 경성까지 사람을 동원했다. 동편 깃발은 푸른 남색 기폭에 끝동은 흰 것을 달았고, 서편은 빨간 기폭에 노란 끝동을 달았다. 줄을 만드는 데 볏짚만도 칠백 토매가 들었고 품도 삼만이 넘었다. 줄다리기가 시작되면 근동은 물론, 멀리 강릉과 인천 사람까지 목계장터로 모여들었다. 의병이 일고 있다는 소문에 바짝 긴장한 사사끼가 주민이 한자리에 모여드는 것을 꺼렸다. 줄다리기를 하지 못하도록 주민을 압박하는 중이었다.

"하지 말라는 줄다리기를 어깃장 놓고 했다가 어떤 놈이든지 본보기로 초상이 나고 말 것이여."

똥깐이 입술에 막걸리를 허옇게 흘려놓고 겁을 주었다.

"사사끼 그놈이 본보기로 죽이려는 사람 중에 나도 끼어있다 그 말이냐?"

"그거야 닥쳐 보면 알 것이고. 대곤이 깜짝 놀랄 소문이 있는데…."

똥깐이 말을 끊었다.

"내가 입을 열면 대곤이가 가슴팍에 맷돌을 박은 듯 산똥 싸는 소리를 찔찔 짜겠지? 사사끼는 주둥이가 귀까지 찢어질 일이지만."

똥깐이 으쓱거렸다. 심대곤은 불안한 속내를 감추려고 막걸리 대접을 들어 벌컥거렸다.

"대풍이를 봤다는 소문이 돌고 있어."

기어코 똥깐의 입에서 심대풍이 터져 나왔다. 심대곤의 가슴에서 쿵 하는 소리가 났다.

"이 새끼야. 지금 무슨 헛소릴 지껄이고 있어."

심대곤이 버럭 화를 내고 펄쩍 뛰었다.

"어? 똥구멍에 불쏘시개 꼽았어? 폴짝 나서지 마. 공주 병참부대에 갔다가 창말로 온 사람이 있는데 그놈 이름이 강달식이라고. 장회에서 의병과 싸울 적에 대풍이를 봤다고 떠들고 다닌단 말이여."

공주 병참 소속 강달식이 창말로 돌아왔다. 강달식이 계란재 전투에서 심대풍을 보았다는 소문이 떠돌고 있었다.

"만일 그 말이 사실이라면 얼마나 좋겠니? 하지만 내 손으로 형의 시신을 수습해서 무덤까지 만들었는데. 창말 강달식이 헛소문을 퍼뜨리고 다니고 있구나. 헛소문을 사사끼도 들었니?"

"강달식의 말이 사실이면 대곤이 자네 식구 뼛속이 문드러지는 곤욕을 당할 것이여."

사사끼는 아직 모른다는 얘기였다. 심대곤이 들키지 않게 안도의 숨을 쉬었다.

"사사끼 똥줄이나 핥고 다니는 네 놈이 내게 이런 말을 하는 연유가 무엇이냐?"

심대곤이 화제를 돌렸다. 똥깐이 능글능글 웃으면서 뜸을 들였다.

"만옥이 열여덟이지? 창말로 시집간 막실이랑 동갑인데. 막실이는 충주부 도사 벼슬 박시만이라는 그 싸가지가 모기 눈곱만큼도 없는 놈이랑 혼인을 했고, 만옥이도 연지곤지 찍고 족두리 얹어 시집보내야 하지 않겠어?"

똥깐이 느물느물 웃었다. 심대곤은 주먹을 날리고 싶은 충동이 급격하게 치솟았으나 가까스로 참았다. 그럼 그렇지. 네놈 속에 꿍꿍이가 있으니 내게 친절한 척 다가오는구나. 어림도 없는 수작이다.

"사사끼 앞잡이 노릇 그만둬. 왜놈이 이 땅에서 끝끝내 산다는 생각 일찌감치 버려. 왜놈이 떠나고 나면 네놈 꼬락서니 어떻게 될 것인가 생각해보면 지금 네놈 하는 짓이 얼마나 위험한 짓인지 알고도 남을 거야."

심대곤이 자리를 털고 일어났다.

"강달식의 말을 헛소리로 여기면 또 큰일 치러야 할 것이여."

똥깐이 가뜩이나 불안한 심대곤의 가슴에 못을 박았다.

구옥정 논다니였다가 하리모토의 애첩이 되어 가흥창고 사택으로 온 연화의 돌연 문밖출입이 입방아에 오르내리기 시작했다. 창말에서 남한강을 거슬러 창동까지 걸음을 하였는가 하면, 남한강 하류를 따라 멀리 조천까지 치맛단을 허리에 동여매고 부리나케 다녔다. 어느 날은 남한강을 건너더니 엄정까지 다녀왔다. 창말 일대에 괴이한 소문이 돌기 시작했다. 연화와 똥깐이 함께 나룻배를 타고 강을 건너 엄정으로 갔다가 나룻배를 함께 타고 창말로 돌아왔다는 소문이었다. 똥깐이 연화와 돌아다닌다는 소문이 갖가지 꼬리를 달았다. 둘 사이에 연정이

나서 하리모토가 모르는 곳으로 정분 나누러 다닌다는 소문도 있었고, 똥깐이 바빠졌으므로 또 누군가가 억울하게 죽임을 당할 것이라는 소문도 있었고, 훈련대 장교였다가 왜병 둘을 헤치고 달아났던 심대풍이 숨어들어왔기 때문에 염탐을 다닌다는 소문도 꼬리를 물었다.

목계나루터에 누런 황혼이 깔릴 무렵 연화와 똥깐이 나룻배를 타고 창말로 건너오고 있었다. 연화는 강물에 늘어진 노을을 바라보았고, 똥깐은 밀려나는 강바닥에 시선을 박았다.

"사흘이나 다녀오시네?"

아침에 목계로, 저녁에는 창말로 사흘이나 건네주었던 사공이 지나가는 말투로 물었다. 둘은 말이 없었다. 똥깐의 입에서 쌍스러운 대꾸가 나왔을 만한 사공의 물음이었는데 입을 다문 채 바닥에 시선을 쑤셔 박고 있었다. 둘은 나룻배에서 내려 솔무더기로 걸어 올라갔다. 저녁 강바람에 소나무 가지가 흔들렸다.

"줄다리기 있는 날에 구경꾼이 엄청나겠지?"

연화가 솔무더기 펑퍼짐한 돌에 엉덩이를 놓으며 말했다.

"의병인지 역적인지 그놈들이 구경꾼인 척 올지도 몰라."

똥깐이 아름드리 소나무에 등을 기댔다. 멀리서 보면 영락없는 선남선녀였다.

"그럼 큰일이지?"

"연화가 무슨 큰일?"

"쪽발이랑 배꼽 맞춰 산다고 나를 의병이 온전하게 두겠어?"

연화가 한숨을 쉬었다.

"다리뼈가 노긋노긋하고 눈알에 개씨바리가 도지게 다녀도 헛것이여."

똥깐이 등지고 있던 소나무를 걷어찼다.

"그렇지? 다른 수를 써야 하겠지?"

"고분고분 모시러 다니니까 요것들이 날 헛것으로 여긴다니까? 암만 해도 보쌈을 준비해야 하겠어."

그려. 그려. 연화가 고개를 끄덕이며 똥깐에게 묘한 웃음을 날렸다. 똥깐과 연화는 사사끼의 명을 받고 돌아다녔다. 목계 병참 주둔 왜병의 쾌락을 위해 과부를 물색하러 다녔다. 쉬운 일이 아니었다. 몹쓸 짓을 골라서 하고 다니는 똥깐을 모르는 사람이 없었다. 똥깐이 마을에 나타나면 괴질이 들어오기라도 한 듯 어른이고 노인이고 숨었다. 과부는커녕 마을 사람에게 말도 붙이지 못한 똥깐은 연화와 함께 다니게 해달라고 사사끼에게 도움을 요청했다. 하리모토는 구옥정에 새로 온 논다니에 넋을 잃고 있는 상태였으므로 두말도 않고 허락했다. 똥깐이 연화와 강령까지 가보았으나 헛일이었다. 똥깐이 쏘다닌다는 소문이 퍼져서 어느 마을은 입구에 똥깐의 얼굴을 알고 있는 남정네를 세워두기까지 했다. 똥깐이 마을로 들어오는 것을 알아차리고 가가호호 차례로 사실을 전달하여 숨도록 했다. 강령에서 목계로 오는 강변길을 걷다가 강둑에서 땔나무를 하는 여인을 발견했다. 똥깐과 연화가 회심의 미소를 주고받고 여인에게 갔다. 머리가 희끗희끗하고 살집이 없으며 목덜미가 주름져서 쉰은 되어 보였다. 연화가 실망하여 고개를 흔들었다.

"가시나무를 해다가 군불을 지피려고 하시오?"

사흘을 다리품 팔아 처음 맞닥뜨린 호기인지라 똥깐이 부드럽게 말을 걸었다.

"가시나무 임자요?"

소문은 들었어도 똥깐을 알지 못하는 여인이 물었다.

"둑에서 저절로 봉두난발 한 가시나무 임자가 조선 천지에 어디 따로 있겠소? 낫으로 싹둑 끊어가는 아주머니가 임자지?"

가시나무 못지않게 머리칼이 봉두난발인 똥깐이 점잖을 떨며 여인에게 다가갔다.

"임자가 아니면 가던 길 어서 가시우."

여인이 가시나무를 베기 시작했다. 베어 놓은 가시나무 더미가 수북했다. 한 번에 지고 가기에는 어림도 없는 양이었다.

"고래 구멍에 때려고 베는 것이 아니라 저잣거리에다 팔라고 이러는 거 맞지요?"

똥깐이 가시나무를 가지런히 모아주었다.

"서방도 없고 자식두 변변치 않으니 가시나무라도 팔아서 곡식을 사야…. 목구멍이 포도청이라 하지 않았소?"

서방도 없고. 자식도 변변치 않다는 소리를 들은 연화가 옳다 하며 여인 앞으로 나섰다.

"오매? 가시에 긁힌 손등이 거북이 등짝이네?"

연화가 살랑살랑 웃으면서 낫을 든 여인의 손을 쥐었다. 얼레? 여인이 손을 빼고 연화를 바라보았다. 연화의 얼굴에 바른 박가분 냄새가 역한지 콧잔등을 찡그렸다.

"아주머니. 엽전 한번 푸짐하게 벌어볼 욕심 없어요?"

"엽전을 푸짐하게 벌어요?"

여인은 살랑거리는 연화가 미덥지 못해 한걸음 물러나면서도 솔깃한 눈치였다.

"다리 짝 뻗고 눈만 깜짝이면 엽전이 치마폭으로 좌르르 쏟아지는 일이 있는데 얘기나 들어보시겠소?"

"바쁜 사람 붙들고 장난질 그만하시오. 가던 길이나 어서 가시오."

여인은 낫으로 가시나무를 베기 시작했다. 연화와 똥깐이 말을 붙였으나 들은 척도 하지 않았다.

사흘 동안 허리가 뻐근하고 입안이 바싹 마르도록 돌아다닌 똥깐과 연화가 내린 결론은 과부를 훔쳐오자는 것이었다. 그러나 생각처럼 수월하지 않았다.

여인이 가시나무 뭉치를 지게 얹어 짊어졌다. 강둑길을 비칠비칠 걸어갔다. 아무리 피부가 까무잡잡하고 농사일에 익은 몸이라지만 여인이었다. 비칠거리는 지게를 바라보던 똥깐이 삐죽삐죽 웃더니 사타구니에 제 손을 찔러 넣었다. 강물의 수량이 줄어 생긴 웅덩이를 죄다 뒤져서 물고기와 개구리를 숱하게 잡아먹은 똥깐의 그것이 울퉁불퉁 솟아올랐다. 똥깐의 바지 속에서 독 오른 독사 대가리처럼 바짝 솟은 것을 보고 연화가 얼굴을 붉혀 히히 웃었다. 똥깐도 연화를 금방이라도 자빠뜨릴 듯 히히 웃었다. 연화가 얼굴을 발갛게 붉히고 몸을 비틀었다. 똥깐이 자빠뜨린 것은 울긋불긋 열기를 일궈내는 연화가 아니라 가시나무 지게였다. 어이쿠! 여인이 비명을 질렀다. 소리를 버럭버럭 지르는 여인의 입을 똥깐의 구린내 진동하는 입술이 덮었다. 몸통이 눌린 여인이 다리를 바르작거렸지만 똥깐의 그것에게 침입을 당하고서는 잠잠해졌다. 연화는 수치심에 쭈그리고 앉아 입술을 깨물었다가 여인이 토해내는 교성에 귓불을 발갛게 달궜다.

8

목계 줄다리기

동편으로는 강릉 사람까지 서편으로는 인천 사람까지 목계로 모였다. 목계 별신굿도 구경하고 지름이 다섯 자나 되는 줄다리기 줄을 쥐어보려고 나루터 강변에 벌떼처럼 복작거렸다. 여느 굿과는 다르게 굿 자체가 특별나서 별신굿이었다. 개인이나 가정을 위한 굿이 아니라 마을 굿이었다. 목계 나루터의 정월 대보름 별신굿은 한 마을의 규모가 아니었다. 강릉과 인천까지 사람들이 몰려와 줄다리기가 장대했다.

볏짚으로 굵은 줄을 만들어 편을 가르고 줄을 잡아당겨 승패를 가렸다. 줄을 만들기 시작하면서부터 줄다리기 직전의 현란한 깃발 싸움이 큰 구경거리가 되었다. 암줄과 수줄의 연결구멍에 비녀목을 끼우면 열흘 동안의 줄다리기가 시작되었다.

봉지산 중턱 부흥당에 제단이 차려지고 강신굿이 벌어졌다. 북과 꽹과리 소리가 요란하고 무당이 펄펄 날며 미친 듯 흔드는 방울 소리에 구경꾼이 모여들었다.

병참 사사끼가 겁을 잔뜩 먹었다. 구경꾼을 빙자해서 의병이 목계로 잠입할까 밤잠을 설치며 오금을 저렸다. 허공에 총질을 해대면서 줄을 꼬는 것을 금지했다. 왜병이 총질을 한다고 끊어질 전통이 아니었다. 허공에 총을 쏘아대며 위협해도 남녀노소가 볏짚을 이고 지고 나루터로 모였다.

"네놈도 저승사자에 손목 잡혀갈 날이 다 되었다."

떡할배가 설쳐대는 사사끼에게 큰소리로 악담을 퍼부었다.

"무엇이라고? 다시 한 번 지껄여 봐라."

사사끼가 줄을 엮고 있는 떡할배에게 소리를 버럭 질렀다.

"젊은 것이 노망도 아니면서 부황을 달여 먹은 놈처럼 발악하는 꼬락서니가 저승문지방을 코앞에 둔 망자라고 말했다. 벼락을 맞아 새까맣게 문드러질 놈아."

떡할배가 엮던 줄을 놓고 한걸음 걸어왔다.

"죽고 싶어 환장을 했구나."

이마의 핏줄을 세운 사사끼가 떡할배에게 총구를 겨눴다.

"쏴라, 이놈아. 저승문지방에 먼저 가서 작대기 쳐들고 네놈 기다리고 있으련다."

떡할배가 가슴을 짝 벌렸다. 떡할배가 이판사판 죽기로 다가오자 사사끼가 멈칫했다. 그러는 사이 사람들이 강변에 짚을 널어놓고 소금과 물을 뿌렸다. 더불어 흥겨운 풍물도 없었다. 소금과 물을 먹어 탄탄해진 짚을 멍석으로 말아 줄다리기 고리를 만들었다.

사사끼가 진퇴양난에 빠졌다. 나루터 강변에 모여든 사람이 백 명에 달했다. 의병이 있을지도 모른다는 생각에 총을 쏘지 못했다. 겨눈 총을 거두어들일 수도 없었다. 당황한 사사끼 얼굴이 벌겋게 달았다. 강변 바람이 차갑게 부는데 사사끼가 이마에 땀을 흘렸다. 사사끼 속을 건네 잡은 떡할배가 총을 쏘라며 가슴을 내밀었다.

"떡할배 조반 멀쩡히 자시고 노망나셨소?"

황달건이 걸어와 떡할배 팔을 잡아끌었다. 사사끼가 슬금슬금 병참 사무소로 갔다.

목계 강변에서 꽹과리가 울고 무당굿이 절정에 달했다. 논다니 화심 치마폭에 푹 빠진 하리모토는 가흥창고를 이탈하여 구옥정에 머무르는 날이 많았다. 떡할배에게 수모를 당한 사사끼가 하리모토 애첩 연화의 방에 도둑고양이처럼 숨어들었다.

심만옥도 강변에 나와 굿을 구경했다. 줄다리기가 벌어질 동편 목계 강변에 건너가지 못했다. 서편 솔무더기에서 창말 아낙과 강 건너 굿을 바라보았다.

심만옥을 먼발치에서 노려보는 사내가 있었다. 똥깐이었다.

강막실도 솔무더기 구경꾼 무리에 있었다. 심만옥을 발견하고 반가움이 걷잡을 수 없이 치솟았으나 가까이 가지 못했다. 강막실이 심만옥을 노려보는 똥깐의 심상치 않은 눈초리를 발견했다. 심대곤이 나와 있을까 찾았으나 보이지 않았다. 다리가 불편한 시누이 박시연을 부축하고 똥깐과 심만옥을 바라보았다. 똥깐도 구경꾼 중에 심대곤이나 심익수가 있는지 살피는 중이었다.

똥깐이 능글맞은 웃음을 흘리며 심만옥에게 슬금슬금 다가갔다. 박시연의 팔을 부축하던 강막실의 손아귀에 힘이 가해졌다. 박시연이 놀라 강막실을 바라보았다. 강막실의 시선이 심만옥에게 향했다. 심만옥은 뒤에 바짝 붙어 있는 똥깐을 알아차리지 못했다. 강 건너 굿에 정신을 놓고 있었다.

똥깐이 두리번거려 심대곤이나 심익수가 없음을 재차 확인했다. 똥깐이 능글맞게 심만옥 손을 덥석 쥐었다. 심만옥이 소스라치며 똥깐을 바라보았다.

쉬이! 똥깐이 손가락을 입술에 댔다.

"왜 이러세요?"

심만옥이 잡힌 손목을 비틀었으나 똥간의 손아귀에서 벗어나지 못했다.

"손목 좀 잡았다고 소리 질러서 생기는 불상사를 감당할 수 있을까?"

똥깐이 심만옥의 잡힌 손을 냄새가 고약한 옷소매에 숨겼다.

"저리 가요. 이게 무슨 짓이에요? 소리 지르겠어요."

심만옥이 앙칼진 목소리로 낮게 말했다. 몇 날을 씻지 않았는지 퀴퀴한 냄새가 역겨웠다.

"소릴 질러? 죽었다고 소문났던 대풍이 어떻게 되든 상관없다면 소리를 지르라고."

똥깐이 능글맞은 음색으로 협박했다.

심만옥의 다리가 휘청거렸다.

"어금니 질끈 깨물고 따라와야 대풍이 살릴 수 있을 텐데?"

똥깐이 솔무더기에서 걸어 나왔다. 손목을 잡힌 심만옥은 맥없이 끌려갔다. 솔무더기를 벗어나 인적이 없는 강둑에 와서야 똥깐이 손을 놓았다. 심만옥을 끌고 가는 것이 들킬까 두려웠다.

"대풍 오빠를 살리다니 무슨 소리예요?"

손목 통증에 어금니를 물었던 심만옥이 물었다.

"대풍이 죽었다고? 흐흐흐. 혀가 빠질 거짓말을 삼베 속곳에 방귀 냄새 실실 쏟는다고 내가 속을 것 같은가? 심가네 식구 뼈마디가 작신 부러지고 문드러지는 곤욕을 치러야 할 것이여."

똥깐의 입에서 역한 침이 튀어나왔다.

"무례하게 무슨 짓이에요? 억울하게 죽은 오빠를 욕되게 하지 마세요."

심만옥이 솔무더기로 돌아가려 몸을 돌렸다.

"대풍이가 억울하게 죽어? 날아가는 참새가 배꼽을 틀어쥐고 웃겠다. 의병이 되었다는 것을 내가 모를 줄 아는가? 지금은 나 혼자 알고 있지만, 사사끼 귓구멍에 들어가는 날엔 만옥네 식구 온전하지 못할 것이다."

똥깐이 누런 이빨을 드러내고 자신만만하게 웃었다. 심만옥은 다리가 우들우들 떨리는 것을 간신히 참았다. 강막실이 시집간 밤에 큰오빠가 죽지 않고 의병이 되었다는 것을 작은오빠에게서 들었다. 이놈이 사실을 알아차렸다면 엄청난 곤욕에 처해질 것이 뻔했다.

"큰오빠는 분명히 죽었어요. 헛소문으로 우리 식구 곤란하게 만들지 마세요."

심만옥이 솔무더기로 걸어갔다.

"헛소문이라고? 눈동자 똥그랗게 뜨고 대풍이를 봤다는 놈을 내가 잡아두었는데 헛소문이라고?"

증인을 잡아두었다는 말에 심만옥이 걸음을 멈추었다. 똥깐이 누런 잇몸으로 구린내를 뿜으며 웃었다.

"멀쩡한 사람을 협박해서 증인을 만들었겠지요."

"강달식이라고…, 만옥이는 모를 테지만 창말에 사는 강달식이 눈 똥그랗게 뜬 증인이라고."

똥깐이 말을 뱉어 놓고 갈 테면 가라며 여유를 부렸다.

"강달식? 그 사람이 누구인데요?"

심만옥은 강달식 이름을 듣지 못했다. 똥깐이 엉뚱한 사람을 내세워 수작질을 부린다고 생각했다.

"공주 병참부대에 갔다가 재수 좋게 모가지 달고 살아온 놈이지. 달포 전이라고 했던가? 공주 병참부대랑 의병이 단양에서 소총을 쏴대면서 격하게 싸웠다는데, 강달식이가 두 눈 홀딱 뜨고서 대풍이 봤다는 것이여. 강달식을 내가 잡아두고 있는데 내 말을 믿지 않는다면 외려 내가 갑갑한 노릇이구먼? 맘대로 해. 만옥이를 도와주려고 가자는데, 그렇게 버팅기면 뒷일을 책임질 수 없지."

심만옥은 무논에 다리가 박힌 듯 움직일 수 없었다. 그렇다고 똥깐에게 돌아설 수도 없었다.

"저기 저 산 넘어 빈집 헛간에 강달식을 잡아뒀으니. 두 눈으로 똑똑하게 보러 가잔 말이여."

똥깐이 심만옥의 팔을 우악스럽게 잡았다.

둘을 지켜보던 강막실의 마음이 조급해졌다. 똥깐에게 끌려가던 심만옥이 솔무더기로 다시 오는가 싶더니 똥깐에게 잡혀 산으로 가고 있는 것이 아닌가. 심대곤을 찾아야 한다. 강막실의 가슴이 두근두근 뛰었다. 주위를 둘러보아도 도움을 청할 만한 사람이 없었다. 다리가 불편한 시누이가 자신에게 기대어 있었다. 강을 건너야 한다. 심대곤이 있을 목계장터로 가야 한다. 마음이 급해졌다. 솔무더기에서 목계로 나룻배가 건너려는 것이 강막실 눈에 들어왔다.

"미안해요."

강막실이 부축하던 손을 빼고 나룻배로 뛰어갔다. 박시연이 바닥에 엉덩방아를 찧으며 주저앉았다. 강막실이 강가에 닿았을 때 나룻배는 한 길쯤 강으로 들어가 있었다. 멈춰요. 멈추세요. 강막실이 사공에게 소리쳤다. 늙은 사공은 강 건너 백사장에서 무르익는 굿에 넋을 놓고 강막실의 외침을 듣지 못했다. 급해진 강막실이 고개를 돌려 강둑을 바라보았다. 똥깐이 심만옥을 끌고 산으로 가고 있었다. 강막실이 이를 질끈 물고 강물로 뛰어 들어갔다. 가슴까지 차오른 물에 허우적거리며 나룻배로 갔다. 뼛속이 아리는 한기가 온몸에 엄습했다. 사공이 알아차리고 강막실을 끌어올렸다.

"빨리. 빨리 노를 저어요. 급한 일이에요."

강막실의 이빨이 따다닥 부딪히기 시작하고 온몸이 떨렸다. 사공은 몹시 급한 일이라 판단하고 노를 급히 저었다. 강막실이 나룻배에 걸터앉아 온몸을 떨면서 목계 강변을 살폈다. 심대곤의 모습이 보이지 않았다.

굿이 끝나고 구경꾼이 줄다리기로 모이는 중이었다. 제단에 놓였던 제물이 나룻배에 실려 강 가운데로 수장될 참이었다. 똥깐과 심만옥이 보이지 않았다. 강막실의 속이 바작바작 타들어 갔다.

"빨리요. 빨리 저어요."

사공의 바짓단을 잡고 애원했다. 사공이 노를 급하게 저었다. 강막실이 달려들어 노를 함께 저었다.

강변에서 줄다리기가 시작되려는 순간이었다. 동편 줄과 서편 줄에 사람들이 개미처럼 다닥다닥 달라붙었다. 동편 도편장과 서편 도편장이 용두 위에 올라서서 지휘하고 농악대가 신명이 나서 징과 꽹과리를 쳐댔다. 편장이 도편장의 명령에 따라 편기를 흔들고 영장 별감 도인 승려 여장이 농악무를 추며 동행했다. 지름이 다섯 자나 되는 줄을 잡은 줄꾼이 어기영차 함성을 질렀다.

나룻배가 강변에 닿았다. 굿을 지낸 무당이 나룻배를 기다리고 있었다. 굿에 진설됐던 제물을 나룻배로 싣고 갈 참이었다.

"제물에 부정이 들었다. 계집년이 제물에 부정을 얹었다."

무당이 강막실을 큰소리로 나무랐다. 강막실은 무당을 본체만체하고 줄을 끄는 무리를 한 명씩 헤집으며 심대곤을 찾았다. 무당이 나룻배에 굵은 소금을 뿌렸다. 제물을 나룻배에 놓고 굿을 하기 했다. 심대곤은 서편 줄꾼 무리에 있었다. 추운 날씨에도 이마에 굵은 땀을 송골거리면서 지름이 다섯 자나 되는 줄을 백사장으로 끌어내리는 중이었다. 강막실이 다짜고짜 심대곤의 옷소매를 붙들고 끌어냈다. 심대곤이 깜짝 놀라 바라본 강막실의 젖은 치마가 버석버석 얼어 있었다.

"똥깐이 만옥이를 끌고 갔어요."

강막실이 울부짖었다.

"똥깐 그놈이? 만옥이를? 어디로?"

심대곤이 황급히 되물었다.

"저기 저 산으로."

강막실이 강 건너 산을 가리켰다.

"자세히 말해봐. 똥깐이 왜 만옥일 끌고 갔는지."

심대곤이 강막실의 어깨를 흔들었다.

"빨리 가요. 가면서 말할 테니까."

강막실이 심대곤의 손을 잡아끌었다. 줄꾼 무리를 헤치고 강변으로 뛰어갔다. 굿이 끝나고 제물을 실은 나룻배가 막 떠나려는 참이었다. 심대곤이 두리번거렸다. 목계 쪽 강에는 나룻배가 없었다.

"급해요. 이러고 있으면 안 돼요."

강막실이 발을 동동 굴렀다. 심대곤이 강막실의 젖은 치마를 보더니 무당에게 고개를 돌렸다. 무당이 찔끔 놀라 사공에게 어서 노를 저으라고 말했다.

“배가 필요하오. 아주 급한 일이오.”

무당이 어림없다고 팔을 내저었다. 사공을 또 재촉했다.

“서둘러요. 어서 배에 오르세요.”

강막실이 재촉했다. 심대곤이 다짜고짜 배에 올랐다.

“부정한 년이 사내를 끌고 와서 강신님이 화나셨다.”

무당이 황당해져서 길길이 날뛰었다.

“미안하오. 굿도 중요하지만 사람 목숨이 더 중하오.”

심대곤이 사공에게서 노를 빼앗아 들었다. 늙은 사공은 그저 어안이 벙벙할 뿐이었다.

“네 이놈. 강신님이 노하셨다. 너 같은 하찮은 인간이 강신님의 화를 어찌 감당하려고 이러느냐?”

무당이 노발대발했다.

“사람 목숨부터 구하고 강신님께 사죄하리다.”

심대곤이 무당을 불끈 안아서 나룻배 밖에 놓았다. 강막실이 나룻배에 올랐다. 심대곤이 노를 젓자 나룻배가 강으로 미끄러져 갔다.

“이놈아. 강신님이 대노하셨다.”

무당이 고래고래 소리를 쳤다. 강의 동편과 서편에 나온 구경꾼 시선이 나룻배로 쏟아졌다. 찬 바닥에 궁둥이를 붙이고 앉은 박시연도 강막실의 행동을 하나도 빠트리지 않고 지켜보았다.

“보소. 사람들아. 저 연놈들을 어서 잡으시오. 모가지를 쥐어틀어 물속에 빠뜨리시오.”

무당이 구경꾼에게 팔을 휘저으며 악을 썼다. 심대곤과 강막실은 귀를 막은 듯 노를 바삐 저었다.

"차라리 물에 빠져 죽어 제물이 되어라."

무당이 훨훨 뛰면서 악담을 퍼부었다. 나룻배가 서편에 닿았다. 심대곤이 강둑으로 달려갔다. 강막실도 젖은 치마를 부여잡고 뛰었다. 영문을 모르는 박시연이 찬 바닥에 앉아 팔을 허우적거렸다.

심대곤이 야산으로 뛰어갔다. 골짜기의 꽁치 같은 천수답 모퉁이에 폐가가 보였다.

똥깐은 폐가 앞에서 저항하는 심만옥의 팔을 잡아끌었다. 끌려 들어간 폐가에 강달식이 보이지 않았다. 이놈에게 속았구나. 심만옥이 발버둥을 쳤으나 똥깐의 완력을 벗어날 수 없었다.

"만옥일 사모하는 가슴이 새까맣게 타버렸으니 어쩌겠어? 이래야 하는 내 속을 좀 알아주셔야지."

똥깐이 심만옥을 억지로 품에 안았다.

"이게 무슨 짓이오!"

심만옥이 똥깐의 어깨를 사정없이 깨물었다. 똥깐이 비명을 지르고 어깨를 움켜쥐었다. 심만옥이 폐가 밖으로 뛰어나왔다. 몇 걸음 가지 못해 똥깐의 품에 갇혔다. 폐가로 끌려온 심만옥이 바닥에 내동댕이쳐졌다. 엎드린 심만옥 등에 똥깐이 걸터앉았다. 심만옥이 소리를 지르고 바르작거려야 듣는 사람이 없었고, 똥깐의 몸무게를 당해낼 수 없었다. 심만옥의 버선을 벗겨 재갈을 물렸다.

"앙탈 부리지 마. 아프게 하구 싶지 않아. 사모하는 만옥이 내 정실부인이 되어야 하는 운명을 받아들이라고."

똥깐이 씩씩거리면서 기가 막히는 소리를 했다. 재갈 물린 심만옥이 눈을 부릅떴다.

"그렇게 섭섭한 눈초리로 날 보지 마. 감옥에 갇혀 있을 때부터 만옥일 흠모했어. 사사끼 그놈, 벼락 맞을 놈이 만옥이를 병참에 불러서 수작질 부릴 때 가슴이 갈기갈기 찢어지는 줄 알았어."

똥깐이 허리춤에서 끈을 뽑아 심만옥의 팔을 묶었다. 심만옥이 눈물을 주르륵 흘렸다.

"대례 치르고 첫날밤 보내고 싶었는데, 이러는 나를 용서해 줘."

똥깐이 치마 속으로 손을 넣었다. 심만옥이 저항하려 했으나 묶인 몸이었다. 등허리를 바늘에 찍혀 기둥에 매달린 지네와 같은 신세였다. 바르작거려야 허사였다.

"내가 당신을 얼마나 연모했는지 모르지? 내 맘 알아주면 모가지가 질끈 부러져 죽는다 해도 원이 없어. 나랑 오순도순 살면서 검댕이 머리 파뿌리가 되자고."

똥깐이 냄새 고약한 콧김을 쏟으며 웅얼거렸다. 똥깐이 속곳을 잡아 내려 벗겼다. 심만옥은 발버둥 치며 눈물을 흘렸다. 버선으로 재갈 물려 혀를 깨물어 자결할 수도 없었다. 똥깐의 손놀림이 빨라지고 호흡도 거칠어졌다. 입에서 나온 썩은 냄새가 심만옥의 얼굴을 덮었다. 심만옥은 아래를 찢는 아픔에 한차례 버둥거렸다. 아랫도리를 내린 똥깐이 심만옥 몸속에 깊게 찔러 넣었다. 똥깐의 숨소리가 거칠어지고 심만옥은 재갈 물린 버선을 깨물고 눈물을 쏟았다.

심대곤이 폐가로 들어왔다. 똥깐은 허옇게 벗겨놓은 심만옥 하체에 자신의 아랫도리를 짓누르고 이미 정액을 쏟아부은 뒤였다. 심대곤의 눈에서 불똥이 튀었다. 심대곤이 작대기를 집어 들었다. 똥깐이 기겁하고 몸을 일으켰다. 바지춤을 올리지 못하고 엉거주춤한 똥깐의 머리에 심대곤이 휘두른 작대기가 명중했다. 똥깐이 선혈을 뿜으면서 나동그라졌다.

뒤따라 들어온 강막실이 비명을 질렀다. 심만옥 손을 묶은 끈을 풀고 재갈을 풀었다. 심만옥이 강막실에 무너져 통곡했다. 작대기를 쥔 심대곤의 몸이 부르르 떨었다. 심대곤이 폐가에서 나왔다. 창말로 황급히 걸어가다가 폐가로 돌아왔다. 심만옥이 왈칵 울음을 터트렸다.

"달마실로 돌아가. 짐을 꾸려서 봉학사로 가 있어."

심대곤이 주먹을 불끈 쥐고 말했다.

"어쩔 참이에요?"

심만옥이 계속 울음을 토했고 강막실이 물었다.

"이놈을 이렇게 만들었으니 여기를 떠나야 해"

"떠나면… 어디로 가요?"

"형이 있는 곳으로 우선 피신해야 돼."

심대곤은 엉겁결에 강막실에게 심대풍의 얘기를 꺼냈다.

"대풍 오빠 있는 곳으로 간다고 했어요?"

강막실이 화들짝 놀라 다그쳐 물었다. 심대곤은 아차 했다. 달마실을 떠나는 마당에 강막실에게 숨길 이유가 없었다. 강막실은 이미 혼인한 몸이었다.

"자세한 얘기를 할 여유가 없어. 수고스럽지만 만옥일 달마실까지 데려다줘."

"대풍 오빠가 살아 있어요? 어디에 있어요?"

강막실이 궁금한 것은 심대풍이었다. 심대곤이 강막실을 바라보았다. 강막실은 심대풍의 소식을 고대하는 눈초리를 늦추지 않았다.

"살아 있어."

강막실이 눈동자에 초점을 흐리더니 급기야 눈을 감았다.
“죽었다고 왜 거짓말을 했어요?”
강막실이 목소리를 가늘게 떨었다.
“그럴 수밖에 없었어.”
“나한테도 거짓말을 해야 되는 상황이었나요?”
강막실이 심만옥에게 걸어갔다. 심대곤은 의풍에서의 옥녀를 떠올렸다.
“거짓말하고 싶지 않았어.”
“그런데 왜 내게 거짓말을 했나요?”
“아버지와 만옥이 감옥에 갇혀 있을 때 내가 해야 할 일은 형이 죽었다는 소문을 퍼트리는 것이었어. 형이 죽었다면 아버지와 만옥이 감옥에 갇혀 있을 이유가 없다고 판단했어. 막실이 너에게 진실을 말하려고 했는데 말해줄 기회가 없었어.”
“기회가 없었다니, 이해할 수 없네요.”
“혼인을 앞두고 있을 때 내가 찾아갔었던 거 기억하고 있지? 막실이 부모님이 목계장터에 가시고 집에 혼자 있는 거 알고서 찾아갔었어. 형이 살아 있다는 것을 알려주어야 한다고 생각했어. 이미 정혼을 한 몸이지만 진실을 알아야 한다고 판단했어. 그런데 막실이 네가 말할 기회조차 주지 않고 냉담하게 거절했어.”
“그때 그 말을 하러 왔었군요.”
강막실이 심만옥 옆에 푹 주저앉았다. 심만옥이 오히려 강막실을 보듬어 안았다.
“만옥아. 달마실로 가서 아버님께 자초지종을 말씀드리고 봉학사로 피신해 있어.”
심대곤이 말했다.

"오빠 어떡하려고?"

"처리해야 할 일이 남아 있어. 그 일을 마무리고 곧장 봉학사로 갈 테니까 먼저 가 있어. 서둘러야 해. 혹시 내가 봉학사로 오지 않아도 해가 저물어 어두우면 여기를 떠나야 해. 어디로 가야 하는지 알지?"

심만옥이 고개를 끄덕였다.

"이대로 두고 가면 죽을지도 몰라요."

강막실이 피를 흘리고 혼절해 있는 똥간을 바라보았다.

"운명이 다하지 않았다면 살아나겠지."

심대곤이 폐가에서 나와 바삐 걸어갔다.

사사끼가 연화와 알몸으로 벌렁 누웠다. 창말 사람이 너나없이 줄다리기를 구경 간 틈에 하리모토 사택에 사사끼와 연화가 대낮인데도 음탕하게 뒹굴고 있었다.

"하리모토가 목계 강변에 있을까?"

연화가 엷구리 살집을 손가락으로 집으며 물었다.

"어젯밤에 여기서 자고 아침 바람에 목계로 갔다면서?"

"왔으면 뭘 해? 밤새 코만 골고서 아침에 휑 가버렸는데?"

"화심이 그년한테 진을 모두 쏟아부었을 테니 당연하지. 아마 다리가 녹신녹신해서 목계 강변에 나오지 못했을 거야."

사사끼가 능글맞게 웃었다.

"우리 이러는 거 하리모토 늙은이가 알면 어쩌지?"

연화가 내심 걱정스럽다는 표정을 지었다.

"어쩌긴 아무 일도 없을 테니까 걱정을 붙들어 둬."

사사끼가 연화를 이불로 끌어들였다.

"정말 괜찮을까?"

"괜찮고말고. 조선인 사내와 붙어먹었으면 머리통에 총알구멍이 나겠지만."

"같은 일본인이라서 총구멍은 나지 않는다?"

"기분은 나쁘겠지. 자신의 계집을 품고 있는 사내를 보는 순간 속 좋은 놈은 없으니까. 흐흐흐흐."

사사끼가 연화를 끌어안았다.

"또?"

연화가 눈꼬리를 요염하게 치켜 올렸다.

"일본 제국 황군에게 봉사하는 것은 천황폐하께 멸사봉공하는 것이지."

사사끼가 연화의 몸으로 끄응 올라갔다.

"멸사봉공? 천황폐하께 멸사봉공?"

연화가 사사끼의 몸에 눌려 끄응 신음을 흘렸다.

"그럼, 그럼. 멸사봉공이지."

사사끼가 엉덩이로 떡을 찧듯 쳐 내렸다. 멸사봉공. 멸사봉공. 연화가 사사끼 방아질에 호응하며 멸사봉공을 토해냈다. 방 문짝이 우지끈 부러졌다. 화들짝 놀란 알몸 앞에 우뚝 선 심대곤이 손아귀에 든 돌멩이를 쳐들었다.

"뭐? 멸사봉공?"

심대곤이 맹수처럼 으르렁거렸다.

"심…대…곤…. 자…네가 어…쩐 일인가?"

사사끼가 떠듬떠듬 방구석으로 웅크렸다.

"천황인지, 도적놈인지가 보낸 황군 때려죽이러 왔다."

구석에 몰린 쥐새끼처럼 벌벌 떠는 사사끼가 윗목에 벗어둔 군복에 시선을 던졌다. 군복과 걸린 허리띠에 권총이 달려 있었다. 심대곤이 권총을 빼 들었다.

"왜…이러나…? 심…대…."

사사끼가 두 손바닥을 싹싹 비볐다.

"너 같은 놈은 돌멩이로 쳐 죽여야 해."

심대곤이 사사끼의 얼굴을 걷어찼다. 어이쿠! 사사끼가 손으로 얼굴을 싸매고 머리를 땅에 박았다. 알몸으로 사시나무처럼 떨던 연화가 방문으로 슬금슬금 옮겨갔다.

"똥개 같은 년. 붙어먹을 사내가 없어서 쪽발이에 붙어먹어? 그리고 뭐 어째? 멸사봉공?"

심대곤이 연화의 앞에 떡 버텨 섰다.

"대곤이. 앉아서 내 말 좀 들어봐."

연화가 심대곤의 바짓가랑이를 다급하게 잡았다.

"똥개 같은 년. 천황폐하인지 도적놈인지 그런 찢어 죽일 놈에게 멸사봉공을 한다고 흥흥거려?"

심대곤의 낮고 강인한 목소리에 사사끼가 부르르 진저리를 쳤다. 연화가 바짓가랑이를 놓고 쌩 돌아앉았다.

"흥. 내가 대곤이 좋아한다고 사정할 땐 들어주지 않더니, 이제 와서 투기야? 옛정을 생각한다면 내게 이럴 수 없잖아?"

연화가 당돌하게 심대곤을 힐난했다. 심대곤이 어이없어 입을 딱 벌렸다. 그러는 중에 사사끼가 방문으로 슬금슬금 기어갔다. 심대곤이 돌멩이를 천천히 들어 올렸다. 돌멩이를 바라보는 사사끼가 사색이 되었다.

"밤마다 잠 설치면서 이 순간을 기다렸다. 쪽발이 새끼야."

퍽! 돌멩이가 사사끼의 정수리를 내리찍었다.

"어머니 원수를 갚는다는 생각으로 날밤을 새웠다. 찢어 죽여도 시원치 않을 놈."

심대곤의 외마디와 사사끼 머리를 내리찍는 소리가 서너 차례 들렸다. 사사끼가 알몸으로 길게 뻗었다. 심대곤이 연화를 향해 섰다. 외려 당당하던 연화가 부들부들 떨었다.

"네년은 멸사봉공하던 이놈 손에 죽어야겠다."

절명한 사사끼 손아귀에 권총을 쥐여주었다. 사사끼의 손가락으로 방아쇠를 당겼다. 연화가 총탄을 맞고 쓰러졌다. 바닥에 피가 흥건하게 고였다.

심만옥이 강막실에 의지하여 달마실로 비칠비칠 걸어왔다. 마침 심익수가 집에 있었다. 심만옥은 흐느끼면서 말을 하지 못했다. 심익수는 답답하고 불안했다. 행색이 흐트러진 딸이 울기만 해서 애간장이 녹아내렸다.

"아저씨. 대풍 오빠가 살아 있다고 하던데 정말인가요?"

강막실은 심대풍의 소식이 급했다.

"막실아. 지금 뭐라고 말했니?"

심익수도 큰아들이 살아 있다는 말을 처음 들었다.

"대풍 오빠가 살아 있다 하네요. 대곤 오빠가 틀림없이 그런 말을 했어요."

아버지가 모르는 큰아들의 생사를 작은아들이 말했다니, 심익수는 강막실의 말을 믿으려 하지 않았다.

"아저씨도 알고 계셨나요? 대풍 오빠가 살아 있다는 것을?"

강막실이 재차 추궁했다. 심익수는 울기만 하는 딸을 바라보았다. 간신히 서 있던 심만옥이 바닥에 주저앉았다. 심익수가 걸어와 심만옥의 팔을 잡고 무슨 일이 있느냐며 재차 물었다. 심만옥이 아버지를 부르며 꺼이꺼이 울었다.

창말 시댁에 있어야 할 딸의 목소리를 강주칠이 들었다. 마당으로 나와 보니 옆집 심익수네 마당에 시집간 딸이 와 있는 것이 아닌가. 강주칠의 가슴으로 맷돌이 쿵 내려앉았다.

"나 좀 보자."

강주칠이 강막실의 손을 잡아끌었다.

"이보게, 잠깐 앉게."

심익수가 강주칠을 불러 세웠다. 강주칠이 돌아보지도 않고 강막실을 끌고 갔다.

심익수가 심만옥에게 자초지종을 캐물었다. 심대풍이 살아 있는 것이 분명하고, 심대곤이 똥깐을 죽을 지경으로 만들었음을 얘기했다.

"달마실에서 떠나야겠다."

심익수가 급히 짐을 챙겼다. 모녀는 보퉁이를 하나씩 들고 심대곤이 일러준 봉학사로 올라갔다.

강주칠과 용포댁도 폐가에서의 사고를 딸에게서 들었다.

"만옥이를 도와주려다 너까지 똥물을 뒤집어쓰게 되었구나."

용포댁이 혀를 찼다. 강막실도 무슨 일을 저지른 심정이었다.

솔무더기에 두고 온 시누이 박시연에게 상황을 어떻게 설명해야 할까? 똥간의 죽음에 대한 조사가 시작되면 강막실도 병참에 불려갈 터였다. 강막실은 심대곤이 사사끼와 연화까지 해친 것은 알지 못했다.

강막실이 서둘러 창말로 왔다. 솔무더기에 두고 온 박시연이 불편한 몸을 어떻게 끌고 왔는지 집에 있었다. 시부모는 줄다리기 구경에서 돌아오지 않았다.

"나를 두고 급하게 가야 할 연유가 무엇이야?"

박시연이 불편한 몸을 마루에 놓고 물었다.

똥깐이 심만옥을 산으로 끌고 가는 것을 보고 심대곤에게 알리려 강물에 뛰어들었으며, 심대곤과 폐가에 도착했을 때는 똥깐이 심만옥을 겁탈하고 있었으며, 심대곤이 똥깐을 헤쳤다고 말했다. 병참에서 자신을 소환할 것이라고도 말했다.

"올케가 잘못한 게 없어. 충주에 있는 시만에게 기별 주면 잘 해결해 줄 거야."

박시연이 강막실의 등을 다독거려 위로했다.

"충주에 사람을 보내 시만에게 알려야 할 텐데."

박시연이 불편한 다리로 한숨을 쉬었다.

"서방님이 갈아입을 옷 챙겨서 다녀올게요."

강막실에 가겠다고 나섰다.

"족히 반나절을 바삐 걸어서 충주에 도착했다 해도 어느 곳에 사는지도 모르잖아?"

"충주 관아로 가면 만날 수 있겠지요."

박시연이 만류하기도 전에 박시만의 옷가지를 꺼냈다.

"아버님 들어오시면 말씀해주세요. 사고는 말씀드리지 말고 옷가지 챙겨 갔다고만 전해주세요."

강막실이 채비하는 중에 박시연이 점심을 차렸다.

길목에서 보초를 서던 왜병이 쥐약 먹은 개처럼 우왕좌왕 내달렸다.

병참 대장 사사끼가 하리모토의 안방에서 연화와 벌거벗은 채 죽어 있는 것이 발견되었다. 오장 이또는 몰래 잠입한 의병의 소행인 줄로 지레 겁먹고 우왕좌왕했다.

구옥정 화심의 치마폭에 빠졌던 하리모토는 보고를 받고 다리를 후들후들 떨었다. 왜병이 세 무리로 흩어졌다. 징발해서 보관한 전쟁 물자를 지키려 가흥창고를 에워싸고, 하리모토가 숨은 주막 구옥정을 에워싸고, 목계 강변에서 줄다리기하는 주민을 에워쌌다.

왜병이 총을 휘두르며 해산을 강요했다. 주민들은 잡은 줄을 놓지 않았다. 동편 줄꾼을 몰아내면 서편 줄꾼이 다시 달라붙었다. 왜병이 허공에 총을 쏘았다. 누구도 줄을 포기하지 않았다.

죽은 줄 알았던 연화가 끄응 몸을 비틀었다. 사사끼 시신을 수습하던 왜병이 이불을 찢어 연화의 상처를 동여맸다.

심대곤이 봉학사로 올라왔다. 혜원 스님은 법당에 앉아 염불 중이었다. 여주댁 뒷등에서 초조하게 기다리던 심익수와 심만옥 부녀가 보퉁이를 들고 일어났다.

"어디로 갈 작정이냐?"

심익수가 아들에게 물었다.

"형이 있는 곳으로 가렵니다."

심대곤의 옷에 피가 묻어 있었다.

"네 형이 분명 살아 있구나."

심대곤이 고개를 끄덕였다.

"그곳이 어디냐?"

심익수가 다그쳐 물었다. 혜원 스님의 염불 소리가 뚝 끊겼다. 심대곤이 주변을 두리번거리면서 대답하지 않았다. 법당에서 혜원 스님이 걸어 나왔다. 심대곤이 혜원 스님과 합장했다.

"살생을 하였구려. 관세음보살."

스님이 어찌 알았을까?

"어쩔 수 없는 살생이었습니다. 스님."

심대곤 깜짝 놀라 변명했다.

"살생은 어떤 이유로도 변명할 수 없습니다. 저지른 행위를 왜곡해서 정당화하지 마시오."

스님이 꾸짖었다.

"어머니를 죽이고 우리 가족을 이렇게 풍비박산으로 만든 원수에게 갚음을 했을 뿐입니다. 후회 없습니다."

심대곤은 연화가 살아난 것을 알지 못했다.

"누구를 죽였단 말이냐?"

심익수도 꾸짖었다.

"사사끼 그놈을 저승 문지방 너머로 보냈습니다."

돌멩이를 쥐었던 심대곤의 주먹이 부르르 떨었다.

심대곤은 연화의 가슴에 총 쏜 것을 후회했다. 사사끼를 죽이려고 가흥창고 사택으로 갔다. 연화가 사사끼의 알몸에 깔려 멸사봉공을 외치지만 않았어도 죽이지 않았다.

"시주에게는 격한 감정의 기둥이 시주의 몸을 억압하고 있소. 부처님께 불공드려 그 본능을 잠재우시오."

혜원 스님이 염주를 굴렸다.

"그리 하겠습니다."

심대곤이 혜원 스님에게 공손히 합장했다.

"어디로 가는 게냐?"

심익수가 다시 물었다.

"의풍으로 갑니다."

심대곤이 혜원 스님을 경계하다가 말했다.

"만만치 않은 거리로구나. 서두르자."

심익수가 길을 재촉했다.

"또 한 번의 살생 순간이 곧 올 것이오."

봉학사 뜰에서 나가는 심대곤을 혜원 스님이 불러 세웠다.

"의병으로서 적을 맞아 싸우다가 적을 살생하는 것은 어쩔 수 없지만, 시주와 연이 닿아 있는 사람을 만나서 살생을 해야 하는 찰나가 곧 올 것이오."

혜원 스님이 심대곤의 손을 쥐었다.

"연이 닿아 있는 사람이라고 하셨습니까?"

두 손을 혜원 스님에게 맡긴 심대곤이 공손하게 물었다.

"살생의 순간에 분을 삭이지 못하면 시주와 연이 닿아 있는 사람에게 크나큰 슬픔을 주게 될 것이오. 그리하면 그 사람의 슬픔이 시주의 고통인 것이오."

심대곤은 혜원 스님의 말을 이해하지 못했다.

"도대체 그가 누구입니까?"

심대곤이 손을 빼고 물었다.

"길이 멀잖소? 이미 죽어 누운 사람에게는 미련을 그만 끊고 어서 길을 떠나시오."

심대곤이 답을 기다렸으나 혜원 스님이 법당으로 들어갔다. 법당에서 독경이 시작되었다. 심대곤이 법당에 합장하고 걸어 나왔다.

보련산에 머리를 푸는 햇덩이가 목계 강물 수면에 노을을 수놓았다. 정월치곤 부드럽던 강바람이 매서운 칼날을 달았다. 멀리 강변 줄다리기가 끝났다. 서편 줄 용머리가 경계를 넘어 동편으로 다섯 자나 옮겨졌다. 동편의 승리였다. 줄꾼은 물론 구경꾼이 환호했다. 동편이 이기면 풍년이 오고 서편이 이기면 그해 흉년이 온다는 속설 때문이었다. 농악이 홰를 치며 백사장에서 돌고 마무리 흥을 돋웠다. 흥은 밤늦도록 가라앉지 않았다. 오랜만에 목계장터 주막에 사람들이 들끓었다. 줄다리기 피곤도 잊었다. 목계 병참 사사끼가 죽었으니 술을 마셔도 취하지 않았고 누워도 잠이 오지 않았다.

강변으로 어둠이 슬금슬금 기어왔다. 백성이 자진 해산하기를 무작정 기다리던 왜병도 슬금슬금 물러갔다. 대장을 잃었으니 오합지졸이 되었다. 어둠이 강물을 따라 까맣게 누웠다. 백성이 흩어졌다. 강변에 줄다리기를 하던 줄이 잠자는 용처럼 누웠다. 봄장마 지고 수량이 많아질 때까지 이날의 함성을 간직한 채 웅크리고 있을 거대한 용이 되었다. 수량이 많아지면 백성의 액운을 모두 싣고 꿈틀 떠내려갈 터였다.

9

한 남자 두 여인

잰걸음으로 충주성에 왔으나 서방님을 만날 일이 난감했다. 성의 숏을 남문에 사령들이 지키고 있었다. 사령에게 말해서 서방님을 불러내고 싶었다. 막상 맞닥뜨려 무슨 말을 어떻게 해야 할지 자신이 서지 않았다. 강막실의 난감한 하늘에 노을이 벌겋게 물들었다.

숏을 남문에서 신식 복장 여인이 걸어 나왔다. 여인은 옷차림새도 다를뿐더러 걸음걸이도 달랐다. 사뭇 조심스런 걸음이 아니라 거침없이 성큼성큼 걸어갔다.

여인은 홍금희였다. 말로만 듣던 신식여자구나. 강막실은 서방님이 서울에서 사귀었다는 여자를 잠깐 생각했다. 홍금희는 강막실 옆을 지나 남산 쪽 골목으로 걸어갔다. 강막실은 보통이를 가슴에 끌어안고 숏을 남문이 잘 보이는 골목에서 서방님이 나오기를 무작정 기다렸다. 어둠이 골목에 깔리고 있었다. 마음이 급해지고 무섭기까지 했다. 사령도 숏을 남문의 대문을 닫고 안으로 들어갈 참이었다. 강막실이 사령에게 걸어가 서방님을 찾아 왔다고 말했다.

"박도사에게 부인이 또 있다는 소리 들었는가?"

사령이 말을 주고받으며 강막실을 믿지 않았다.

"창말 서방님댁에서 왔다고 전해주세요."

강막실이 사령에게 사정했다. 사령이 성안으로 갔다. 강막실은 기다리면서 초조해졌다. 서방님이 다른 군현으로 출타하여 만나지 못한다면 이 밤을 어찌해야 하는가?

"뫼시랍니다."

애를 태우고 있는데 사령이 왔다.

박시만은 강막실이 뜻밖이었다. 갑자기 찾아온 연유를 알 수 없지만, 얼굴에 들어찬 수심을 읽었다. 박시만은 충주부 제금당에서 밤을 보낼 예정이었다. 제금당은 충주 관찰사의 가족이 기거해 온 세 칸 방이었다. 관찰사의 가족이 경성에 있었고, 관찰사 또한 동헌에 기거하였기 때문에 제금당은 박시만의 차지였다. 남산 아래에 행랑을 얻어놓은 홍금희는 박시만이 자신에게 오기를 기다렸으나 오지 않았다. 그 때문에 홍금희가 충주 관아에 찾아오는 횟수가 늘었다.

박시만이 강막실을 홍금희와 점심을 먹던 주막으로 데려갔다. 먼 길을 숨차게 걸어왔던 강막실이 몹시 시장했던지 국밥을 마파람에 게눈 감추듯 먹었다. 강막실이 서글프게 보였다.

"갈아입을 옷가지를 챙겨왔어요. 숙소로 어서 가셔요."

강막실이 보퉁이를 끌어안았다.

"보퉁이 잠깐 내려놓고 내 말 좀 들으시오."

창말에서 있었던 일을 벌써 알고 계시나? 강막실은 겁먹은 눈초리로 박시만을 바라보았다.

"홍금희가 충주에 와 있소."

"홍금희가? 충주에?"

강막실이 자신도 모르게 되물었다.

"지난번 말했던 경성 여자가 충주에 와 있소."

박시만이 주모를 불러 술을 달라고 했다. 주모가 술상을 들여올 때까지 둘은 입을 다물었다. 견디기 버거운 침묵이 방안에 감돌았다. 주모가 술상을 들고 왔다. 박시만은 하룻밤 묵을 방을 청했다. 강막실이 술대접에 막걸리를 부었다. 박시만이 강막실에게 웃음을 슬쩍 보내고 잔을 비웠다. 방이 마련됐다고 주모가 말했다. 둘은 하룻밤 묵을 방으로 자리를 옮겼다. 박시만이 강막실에게 술을 권했다. 한 모금 목구멍으로 넘겼는데 맥이 탁 풀렸다. 점심도 뜨는 둥 마는 둥 반나절을 잰걸음으로 달려왔다. 서방님이 사주신 국밥을 먹고 오늘밤 지낼 방에 앉은 탓인지 긴장이 풀렸다.

"홍금희가 충주에 내려와 있소."

박시만이 홍금희를 다시 꺼내 들었다.

"서방님 갈아입을 옷 챙겨왔어요. 서방님 묶고 있는 방에 정돈해주고 내일 아침 창말로 돌아갈 참인데 방을 얻으셨네요?"

박시만이 곤혹스럽게 앉아 있다가 막걸리를 마셨다. 강막실은, 홍금희에 대해 어떤 말을 들어야 할지 불안해졌다. 심대곤과 똥깐의 사건 때문에 충주로 왔는데 말을 꺼내지도 못했다.

"홍금희가 마련한 거처에 얹혀살고 있소."

졸음이 확 달아나는 박시만의 선언이었다.

"같이 살고 있단 말씀입니까?"

강막실이 천천히 물었다.

"잠은 관아 제금당에서 자고 있소. 홍금희가 얼마나 보채는지 가끔 들러서 의복을 갈아입고 있소."

강막실이 눈물을 찔끔 묻어냈다. 충주로 떠나기 전날, 여자로서 부끄러움을 무릅쓰고 알몸으로 곁에 누워 그토록 부인으로서의 행위를 원했건만, 마다하고 충주에 와서는 홍금희와 동거하고 있다니.

"그렇다고 불결한 생각은 절대 갖지 마오."

박시만이 변명했다.

"그럼 그곳으로 가야겠어요."

강막실이 보퉁이를 가슴에 안았다. 박시만은 강막실의 청을 꺾지 않았다. 아내로서 의복을 챙겨주러 간다는 요구를 묵살하지 않았다.

홍금희의 행랑으로 갔다. 강막실은 낮에 충주성에서 나온 신식처녀가 바로 홍금희임을 알았다. 홍금희가 놀란 눈으로 박시만과 강막실을 번갈아 보고서 상황을 알아차린 듯 웃음을 흘렸다.

"어서 와요. 이름이 강막실 씨… 맞죠?"

홍금희가 강막실을 기다리고 있었다는 듯 반갑게 맞았다. 강막실뿐만 아니라 박시만도 홍금희의 태도에 놀랐다.

"추워요. 이리로 앉아요. 먼 길 와서 피곤할 텐데 편히 앉아요."

홍금희가 강막실에게 아랫목을 권했다. 강막실이 뭉그적뭉그적 아랫목에 앉았다. 박시만은 윗목에 어정쩡하게 앉았다. 홍금희가 벽장에서 유리단지를 내렸다. 단지에서 한 숟가락 퍼낸 것에 뜨거운 물을 개어 내밀었다.

"유자로 만든 차예요. 거제도에서 올라온 유자를 썰어서 강원도에서 가져온 토종꿀에 재워두었던 거예요. 감기에 좋고 피로 풀기에도 좋아요."

유자의 시큼한 향이 방안에 퍼졌다. 강막실은 아랫목까지 앉은 터라 유자차를 마다하지 않았다.

"이런. 소개가 늦었네요. 나 홍금희라고 해요."

홍금희가 손을 불쑥 내밀었다. 강막실은 홍금희의 손을 잡지 않고 박시만을 바라보았다.

"내가 말했던 경성 여자 친구."

박시만이 소개했다.

"네…. 전 강막실예요."

강막실이 떠듬떠듬 말했다. 홍금희가 내밀었던 손을 거두어갔다.

"시만씨가 나를 소개했군요? 어떻게 소개를 하던가요? 친구? 연인? 어떻게 나를 소개했을까? 궁금하네?"

홍금희가 가지런하고 하얀 이를 드러내며 말갛게 웃었다.

"경성에서 머무르실 때 사귀었던 여자 친구라고 하셨어요."

강막실이 또박또박 대답했다.

"여자 친구? 걸프렌드? 호호호!"

홍금희가 상체를 뒤로 젖혀 웃었다. 웃음을 뚝 끊은 홍금희가 묘한 표정을 지었다. 침묵이 감돌았다.

"그래요. 난 경성에서 이분과 친구였어요."

홍금희가 차를 마셨다. 박시만도 찻잔을 들어 호르륵 마셨다.

"혼례를 치르고 경성에서 나와 사귀었던 사실을 말하던가요?"

"경성에서 사귀던 여자가 있다고 혼인 첫날밤에 말씀하셨습니다."

강막실은 홍금희의 시선을 피하지 않았다.

"그랬나요? 그럼 나만 몰랐군요. 시만씨가 강막실이라는 여자와 혼인했다는 것을 나만 까마득하게 몰랐군요. 그런 사실을 모른 채 부푼 가슴을 안고 충주에 내려와서 시만씨의 부인 행세를 하려고 했네요. 하지만 상관없어요. 시만씨에게 이미 내 뜻을 말했듯이 충주에 내려올 때 품었던 맘은 변하지 않아요. 다만 정실부인에게 미안은 하지만.”

홍금희가 자조적으로 말했다. 정실부인이 있어도 박시만의 아내가 되겠다는 말에 강막실은 가슴이 무거워졌다.

“서방님 옷을 가져 왔어요.”

강막실이 보퉁이를 무릎 앞에 놓았다.

“이리 주세요.”

홍금희가 보퉁이로 손을 내밀었다.

“아니에요. 어디다 두어야 할지 말해주세요. 직접 챙겨 드릴 테니까.”

강막실이 보퉁이를 집어 들었다.

홍금희 표정이 쓸쓸해졌다. 강막실이 홍금희가 일러준 윗방으로 갔다. 박시만과 홍금희 옷이 정돈되어 있었다. 박시만의 옷을 살피다가 강막실이 모르는 옷이 많이 걸려 있음을 보았다. 보퉁이로 가져온 속옷과 겉옷을 정돈하고 빨아야 할 옷을 손에 들었다.

“그냥 두세요. 그건 제 몫이니까.”

어느샌가 홍금희가 뒤에서 지켜보고 있었다. 강막실 보자기를 바닥에 펼쳤다.

“제 몫이라고 했잖아요.”

홍금희가 보자기 옆에 앉았다. 강막실은 끝내 빨래할 옷을 보자기 속에 여몄다.

“정말 야속하네요. 모든 걸 다 가져가고서… 이것마저 내게서 빼앗아 갈 참이에요?”

홍금희가 목소리에 울음을 섞었다. 강막실이 보퉁이를 들고 일어섰다.

“이만 돌아갈게요.”

강막실이 말했다.

"어디로 간단 말이오. 추운 밤중에."

박시만이 강막실을 잡았다.

"창말까지 가지 못해요. 서방님이 제게 얻어주신 그 방으로 갈까 해요."

주막에 얻어놓은 방으로 가겠다고 강막실이 말했다.

"그새 방을 얻으셨군?"

홍금희가 끼어들었다.

"뜻밖에 찾아와서 묵을 곳을 찾지 못했어. 주막에서 저녁을 먹으면서 하룻밤 방을 얻어놓은 게 있어."

박시만의 홍금희에게 건네는 말투가 달라졌다. 이런 것이 신식 말투인가? 두 사람이 한 묶음으로 묶이고 강막실은 묶음 밖에 홀로선 기분이었다. 강막실이 방문을 열었다. 박시만이 마당으로 따라 나왔다.

"정말 그리로 갈 참이오?"

"서방님께서 제게 주신 방으로 가야겠어요."

"그러지 말고 오늘 밤은 여기서 잠을 자구려."

박시만이 강막실 앞을 막았다.

"아니에요. 여긴 제가 있을 곳이 아니에요. 관아 일을 돌보시느라 피곤하실 텐데 서방님이나 어서 들어가 주무세요. 그럼."

강막실이 고개를 숙여 예의를 차리고 걸어갔다. 쪽문으로 나온 강막실은 가슴에 칵 치밀어 오르는 슬픔에 비틀거렸다. 한 손으로 벽을 짚고 몸을 지탱했다. 질끈 감았던 눈을 뜨자 캄캄한 어둠뿐이었다. 주막을 어떻게 찾아간단 말인가? 충주에 와야 했던 연유를 말하지 못했다. 박시만을 따라 여기로 왔지만 주막으로 되짚어갈 수 없었다. 남산에서 불어 내린 찬바람이 뺨을 후려쳤다. 걸어 나온 쪽문을 뒤돌아보았다.

홍금희가 서 있었다.

"들어오세요. 가야 할 사람은 나예요."

홍금희가 강막실의 손을 잡았다. 강박실은 홍금희 손에 잡혀 방으로 돌아왔다.

"그때 그 주막 맞아?"

홍금희가 박시만에게 물었다.

"그건 왜 물어?"

"내가 그리로 갈까 해서."

홍금희가 덧옷을 집어 들었다.

"그러지 않아도 돼."

박시만이 홍금희 옷을 잡았다.

"부인께서 먼 길 오셨는데 내가 눈치가 없어선 안 되지."

홍금희가 서글퍼진 눈빛으로 박시만을 바라보았다.

"비꼬지 마. 우린 아직 아무 일도 없었어."

박시만이 말했다. 강막실은 서방님이 야속했다. 내외지간의 일을 함부로 말하다니.

"사실대로 말하겠어. 혼례를 했지만, 금희 너 때문에 내게 시집온 부인과 잠자리하지 않았어. 그리고 또."

박시만이 말을 끊었다. 강막실이 고개 돌려 눈을 감았다. 홍금희의 눈빛이 번득거렸다.

"그리고 또?"

홍금희가 재촉했다.

"내게 정실부인이 있는데, 금희 네가 자꾸 이러는 거 부담스러워."

박시만이 곤혹스런 표정을 지었다. 홍금희가 보석을 발견한 듯 눈알을 반짝거렸다.
"그럼 복잡하게 생각할 거 없네. 누군가 여기에서 나갈 필요도 없어."
홍금희가 덧옷을 제자리에 걸어두고 이불을 깔았다. 아랫방에는 홍금희와 강막실의 이불을 깔았다. 윗방에는 박시만의 이불이 깔렸다.

10

죽은 자와 묘연한 자

소문이 바람처럼 집집의 방문을 흔들었다. 하리모토의 안방에서 사사끼가 망측스럽게도 알몸으로 죽었다. 머리를 돌멩이로 찧긴 사사끼 손에 권총이 들려 있었다. 하리모토 애첩 연화는 알몸으로 권총에 이마를 비껴 맞고 피를 흘리다가 구사일생 목숨을 부지했다.

애첩과 놀아나는 사사끼를 하리모토가 죽인 것은 아니냐는 뒷말이 흘러 다녔다. 하리모토는 줄다리기가 있던 그날 온종일 구옥정에서 화심과 함께 있었다는 말이 돌았다. 하리모토가 누군가를 사주해서 간통하는 순간을 포착해 일을 친 것이 아니냐는 추측이 돌았다.

폐가에서 피를 흘리며 쓰러진 똥깐이 감쪽같이 사라졌다. 똥깐의 행방이 묘연해졌다. 하리모토가 사주한 사람이 똥깐일 것이라는 소문이 돌았다. 수족으로 부려먹는 사사끼에게 불만이 생긴 똥깐이 간통현장에 뛰어들어 일을 내고 어디론가 도주했다는 소문도 있었다. 근거 없는 풍문이 이따금씩 회오리쳐 오는 강바람처럼 쓸려 다녔다.

외딴집에서 심만옥을 겁탈하고 심대곤에게 머리통을 맞았던 똥깐이 죽었는지 살아 어디론가 숨어버렸는지 아는 사람이 없었다. 사사끼의 앞잡이 노릇에서 벗어날 기회로 삼고 어디론가 훨훨 날아갔을 것이라는 소문도 돌았다. 사사끼를 살해한 심대곤을 목격한 사람은 연화였다. 총을 맞고도 구사일생 살아난 연화가 시름시름 기운 없는 눈동자를 말똥거릴 뿐 상황을 말하지 못했다.

목계장터로 소문이 돌고 돌아 호박 넝쿨 뻗어내듯 억측이 생겨났다. 뒤를 봐주던 사사끼가 죽었으니 똥깐의 발등에는 발갛게 단 불똥이 우박처럼 쏟아질 것이라는 소문도 돌았다. 똥깐이 보이지 않으니 벌써 줄행랑을 놓았을 것이라고 입을 모았다. 사사끼란 놈은 죽어가면서 연화에게 총을 쏘았으니 죽어서도 천길 지옥으로 떨어질 놈이라고 악담을 했다.

목소리를 낮추는 소문도 있었다. 달마실에 살던 심가네가 짐을 싸서 사라졌다는 소문이 은근하게 돌았다.

박초시의 마름 천길동이 목계장터에 왔다가 심가네 소문을 들었다. 소리 낮춰 주고받는 말 중에 사사끼가 여주댁을 죽였으니 심가네가 앙갚음했을 것이라는 말에 귀가 솔깃했다. 심가네 식구 중에 사사끼를 죽일 만한 인물은 심대풍이거나 심대곤이었다. 심대풍은 도망 다니는 신세가 되었고 소백산 깊은 산중인 의풍에서 추위와 굶주림으로 죽었다는 소문이 파다했으니 사사끼를 죽인 인물은 심대곤이라고 입을 모았다.

심대풍이 객사했다는 말은 새빨간 거짓말이라고 누군가가 말했다. 심대풍이 달마실에서 떠난 뒤 의병이 되었다는 말을 들었다고도 했다.

의병과 왜병이 싸우는 현장에서 심대풍을 눈 똥그랗게 뜨고 본 사람이 있다는 말도 나왔다. 여하튼 목계장터에서 사람이 모이면 사사끼 죽음에 대한 말이 나왔고, 똥깐에 대한 얘기도 나왔고, 끝머리에 심가네 형제에 대한 얘기도 붙어 나왔다.

저잣거리에서 빈둥대던 천길동은 금덩어리를 손아귀에 쥔 것처럼 기뻤다. 창말 박초시네로 오는 마음과 걸음이 어찌나 급했던지 숨이 턱까지 차올랐다.

천길동은 박초시에게 가지 않고 외동딸 박옥화가 어디 있는지 살폈다. 박옥화는 집에 없었다. 사랑채와 안채와 마름들의 거처를 찾아도 박옥화가 보이지 않았다. 심대곤이 사사끼를 죽였다는 풍문을 혀에 감고서 숨이 턱에 차도록 달려왔는데 박옥화가 보이지 않았다. 숨을 가쁘게 쉬며 괜한 화가 돋았다.

안방의 박초시에게 소문을 말해줄까 마당에서 어정거리다가 대문으로 나왔다. 천길동의 예감대로 박옥화는 달마실로 가는 길 어귀에 있었다. 누군가를 기다리며 서성거리는 중이었다. 달마실에서 오는 길목에 박옥화가 기다릴 만한 사람은 심대곤이었다. 천길동은 또 화가 치솟았다.

"목계장터에 갔더니, 저승사자 명부에 이름 석 자가 적힌 사람이 있다고들 합디다?"

천길동이 박옥화 앞에 버텨 서서 말했다. 심대풍이 늘 오던 길목을 바라보던 박옥화가 얼굴을 찡그렸다.

"해 짧다고 점심 거르지 마. 뱃속이 비었다고 헛소리 나불대고 다니지 말고."

정신 나간 놈처럼 실금실금 웃는 천길동에게 박옥화가 피식 웃었다.

"저승사자 명부에 이름 석 자 적힌 사람을 기다린다고 오기나 할까?"

천길동이 빈정거렸다. 평소답지 않게 헤죽대는 천길동을 찬찬히 바라보던 박옥화가 웃음을 싹 거두었다. 천길동도 웃음을 거두었다.

"어디서 무슨 헛소문을 듣고 와서 농간질을 하는 게냐?"

박옥화가 태도를 바꾸어 천길동을 꾸짖었다. 박옥화보다 세 살이나 나이가 많지만 천길동은 어쨌거나 박초시네 대대손손 마름이었다. 여간해서 목소리를 높이지 않던 박옥화가 꾸짖었다. 천길동이 눈 한번 꿈적하지 않았다.

"눈알 빠지게 기다려도 저승사자 명부에 성명 석 자 올렸으니 다신 눈 뜨고 볼 수 없을 것입니다."

박옥화가 기다리는 심대곤이 결코 올 수 없으니 천길동은 속으로 신이 났다.

"내가 누굴 기다린단 말이냐?"

박옥화가 시침을 떼고 물었다.

"달마실 심가 놈이 창말에 발걸음을 놓는 날은 아마도 없을 것입니다."

천길동이 또 빈정거렸다.

오호 이놈이 목계장터에 간다고 하더니 심대곤 소문을 듣고 와서 헤죽거리는구나. 이놈의 농간질에 어깨춤을 출 수는 없다.

박옥화가 천길동의 속을 읽었다.

"농한기라서 마땅히 하는 일이 없어 손발이 심심한 게로구나. 내일부터는 소작 토지를 돌아보라고 아버님께 여쭐 테니 그리 알아라."

천길동의 농간질을 더 들을 필요 없다며 박옥화가 몸을 돌려 걸어갔다.

"서릿발이 우두둑 솟은 소작 토지에 할 일이 무엇이 있다고?"

천길동이 잽싼 걸음으로 쫓아 왔다.

"네 눈에는 버들강아지에 노란 솜털이 솟고 있는 것이 뵈지도 않느냐?"

목계의 겨울은 장미산에서 시작되고, 봄은 남한강에서 시작되었다. 장미산을 덮은 갈참나무에서 도토리가 후두둑 떨어지면 남한강물이 싸늘해졌다. 칼바람에 누런 잎을 모두 지우면 강기슭으로 얼음이 토해낸 거품처럼 생겼다. 겨울의 예고는 장미산이 했다지만 겨울의 절정은 강물 위에서 그 기세가 극에 달했다. 이른 아침 안개를 피워 잠잠하던 바람도 햇덩이가 솟으면 맵차게 돌변했다. 수량도 줄어 초췌하게 오므린 강물의 수면을 뱀 비늘처럼 쓸고 다니며 괴성까지 질러댔다. 괴성은 자정이 넘도록 목계 집집의 문풍지를 흔들었다.

칼바람을 맵차게 휘두르며 악동 같던 남한강 물줄기에서 봄이 시작되었다. 수면이 잠잠해지고 한껏 부드러워진 햇살이 은비늘로 찰랑 노닐면서 봄이 성큼성큼 걸어왔다. 강물 줄기가 옷고름을 문 처녀처럼 수줍어하면 장미산은 잿빛으로 물들었고 도랑에 버들개지가 솜털을 내밀었다. 소작농토로 두엄 지게가 연방 드나들면서 청둥오리가 북으로 떼지어 날아갈 준비를 했다. 곧 강물에 햇살이 아롱아롱하면 얼었던 논이 녹고 있으니 소작농토를 둘러보아야 한다는 박옥화의 말이었다.

"개구리가 얼었던 입을 열고 왕왕 울어야 소작 토지도 숨을 쉬는 것입니다."

꽁꽁 언 소작 토지를 돌아보아 무엇 하느냐고 천길동이 촐랑촐랑 따라오며 물었다.

"언 땅에 두엄을 내지 않은 소작인이 있는지 둘러보아야 할 것이 아니냐?"

박옥화가 걸음을 뚝 멈추고 목소리에 가시를 품었다. 천길동의 히죽거림은 멈추지 않았다. 박옥화가 흠모의 정을 품고 있는 심대곤이 목계에서 없어졌다는 사실이 너무 기뻤다.

심대곤이 창말로 오는 아침마다 박옥화는 담 너머에서 지켜보곤 했다. 장길수에게 가홍창고 업무를 인계하고 달마실로 가는 오후 네 시 무렵에 담 너머로 뒷모습을 바라보았다.

사흘이나 심대곤이 창말에 오지 않았다. 오늘은 일찍 나와서 길목에서 서성거렸다. 창말에 오는 시각이 바뀌었는지 신변에 무슨 사달이 생겼는지 알 수 없어 애를 태우는데, 천길동이 나타나 가슴팍에다 갈퀴질을 하는 것이 아닌가.

대문으로 들어와서 성난 걸음을 한 숨 죽였다. 늘 바라보던 담 너머를 바라보았다. 봄기운이 어느덧 스며드는 역담으로 들새가 떼를 지어 날아와 앉았다. 안마당으로 들어온 천길동의 얼굴에 심통이 잔뜩 그려졌다. 목계장터에서 혀에 감고 온 소문을 말하지 못하였으니, 목구멍으로 꿀떡 넘어가 동티를 내고만 듯싶었다.

박옥화가 사랑채로 가자 천길동이 강아지처럼 졸졸 따라왔다. 입에 물고 온 심대곤의 소문을 꼭 토해낼 작정이었다. 박옥화는 똥 마려운 강아지처럼 찔찔거리는 천길동이 한편으로는 우습기도 하고, 한편으로는 괘씸했다.

마름 신분인 주제에 만석 지주 외동딸과 맞서려 하다니. 네 놈이 아무리 머리가 영특하여 천자문이며 소학이며 논어 주역을 읽었다 한들 심대곤의 의젓하고 대장부다운 기품에는 어림 반품도 없느니라.

박옥화가 가증스럽고 불쌍하다는 시선으로 천길동을 바라보았다. 걸음마를 배울 때부터 눈칫밥을 먹고 자란 천길동이었다. 박옥화의 눈빛도 알아차리지 못하도록 아둔하지 않았다. 박옥화는 심대곤의 소문을 끝내 듣지 않았다.

그날 밤, 박옥화는 밤새워 뒤척였다. 천길동도 잠들지 못했다. 초저녁에는 목계장터에서부터 입에 물고 있던 소문을 말하지 못해 이불에서 데굴데굴 굴렀다. 자정이 넘어 명치 아래부터 시작된 통증이 슬금슬금 아랫배로 내려갔다. 창자를 쥐어트는 통증이 소낙비처럼 들이닥쳤다가 없어지곤 했다. 어둠이 희미하게 벗겨지는 새벽에는 주먹으로 뒤를 틀어막은 채 뒷간을 드나들었다. 동이 텄을 때까지 뱃속을 모두 비워내고서 몸을 가누지 못했다.

박옥화는 아침상머리에서 박초시에게 심가네 소식을 들었다. 심대곤이 목계에 나타나는 일은 없을 것이라고 했다.

"동학이 왔듯이 의병이 온다면 다시 오시겠지요?"

박옥화는 심대곤이 목계에 꼭 온다고 믿었다.

"의병 소리는 입 밖에도 내지 말거라. 동학도에게 쌀가마를 내주었던 부잣집이 곤욕을 치렀던 것을 모르느냐?"

박초시가 밥알을 튕기며 소리를 버럭 질렀다. 박옥화는 무슨 말인가를 하려다 그만두었다. 밥상머리에서 어른에게 맞서는 것이 예의가 아니라는 것쯤은 아는 박옥화였다.

"의병 보기를 문둥병자같이 해야만 토지를 지키고 목숨도 지키는 것이다."

박초시가 윽박지르듯 말했다.

똥깐이 작대기로 얻어맞아 선혈을 낭자하게 흘렸다는 소문을 듣고 어머니 젓갈댁이 돌아왔다. 똥깐이 왜의 앞잡이가 되어 백성을 핍박하자 창말에서 떠났다. 천등산 작은 암자에서 아들의 잘못을 부처님께

빌었다. 아들이 행방불명 됐다는 연통을 받고 창말로 돌아왔다. 똥깐이 피를 흘리며 쓰러졌다는 폐가에 머물렀다.

문전걸식하며 집집마다 애원했다. 누구 하나 똥간의 행방을 말하지 않았다. 해 저물 무렵에 무당이 젓갈댁에게 왔다. 시신이 있다 한들 지고 갈 힘도 없는 노인이었다.

"뉘시오?"

젓갈댁이 지치고 허탈한 몸으로 물었다.

"미륵이오."

똥깐의 피가 흥건하게 굳어있는 곳으로 무당이 걸어가더니 핏물을 덮어놓은 이불을 다짜고짜 걷어냈다.

"맞아 죽은 귀신이구먼. 맞아 죽었으니 구천에서 떠돌겠어."

무당이 혀를 쯧쯧 찼다. 젓갈댁의 눈알이 획 뒤집혔다.

"영감탱이 천벌을 받고 말지. 말짱한 내 자식이 죽었다고? 찢어진 주둥이라고 멋대로 지껄이네? 노망 맞을 영감탱이가 감히 내 아들이 죽었다는 말을 뱉어?"

젓갈댁이 작대기를 들어 무당을 후려칠 기세였다.

"자식이 죽었다고 마음을 먹으란 말이오. 살아도 산목숨이 아닌 것을 어찌 살았다고 한단 말이오? 그놈 미련 뚝 떼버리고 살란 말이오."

무당이 퀭한 눈을 부릅뜨고 젓갈댁에게 호령했다. 젓갈댁이 작대기를 바닥에 떨어뜨리고 꺼이꺼이 울었다. 무당이 피 묻은 짚을 둘둘 말아 새끼줄로 묶었다. 무당이 손을 툭툭 털고 일어섰을 때 짚은 송장을 묶은 모습과 똑같았다.

"구천에 떠돌고 있어."

무당이 허공에 팔을 휘휘 저었다.

"누구라고 하시었소?"

젓갈댁이 물었다.

"귀가 어두우신가? 맞아 죽은 자식이 구천에서 떠돌고 있으니 부모의 육신이 살아있다 한들 온전하겠어? 육신의 구멍이 모두 막혔구먼?"

무당이 젓갈댁에게 돌아섰다.

"다 늙어빠진 육신인데 뭣이 자랑스럽다고 서 있소? 여기로 몸 좀 놓으시오."

젓갈댁이 바닥을 손바닥으로 쓸어 앉기를 권했다. 무당이 끄응 겨운 소리를 내고서 바닥에 앉았다.

"이놈을 묻어 주자고. 자식에게 묶여서 썩어온 당신의 애간장도 도려내서 여기다 꽁꽁 묶었으니 날이 훤해지면 묻어 주자고."

멀쩡히 살아있을지도 모를 자식이 죽었다는 당치않은 말에 젓갈댁이 입을 다물었다. 무당의 말대로 왜놈의 앞잡이가 되어 동포를 핍박하며 살았으니 산목숨이 아닌 것은 알고 있었다.

"노망이 나셨구려. 남의 멀쩡한 자식을 송장이라 단정하는 인심이 세상에 어디 있소?"

젓갈댁은 아들의 죽음을 인정하고 싶지 않았다.

"초상집 문상객에게 탁주 한잔 없는 인심은 어디 두고 남의 인심만 탓하시는가?"

무당은 반드시 장례를 치를 심사였다.

아들을 찾아주려 동네 사람들이 오면 대접으로 퍼주려던 막걸리를 술독에 가득 채워 두었건만 찾아오는 사람이 없었다. 독에 그득한 막걸리를 대접에 담는 젓갈댁은 속이 상해 눈물을 떨구었다.

"음식에다 닭똥 같은 눈물을 어찌 쏟으시는가?"

무당이 젓갈댁을 나무랐다.

“미륵이란 양반이 어찌 그리 무심하오. 살아서는 악행을 일삼으며 어미의 속을 썩이더니 죽어서도 그 버릇이 여전하면 어쩌나? 저승에서도 서러울 것이라는 생각이 굴뚝같아서 눈물이 저절로 솟는 것을 어쩌란 말이오.”

젓갈댁이 가늘게 흐느꼈다. 똥간이 살아 있다 해도 이승에 없는 존재라고 작심했다.

“가마때기에 둘둘 말려 지게 상여로 들을 지나고 도랑을 건너 아득한 곳에 묻힌다 한들 어떠리오. 묻히거나 들판에 나뒹굴거나 썩어 없어질 육신인 것을.”

무당이 자리를 털고 일어섰다.

“가시게?”

젓갈댁이 놀라 일어섰다.

“막걸리 한잔 얻어 마셨으니 망자에게 보답이나 하고 가리다.”

무당이 상을 두 개 내오라 했다. 젓갈댁은 상을 왜 두 개나 내오라 하는지 알아채지 못하고 무당을 바라보았다.

“굿이나 해주고 가려오.”

“굿이라니? 초상집에서 대체 무슨 굿이란 말이오?”

젓갈댁이 두 손을 내저었다.

“망자가 저렇게 된 지 사흘이 지났다 하지 않았소?”

“사흘하고 반나절이 지났지요.”

“사흘이 넘었으면 초상도 끝이 난 게요. 손이 없어 땅속에 묻히지 못하고 저렇게 누워 있는 것을 보고 어찌 모른 체하겠소? 괘념치 말고 상이나 준비하시오.”

무당이 한사코 상을 가져오라 했다.

"도대체 무슨 굿인지 알아야 준비를 하지요?"

"망자의 혼을 저승으로 보내주는 굿이오."

"영감이 멀쩡하게 살아 있는 자식을 또 죽었다고 하네?"

젓갈댁이 벌컥 화를 내고 상을 가져왔다.

"어허. 귓구멍이 막혔구먼. 저렇게 꽁꽁 묶인 것을 보고도 앰한 소릴 하시오?"

무당이 꾸짖었다. 시신이 없으니 어딘가에 살아 있음이 분명하다고 젓갈댁은 믿었다. 어지러운 세상에 망둥이처럼 날뛰는 자식을 차라리 잊고 여생을 살라는 무당의 뜻을 알고 있었다. 부모로서 자식의 생사를 모르고 하룻밤인들 편한 잠을 잘 수가 있을까?

"상만 덜렁 놓고 망자의 혼을 달랠 수 있겠소?"

무당의 꾸지람을 듣고 젓갈댁이 음식을 상에 올렸다.

"어찌 상이 둘이오?"

젓갈댁이 물었다.

"하나는 망자를 위한 제사상이고, 또 하나는 망자의 혼을 저승으로 데리고 갈 저승사자의 몫이오."

무당이 등에 메고 있던 보따리를 풀어헤치고 굿을 시작했다. 밤이 깊도록 객사한 자의 혼을 저승으로 인도한다는 지노귀굿을 했다.

이튿날, 강 건너 멀리 소태면에서 먼 친척인 장정 둘이 왔다. 지게 상여에 둘둘 묶은 짚을 시신인 듯 얹어 강 건너로 갔다. 젓갈댁도 꺼이꺼이 울며 따라갔다. 생사를 모르는 똥깐의 장례를 치렀다. 똥깐은 피투성이가 되어 어디에 있는 것일까? 심대곤에게 작대기로 맞은 상처가 머리에 있을 것이며, 심만옥에게 깨물린 이빨 자국이 어깨에 평생 있을 터였다.

목계나루 뒷산 부흥당은 목계별신을 모셔 두는 사당이었다. 심대곤과 뗏목을 몰던 떡할배는 부흥당에서 어린 시절을 보냈다. 열세 살에 부모를 잃고 목계로 들어 왔다. 예나 지금이나 떠돌이에게 경계심을 품는 것이 사람의 본성이랄까? 고아로 흘러들어온 어린 떡할배에게 누구도 거처할 만한 곳을 내주지 않았다. 마땅히 목계를 떠났어야 했는데 떡할배는 부흥산 중턱의 부흥당으로 올라갔다. 육로보다 강이 교통의 수단으로 이용되던 곳이라, 목계나루는 물류기지면서 교역의 중심지였다. 떡할배에게 돌아올 일거리가 있었다. 낮에는 목계나루에서 뱃짐을 나르고 밤에는 부흥당에서 잤다.

일거리가 없는 궂은 날이나 장마철에는 비를 피할 수 있는 안식처가 그리웠다. 목계나루를 내려다보며 부흥당에서 울기도 했다. 강물은 말없이 흘렀고 열세 살 어린 소년은 허기와 외로움을 하늘과 강물에 벗어 던졌다. 가끔 꿈에 만난 아버지와 어머니는 큰 용기가 되었다. 열세 살 소년은 목계 주변의 궂은일을 맡아 하며 목숨을 부지했다. 그러면서 스무 살이 되었다. 목계에 생기는 크고 작은 일은 떡할배의 손이 있어야 했다. 초상이 나도 떡할배요, 잔치에도 떡할배였다. 건장한 스무 살 청년의 몸으로 떡할배는 비록 신분은 고아였지만, 인물이 출중하여 강 건너 창말 처녀까지 그를 흠모했다. 마을 사람들은 부흥당에서 들리는 이상한 소리를 들었다. 쥐도 죽은 듯 고요한 목계에 달그락달그락 돌 부딪는 소리가 들렸다. 떡할배가 외로움을 이기려고 밤마다 부흥당 곁자리에 탑을 쌓는 소리였다.

부흥당에 죽은 듯 누워 있는 젊은이가 있었다. 광목 두건으로 머리를 둘렀는데 핏기가 뻘겋게 베었다. 젊은이가 움직일 때마다 광목에 핏물이 베어 나왔다. 심대곤에게 머리를 맞고 기절했던 똥깐이었다. 피를 얼마나 흘렸는지 얼굴이 백지장 같았다. 봉황산에 걸친 노을이 목계 강물에 반사되어 똥깐의 얼굴을 붉히지 않았다면 얼어 죽은 시신과 흡사했다. 바닥에 누워 미동도 하지 않고 두어 시간을 보냈다. 목계 강물에 어둠이 깔렸다. 왁자하던 주막도 조용해졌다.

똥깐이 간신히 일어나 부흥당에서 나왔다. 기둥에 기대 남한강과 목계나루와 창말을 바라보았다. 살아온 길을 되짚으며 생각에 잠긴 눈에서 눈물이 주르륵 쏟아졌다. 사사끼의 앞잡이를 하던 병참과 가흥창고를 하염없이 바라보았다. 아들이 백성을 핍박하고 다닌다며 깊은 절로 들어간 어머니 젓갈댁이 보고 싶었다. 돌아보니 코흘리개까지 손짓을 하는 우스꽝스러운 삶을 살아왔다.

누군가가 보고 싶었다. 사람이 그리웠다. 목계에서 똥깐을 달가워할 사람은 없었다. 똥깐은 젓갈댁이 돌아와 있음을 알지 못했다. 누군가에게 몸을 기대고 목 놓아 울고 싶었다. 자신을 받아줄 사람이 없었다. 연화가 생각났다.

어지럼증이 도는 몸을 끌고 목계장터로 내려왔다. 주막 사립문 뒤에 숨어 있다가 주모가 뒷간에 간 사이 막걸리를 대접으로 퍼마셨다. 사공이 집으로 간 나룻배로 강을 건너 창말로 갔다. 사람들의 눈을 피해 연화가 있는 가흥창고 사택으로 갔다. 가흥창고에 심대곤은 없고 하리모토와 장길수가 난로를 사이에 두고 앉아 있었다. 똥깐은 사사끼가 죽은 것을 알지 못했다. 불이 꺼진 가흥창고 사택으로 갔다. 연화의 신발은 있는데 조용했다.

연화. 연화. 소리죽여 불러도 기척이 없었다. 춥고 배가 고파서 문을 조심스럽게 열고 안으로 들어갔다. 캄캄한 안방 이불 속에 연화가 누워 있었다. 연화도 어깨에 총을 맞고 상처가 깊어 사경을 헤매는 중이었다. 연화. 연화. 몸을 흔들며 불러도 신음만 간신히 흘릴 뿐 똥깐을 알아보지 못했다. 똥깐은 어두운 방에 침침히 앉았다가 연화를 흔들어 깨웠다. 연화가 눈을 부스스 떴다. 남정네가 머리맡에 앉아 있어 놀란 표정을 지었으나 움직이지 못했다.

"똥깐이 왔네? 대곤이 손에 죽은 줄 알았어."

연화가 숨을 간신히 토해내며 말했다.

"연화는 어찌 이러고 있어?"

"똥깐이 저승 문턱에 갔다 온 것처럼 나도 죽었다가 살아왔어."

심대곤이 사택에 왔었음을 말했다. 사사끼가 죽었다는 말에 똥깐이 크게 당황했다. 사사끼가 죽었으니 목계에서 의지할 사람이 없어졌다.

"목계나 창말에 다신 발붙이지 못할 팔자인가 보다."

똥깐이 흐느꼈다.

"멀리로 가서 왜놈 앞잡이 그만하고 사람답게 살아. 똥깐이는 창말에서 떠나 산다지만 난 어떡해?"

연화도 눈물을 쏟았다.

"연화가 좋다 하면 내가 업고 갈 텐데."

똥깐이 연화의 팔을 잡았다.

"이런 몸으로 꽁꽁 언 밖으로 나갔다가 이 밤도 버티지 못하고 객사해. 이러고 있다가 하리모토 오면 어쩌려고?"

연화를 업고 갈 수 있다 말했지만, 자신의 몸도 간신히 세우는 똥깐이었다. 세 살 계집아이가 길을 막는다 해도 어쩌지 못할 처지였다.

"정말 나 업고 갈 수 있어?"

연화가 간절한 눈빛으로 물었다. 똥깐이 대답 대신에 눈을 꾹 감았다. 연화 널 업고 갈 수 없어. 내겐 심만옥이 있단 말이야. 똥깐이 속으로 중얼거렸다. 똥깐은 지체할 수가 없었다. 가흥창고에 있는 하리모토가 언제 들어올지도 모르는 일이었다. 부엌을 뒤져 보니 마침 요깃거리가 남아 있어 허겁지겁 배를 채우고 사택에서 나왔다.

마땅히 갈 곳이 없었다. 어두워지고 몸이 덜덜 떨리며 한기가 엄습했다. 쉬지 않고 걸어서 달마실로 갔다. 불현듯 심만옥이 보고 싶었다. 자신에게 겁탈을 당한 심만옥이 달마실을 떠난 것은 아닐까? 심만옥인 지금부터 내 여자여. 배꽃처럼 어여쁜 심만옥인 이제 내 여자여.

주절거리며 달마실로 갔다. 벌판을 가로질러 달마실에 왔을 때 몸이 얼음장처럼 굳었다.

심만옥이 있어야 할 집이 컴컴했다. 심대곤이 사사끼를 죽였으니 심가네가 떠난 뒤였다. 옆집 강주칠 내외가 들어 있는 방에 불이 밝혀져 있었다. 덜덜 떨리는 몸을 끌어 다짜고짜 방문을 열었다. 강주칠과 용포댁이 누웠다가 기겁하며 일어났다. 검퍼렇게 언 똥깐이 방바닥으로 쓰러졌다. 심대곤에게 얻어맞고 죽은 줄 알았던 똥깐이 밤중에 나타났다. 등잔불로 가까이 대보니 머리를 두른 당목천에 핏물이 흠씬 묻어 있었다.

"무…물… 좀…."

똥깐이 눈을 겨우 뜨고 물을 청했다. 용포댁이 강주칠의 눈치를 살폈다. 강주칠은 똥깐이 무섭지 않았다. 사사끼를 등에 업고 갖은 악행을 일삼고 다닐 때는 두려운 존재였다. 사사끼가 죽었고 똥깐도 반은 죽은 목숨으로 보였다.

"하고 다닌 짓거리로 봐서는 허허벌판에 내동댕이쳐야 하겠지만, 사람 목숨이 경각인 거 같아 보이니 한 모금 갖다 주구려."

용포댁이 솥바닥을 긁어 아직 온기가 남은 숭늉을 퍼왔다. 숭늉을 한 모금 마신 똥깐의 얼굴에 온기가 번졌다.

"젓갈댁이 오늘 낮에 자네 장사를 지냈어. 몹쓸 사람아."

자식이 죽었다는 소문을 듣고 젓갈댁이 창말에 왔음을 일러주었다.

"엄니… 엄니가 오셨다고요?"

악행을 일삼던 똥깐도 어머니가 왔다는 소리를 듣고 울먹였다.

"자네 모친 팔자도 참으로 기구하구먼. 자식의 악행을 부처님께 빌고자 깊은 절에서 수행하지를 않았는가, 두 눈 시퍼렇게 멀쩡한 자식을 두고 꺼이꺼이 울면서 장사를 지내질 않았는가."

"장사를 지냈다고요? 엄니가 나를 장사 지냈다고요?"

"자네 시신이라도 묻어 주려고 창말 일대를 이 잡듯 뒤졌어. 결국에는 자식 없는 셈 친다 작심하고 시신도 없는 묘를 만들었단 말이네. 천하의 불효막심한 인간아."

강주칠의 한탄에 용포댁이 눈시울을 붉혔다. 똥깐이 불쌍해서가 아니라 젓갈댁이 애처로워서였다.

"막실이를 병참으로 끌고 갔던 일을 생각하면 방망이로 머리통을 작신 두들겨도 시원치 않을 심정이지만 성치 않은 몸이니 어쩌겠소."

용포댁이 강주칠의 소매를 끌어 옆방으로 가자 했다.

"만옥인… 만옥인 어찌 되었는가요?"

"발 달린 사람이 가는 길을 어찌 알겠는가? 설사 알고 있다 해도 짐승만도 못한 인간에게는 말 못 하네."

이튿날 강주칠 내외가 방문을 열어보니 똥깐이 어디론가 떠나고 없었다. 횃대에 걸어놓은 솜바지와 저고리로 갈아입고 떠났다.

11

방랑 여울목

새벽 베틀재에서 내려오는 세 명은 지치고 초췌한 모습이었다. 봉학사를 떠나서 이틀을 꼬박 걸었다. 고개 중턱에서 심대곤이 불당골을 팔로 가리켰다.

“저곳에 대풍 오빠가 분명 있단 말이지?”

창백한 얼굴에 박꽃 같은 웃음을 터뜨리며 심만옥이 물었다. 심익수가 불당골 초가에서 피어오르는 아침 연기를 바라보았다.

심대풍이 마당에서 장작을 패고 있었다. 옥녀는 부엌에서 아침을 지으며 힘차게 내리치는 도끼 소리를 들었다. 아궁이에 활활 타오르는 장작불처럼 요즘은 생각하는 일마다 순조롭고 활기찼다.

단양전투에서 흩어진 의병이 영월로 집결한다는 소식이 가슴에 가시로 박혔다. 말은 하지 않았지만 영월로 심대풍의 마음이 기울었음을 알고 있었다. 가족들을 생각하며 한숨을 쏟아내는 심대풍을 바라보는 가슴이 아렸다.

심대풍이 사립문에 나타난 일행을 보고 주먹으로 눈을 비볐다. 옥녀는 도끼 찍는 소리가 멈추자 눈을 크게 떴다.

"아…아버지."

심대풍이 사립문으로 걸어가 무릎을 꿇었다.

"못난 놈."

심익수가 아들을 대뜸 나무랐으나 눈에 물기가 흘렀다.

"오빠."

심만옥이 심대풍에게 쓰러지며 울부짖었다. 부엌에서 옥녀가 나왔고, 안방에서 옥할멈이 나왔다. 새벽바람에 회골로 장작더미를 주우러 갔던 옥영감도 광경을 목격했다. 옥녀는 가슴이 벅찼다. 심대풍이 그토록 그리워하던 가족이 와 있는 것이 아닌가!

심만옥이 사립문으로 나가 엄니 엄니 울부짖었다. 사사끼의 총에 절명하여 언 땅에 묻힌 어머니를 부르며 통곡했다. 골짜기에서 멧비둘기와 꿩이 후드득 날아올랐다.

옥녀는 심대풍의 눈물을 보고 가슴이 메었다. 엄니 엄니 통곡하며 가슴을 쥐어뜯는 심만옥도 애처로웠다. 옥할멈이 옷섶으로 눈물을 찍었고, 옥영감도 곰방대를 빽빽 피워내며 소백산 먼 곳을 바라보았다.

"못난 자식을 보살펴 주시어 감사의 말씀을 어떻게 드려야 할지, 너무 고맙고 송구스러워 몸 둘 바를 모르겠습니다. 어르신."

심익수가 옥영감 내외에게 허리를 굽혔다.

"대략 들어 알고는 있습니다. 고초를 심하게 겪으셨다고요."

옥영감이 심익수의 손을 잡았다. 옥녀가 심익수에게 공손하게 고개 숙였다.

굶고 얼어 죽음의 문턱에 선 큰아들의 목숨을 구명했다는 처녀로구나.

심익수도 옥녀에게 허리를 굽혔다.

"하나밖에 없는 여식입니다."

옥영감이 옥녀를 소개했다. 심익수가 소개하지 않아도 심만옥이 옥영감 내외에게 고개 숙여 예를 올렸다.

"고생이 많았다고 들었어요."

옥녀가 심만옥의 손을 잡았다. 옥녀의 글썽인 눈물에 심만옥의 가슴이 뭉클했다.

옥할멈의 안내로 안방으로 들어갔다. 옥녀가 부랴부랴 밥을 지었다. 심만옥도 부엌으로 나왔다.

"산골에서 살기도 힘든데 우리 식구까지 몰려와서 어떡해요?"

심만옥이 창백한 얼굴로 살짝 웃었다.

"그런 말씀 하지 말아요. 고향을 바라보면서 가슴 아파하는 모습을 볼 때마다 막 울고 싶었어요."

심만옥은 옥녀가 참 인정 있고 따뜻한 사람임을 감지했다. 강막실이 생각났다. 장작불이 괄게 타는 아궁이에 강막실의 환영을 버렸다. 아침 밥상을 물리고 심가네 일행은 회골로 갔다. 심대풍이 숨어 살던 폐가를 고쳐서 살기로 했다.

"무얼 먹고 살아요?"

집이라고 가보니 형편이 없어 심만옥이 울먹였다. 달마실에서 급히 떠나오느라 변변하게 챙겨온 것이 없었다. 입은 옷과 사나흘 먹을 곡식이 가진 전부였다. 남은 겨울을 보낼 식량과 세간이 필요했다.

"산 목구멍에 거미줄이야 치겠느냐? 먹고 살 방도를 찾아야 하겠다."

심익수가 주변을 둘러보았다. 땅을 일궈 곡식을 심을 만한 자락이 있었지만, 겨울이라 당장 시장기를 재울 만한 것이 보이지 않았다. 회골로 따라온 옥녀의 표정이 무거웠다. 심대풍을 불당골에서 회골로 보내 주어야 한다는 생각에 눈물이 찔끔 묻어났다.

"용진에 갔다 와야겠어요. 사는 데 당장 필요한 물건을 구해와야겠어요."

심대곤이 용진에 다녀오자고 말했다. 옥녀는 불안해졌다. 의병 봉기의 소식을 고대하는 심대풍의 조급함을 옥녀가 모를 리 없었다. 의병 소식을 듣고 의풍에서 떠날까 두려웠다. 심대풍의 빈자리에서 모락모락 피어나는 외로움은 모조리 옥녀의 몫이 될 터였다.

"제가 다녀올게요."

옥녀가 입술을 깨물었다. 심익수나 심만옥은 멀쩡한 사내 둘을 두고 대신 나서는 옥녀의 의도를 이해하지 못했다.

"여자의 몸으로 그 험한 고개를 넘게 할 수 없어요."

심대곤이 팔을 내저었다.

"대곤 오빠가 영춘에 가면 일본군이나 관군에 잡힐 수도 있어."

목계 병참 사사끼 대장을 죽였고, 그의 앞잡이 똥깐을 죽을 지경으로 만들어 놓았으니 잡히면 큰일이었다.

"무슨 일이 있었구나?"

심대풍이 물었다. 심만옥의 얼굴이 어두워졌다. 심대곤이 말을 하려다 입을 다물었다. 여동생을 겁탈한 똥깐을 죽을 지경으로 만들었고, 연화와 대낮에 뒹구는 사사끼를 헤쳤다고 말하지 못했다. 심만옥이 불행을 강막실과 심대곤이었다.

강막실은 어떻게 되었을까? 심대곤은 강막실이 몹시 걱정되었다. 엄청난 사건을 혼자 뒷감당해야 하는 강막실은 지금 어떻게 되고 있을까? 심대곤이 창말 하늘에 시선을 두고 시름을 쏟았다.

옥녀와 심대풍이 용진에 다녀오기로 했다. 먼 길 온 사람이 다시 베틀재를 넘는 것은 무리였다. 사사끼를 헤친 심대곤이 용진에 가는 것은 위험했다. 심대풍도 왜병을 헤쳤고 단양전투 의병이었기 때문에 안심할 수 없었다.

"영월로 가면 안심이 될 거예요."

옥녀가 생각의 이마를 치듯 영월로 갈 것을 제안했다.

강원도 영월과 경상북도 영풍군에 접한 충청북도 맨 끝 땅 의풍에서 나가는 길은 세 갈래였다.

베틀재 넘으면 용진으로 나가는 길, 김삿갓 묘 와석리 계곡을 지나면 영월로 가는 길, 영풍군 부석면의 남대리로 가는 길이 있었다.

옥영감이 묵묵히 고개를 끄덕여 허락했다. 옥할멈은 마뜩지 않은 표정을 지었다. 영월은 하루에 다녀올 거리가 아니었다. 혼기에 이른 남녀가 하룻밤을 대처에서 지내야 해서 마음에 차지 않았다. 어쩔 수 없이 표정을 바꾸어 흔쾌히 다녀오라고 일렀다. 심대풍이 건넛방에 사는 동안 옥녀가 문지방을 수차례 넘었음을 알고 있었다.

영월로 가는 노루목으로 바삐 걸어갔다. 방랑시인 삿갓 묘가 있는 노루목 어귀에서 영월까지는 칠십 리 길이었다.

정처 없이 떠도는 내 삿갓 마치 빈 배와 같이
한 번 쓰고 다닌 지 어언 사십 평생이어라.
더벅머리 목동의 소몰이 갈 때의 차림새이고
갈매기 벗하는 늙은 어부의 모습 그대로일세.
술 취하면 의복 벗어 나무에 걸고 꽃구경하며
흥이 나면 손을 들어 누각에 올라 달구경 하네.

사람들의 의관이야 겉모습 치장하기에 바쁘지만
내 삿갓은 비바람 가득 몰아쳐도 근심 걱정 없다네.

심대풍이 걸음을 멈추고 삿갓의 시를 읊는 동안 옥녀가 가까이 와 손을 쥐었다. 듬직한 체구에 생각의 줄기가 또렷한 심대풍에게 소백산 깊은 샘물과도 같은 정서가 있다니. 갈 길이 바쁘지 않다면 앉을 자리 잡아 마냥 머물러 있고 싶었다. 탄탄한 무릎에 머리를 얹고 눈을 맞추며 노루목을 굽이도는 골짜기 물소리와 산새 어르는 소리 들으며 노을에 파묻히고 싶었다.

방랑 삿갓은 글공부를 좋아하고 출세에는 관심이 없었다. 홀어머니의 간곡한 부탁으로 스무 살에 과거 예비고사격인 백일장에 참가했다. 정가산의 충성스러운 죽음을 논하고 김익순의 죄가 하늘에 도달할 정도였음을 통탄해보라는 것이 백일장 시제였다. 순조 십일 년 십이월에 홍경래의 난과 관련있는 시제였다. 당시 가산 군수 정시는 반란군과 용감하게 싸우다가 전사하였으나, 선천방어사였던 김익순은 반란군이 쳐들어오자 즉석에서 항복했다. 난이 평정되고 김익순은 역적으로 처형당했다. 삿갓은 가산 군수 정시를 천고의 빛나는 충신이라고 존경했다. 김익순을 백번 죽여도 아깝지 않은 만고의 비겁자라고 경멸했다. 그 때문에 김익순을 탄핵하는 글을 거침없이 적어 내려갔다. 장원을 차지한 삿갓이 어머니에게 자랑했다. 어머니는 기뻐하기는커녕 눈물을 흘리며 숨겨 오던 집안 내력을 알려주었다. 반역자 김익순이 자신의 할아버지였음을 알게 되었다. 반역자는 삼대를 멸하라는 법에 의해 삿갓 역시 죽어 마땅하였지만, 어머니가 아들 삼 형제와 도망쳐 숨어 살았다. 하늘이 무너지는 사연에 삿갓은 자신을 용서하지 못하고 죽을 생각도 했다. 아내와 자식과 홀어머니를 두고 방랑을 시작했다. 역적의 자손인 데다 조부를 욕하는 시를 지어 상을 탔으니 고개 들어 하늘을 쳐다볼 수 없어 삿갓을 쓰고 다녔다.

세상과 담을 쌓고 산중에 숨어 태백과 소백의 양백지간이 선물하는 송이버섯, 산나물 약초를 채취하며 사는 야수척 마을에 이르렀다.

"저들처럼 살면 안 될까요? 세상 모든 것을 잊고 날이 밝으면 맑고 높은 산과 계곡에 나가고, 어두워지면 동굴에 갇힌 것처럼 깊은 잠을 자면서 살고 싶어요."

심대풍이 떠날까 노심초사하는 마음을 옥녀가 털어놨다.

"의병이 봉기하고 삼천리 방방곡곡이 왜놈을 배척하여 이 땅이 온전하게 우리의 것이 되는 날에 저들처럼 살아도 되겠지요."

영월에 의병이 집결하고 있음을 알고 있는 심대풍이 대답했다.

"이 골짜기에서 암행어사 박문수와 아홉 살 난 어린아이 얘기가 있답니다."

옥녀가 바위에 엉덩이를 얹었다.

"갈 길이 고달픈데 어디 들어 봅시다."

심대풍도 걷기만 해서 허리가 뻐근했다.

어린아이들이 사또놀이를 하고 있었다. 아이들 중 가장 나이가 어리고 영특하게 생긴 아이가 사또역할을 했다.

"여봐라! 저기 웬 놈이 허락도 없이 걸어오는구나. 당장 잡아 하옥하렷다."

어린 사또가 지나가는 어사에게 의젓하게 호령했다. 나졸 역할을 맡은 아이들이 우르르 달려들어 어사를 끌고 갔다.

어사는 아이들의 노는 것이 대견하여 하자는 대로 따라갔다. 나졸이 어사를 돼지우리에 가두었다. 돼지우리에는 돼지를 키우지 않은 지 오래되어 갇혀 있을 만했다. 졸지에 갇힌 어사는 아이들의 놀이를 지켜보기로 했다.

"사또, 송사가 있어 찾아 왔사옵니다."

어린아이가 차분히 사또에게 걸어가 예를 갖추었다.

"무슨 일로 왔느냐?"

사또가 물었다.

"며칠 전에 산에서 새를 한 마리 잡아다 기르고 있었는데 오늘 날아가 버렸습니다. 사또께서 현명하시고 영특하시니 그 새를 찾아주시기를 바랍니다."

어린아이가 사또에게 청했다.

어사는 꼬마 사또가 어떻게 대응할 것인가 궁금해졌다.

"그 새는 어디에 살던 새며, 어디서 잡아 왔고, 어디로 날아갔느냐?"

사도가 물었다.

"저 산이었습니다."

어린아이가 앞산을 가리켰다.

"그럼 너는 그 산을 잡아 오너라."

사또가 어린아이에게 말했다.

"산을 어떻게 제가 잡아 옵니까?"

어린아이가 울먹이는 표정으로 말했다.

"나도 마찬가지다. 산에서 자유롭게 살던 새가 잘못하여 너에게 잡혀 자유롭게 날아다니지 못하였으나, 그 새가 다시 자유롭게 돌아간 것을 사또인 난들 어떻게 찾아오겠느냐?"

사또가 또렷하고 찬찬하게 말했다.

어린아이의 송사를 지켜보던 어사는 사또역을 하는 아이의 지혜와 재치에 크게 탄복했다. 아이의 집을 수소문하여 하룻밤 묵게 되었다. 아이는 아홉 살의 고철용이었다.

"댁의 아드님은 장차 큰 인물이 될 사람이니 내가 데려다가 가르쳐 보겠다."

어사는 아이가 영특하고 총명하니 장차 크게 될 사람이라고 판단했다.

고철용 부친은 어사의 행색이 초라하여 주저했다. 어사가 신분을 밝히고 암행어사임을 증거로 마패를 내보였다.

"어사님 말씀이니 천만번이라도 믿고 맡기겠습니다."

고철용의 아버지가 깜짝 놀라 엎드려 절했다.

다음날, 어사 박문수는 고철용과 동행하여 길을 나섰다.

뜻밖에도 고철용이 저녁에 집으로 되돌아왔다.

"어찌하여 돌아왔느냐?"

부친이 깜짝 놀라 물었다.

"어사를 따라가 보았자 배울 것이 없어 되돌아 왔습니다."

고철용이 실망의 눈빛으로 대답했다.

어사와 고철용이 으슥한 산골을 걸어가는데 난데없이 산발한 젊은 여인이 황급히 달려왔다.

"사람 좀 살려 주세요. 남편이 독이 올라 나를 낫으로 죽이려 하니 나를 좀 감추어 주십시오."

여인이 급하게 사정했다.

"저기 숲속에 숨어 있으라."

어사가 여인을 숲에 숨기자 곧바로 험상궂고 난폭하게 생긴 남자가 시퍼런 낫을 들고 뛰어 왔다.

"여자가 지나가는 것을 못 보았느냐?"

사내가 험상궂은 표정으로 물었다. 어사가 모른다고 대답했다.

"이리로 도망간 것이 분명한데 못 보았을 리 없다. 거짓말을 했다면 네 놈부터 죽이겠다."

사내가 시퍼런 낫으로 어사에게 덤벼들었다. 깊은 산골 외딴곳이라 어사라도 속수무책이었다. 마구잡이로 덤벼드는 사내에게 여자가 숨은 곳을 가리켜 주었다. 사내가 여자를 잡아내 낫으로 헤쳤다.

저는 집으로 돌아가겠습니다.

참혹한 광경에 난처해하는 어사에게 고철용이 말했다. 어사가 돌아가려는 이유를 물었다.

"궁지에 몰린 사람 하나를 구하지 못하는 어사님을 따라가 더 배울 것이 없을 듯합니다."

고철용이 단호하게 대답했다.

"참으로 안타까운 일이었다. 만일 너 같으면 어떻게 하였겠느냐?"

어사가 물었다.

"저 같으면 처음부터 못 보았다고 하실 것이 아니라, 짚고 있던 지팡이를 저에게 잡게 하고 눈먼 장님 행세를 하였을 것입니다. 인기척이 있었는데 어디로 갔는지 모르겠다고 하시면 위기를 모면했을 것이고, 저에게 물으면 저는 저기로 갔다고 방향을 바꾸어 일러주었을 것입니다."

고철용의 대답에 어사는 집으로 돌아가겠다는 것을 막지 못했다.

"아는 것이 참 많구려. 입담 덕분에 지칠 줄 모르고 십 리를 걸어왔네요. 영특한 어린아이는 어떤 인물이 되었답니까?"

심대풍이 지나온 골짜기를 되돌아보며 크게 웃었다.

"장성하여 충청도 관찰사를 지냈다고 들었어요."

둘이 영월에 도착했을 때는 해가 기울었고 날도 거무스레해졌다.

12

영월 봉기

옥녀는 아차 했다. 장날도 아닌데 많은 사람이 저잣거리에 나타났다. 오고가는 장정들이 입을 벙어리처럼 다물었으나 눈동자가 빛났다. 구경이나 하며 어정거리는 걸음이 아니었다. 의병 봉기 소식을 심대풍이 알까 염려되어 용진으로 가지 않고 영월로 왔다. 뗏목의 출발지 용진 나루터에 세상 돌아가는 소식이 파다할 것이라는 생각만 했지, 영월에서 의병이 모일 것이라는 생각은 하지 못했다. 엎질러진 물이었다.

"내일이 영월 장이니 필요한 물건은 난장에서 사기로 해요."

읍내를 돌아보고 날이 완연하게 어두워졌을 때 객사로 들어갔다. 객사에는 장정들이 여럿 묵고 있었다. 저녁을 먹고 심대풍은 뜻밖에도 절충을 만났다. 그의 손에는 총이 들려 있지 않았다.

"심대풍 동지를 여기서 만나다니. 이곳엔 언제 왔소?"

선봉장이었던 절충이 심대풍의 손을 덥석 쥐었다.

"작은 볼 일이 있어서 오늘 왔습니다만, 이곳에 어쩐 일입니까?"

절충과 맞잡은 심대풍의 손이 부르르 떨었다.
"단양전투에서 패하고 죽령 넘어 풍기까지 쫓겨 갔던 의병이 속속 집결하고 있습니다."
"깃발이 다시 일어나고 있다, 그 말입니까?"
심대풍이 반색했다.
"그렇고말고요. 왜놈이 이 땅에서 스스로 물러가는 날까지 싸울 것입니다."
절충이 심대풍의 손을 힘차게 흔들었다.
"죽령 넘던 동지들이 모여들고 있군요. 지금 어디 있습니까?"
"영월에 삼삼오오 흩어져서 봉기하는 날을 기다리고 있습니다."
절충에 이끌려 주막으로 갔다. 장정들이 삼삼오오 나뉘어 술을 마시고 있었다. 서로 눈인사를 했다.
"잠시 기다리시오. 하사 동지가 곧 이리로 올 것이오."
"중군장도 이곳에 있다는 말입니까?"
"물론이지요. 군사 경은 동지도 이곳에 암약하면서 봉기의 순간만 기다리고 있습니다."
막걸리 사발을 급히 비우고 숨을 고르는 사이 하사가 왔다. 하사도 심대풍이 왔다는 기별을 받고 급히 달려왔다.
"의병에 자진해서 합류하던 그때의 기백을 아직도 잊지 못하고 있소."
하사가 심대풍을 알아보고 손을 덥석 잡았다. 하사를 따라온 우용과도 심대풍은 손을 잡았다.
"중군장이 수고하고 있는데 이 몸은 까마득하게 잊고 허송세월만 했습니다."
하사와 절충과 우용이 영월에서 의병을 모으는 중에 자신은 의풍에서 허송세월만 했다는 자책감에 젖었다.

"중군장이라니요. 지금은 해체되어 있는 상황이니 중군장으로 부르지 마시오. 기백이나 지혜로는 심대풍 동지가 중군장에 적격이요."

하사와 절충이 호탕하게 웃었다.

"의병에 동참한 우국지사는 얼마나 됩니까?"

심대풍은 봉기 되는 날이 코밑에 와 있는지 성급하게 궁금했다.

"아마 삼백은 육박하고 있소. 거리로 나가 보시면 영월 작은 고을에 장정들이 적지 않게 눈에 띌 것이오. 평민으로 가장하고 있으나, 우리와 뜻을 같이하려고 몰려든 사람들이오."

"봉기의 날은 어느 때로 예상하고 있습니까?"

심대풍의 물음에 절충과 하사가 동시에 주변을 살폈다.

"의암 선생이 이곳으로 온다고 하였소. 그분이 오시면 의병 대장으로 추대하여 의진이 출범하기로 뜻을 모아두었소."

하사가 작은 소리로 말했다. 군사로 추대되었던 경은도 심대풍의 소식을 듣고 달려왔다.

"장터에서 언뜻 보니 어여쁜 처자와 동행하시던데, 영춘에서 헤어진 후로 어떻게 지내셨소? 장가라도 가신 모양이지요?"

경은이 빙그레 웃었다.

"하하하. 보았으면 아는 체를 하시지. 여럿이 있는 곳에서 곤란하게 만드시오?"

심대풍이 경은의 말을 호탕하게 받았다.

"언뜻 보았다고 했잖소? 먼발치로 긴가민가하면서 동지를 잠깐 지켜봤소. 사실은 동행하고 있는 그 처자를 바라봤소. 이런 고을에서 보기 드문 미인이라 잠시 넋을 잃고 말았소이다."

경은의 넋두리에 모두 크게 웃었다. 주모가 술을 더 가져왔다. 주모는 이들을 잘 아는 눈치였다. 심대풍은 객사에 두고 온 옥녀 때문에 곧 일어나려 했다. 성격이 호탕한 절충이 한사코 붙잡아 막걸리를 더 마시고 헤어졌다.

"술을… 드셨네요?"

옥녀가 무료하게 앉았다가 심대풍을 반겼다.

"반가운 사람을 만났어요."

옥녀의 얼굴이 창백해졌다가 핏기가 돌았다. 무엇인가를 짐작하고 놀라는 표정이었다.

"장정들이 많은 게 이상해요."

"의병의 조짐입니다."

옥녀의 조마조마하던 가슴에 돌을 던지듯 심대풍이 선언했다.

"의병이 영월에서 움직이고 있군요?"

옥녀의 목소리가 떨렸다. 심대풍은 옥녀의 심정을 넉넉히 알고 있었다. 경은의 넋두리 탓인지 심대풍은 옥녀를 찬찬히 바라보았다. 표정이 애처로워서 참 어여뻤다.

"어쩌지요? 장정들이 모여들어 남은 방이 없다 하니…."

옥녀의 방을 따로 얻지 못한 심대풍이 난감해졌다. 옥녀의 귓불이 발갛게 붉어졌다.

"동지들을 찾아 함께 밤을 보내고 아침에 이리로 올 테니 일찍 주무세요."

심대풍이 일어났다.

"그냥… 여기서 주무셔요."

옥녀가 고개를 푹 숙였다.

"장터 주막에 가면 하룻밤 동침할 동지를 만날 수 있습니다."

심대풍이 문고리를 쥐었다.

"다섯은 잘 수 있는 방이니 가운데 셋을 두고 누운 것처럼 잠을 주무시면 안 되나요?"

고개를 든 옥녀의 분빛이 초롱초롱했다. 심대풍은 차마 방문을 열지 못하고 윗목에 앉았다. 초롱초롱한 옥녀의 눈동자로 두려움이 서렸다.

"밤이 깊은 줄은 아오나 좀 나오실 수 없소?"

마당에서 부르는 소리가 들렸다. 심대풍이 문설주에 귀를 대고 밖을 살폈다.

"심대풍이 방에 있으면 잠깐 봅시다."

다짜고짜 나오라는 고함이 다시 들렸다. 낯익은 목소리였다.

"내가 영월로 왔음을 어찌 알고서 불러내는 사람은 뉘시오?"

심대풍이 긴장을 풀었다.

나가지 마세요. 위험해요. 옥녀가 낮게 속삭였다. 심대풍이 옥녀의 어깨를 다독이고 방문을 열었다.

"내가 옳게 찾아왔구려. 죽령 넘어 풍기에서 지치고 굶주렸던 장종선을 기억하시오?"

안동으로 갔던 장종선이 마당에서 빙그레 웃었다.

"훈련대에서 한솥밥을 먹던 장종선 당신을 내 어찌 모른다 하겠소? 추운데 안으로 듭시다."

심대풍이 장종선의 손을 덥석 잡았다.

"부인과 동반하셨다는 얘기 듣고 왔습니다. 그날 나누지 못한 얘기가 길 것 같은데 술 방으로 가심이 어떨까요?"

심대풍이 방으로 들어가 옥녀에게 장종선을 설명했다.

술방에 둘이 마주 앉았다.

"시월 여드렛날 내가 나오고 한 달이나 더 있었다고 하였던가?"

훈련대 장교로 상사였던 심대풍이 먼저 말문을 열었다.

"장교로 모시고 있었는데 막말을 해도 되는 것인지 모르겠소?"

징종선도 친구처럼 말을 받았다.

"왜놈의 만행을 눈앞에 두고 궁궐에서 나온 나를 아직도 장교로 부른다면 내 손으로 목을 죄라는 소리로 들릴 것이네."

심대풍이 화답함으로써 둘은 막역한 친구가 되었다.

"영월 기운이 심상치 않다는 소식을 듣고 달려왔습지요. 심형을 만날 수 있을 것이라는 확신을 안고서 죽령도 단숨에 넘었다오."

"고맙네. 그날 장형이 하지 못했던 말을 해 보게나."

"그날 하지 못했던 말이라…?"

"풍기에서 바삐 헤어지면서 미룬 얘기가 있지 않은가?"

장종선이 심대풍의 의도를 알아차리고 한숨을 내쉬었다.

단양전투에서 패한 의병이 풍기로 가기 위해 죽령으로 올라갔다. 패배의 책임으로 해를 입을까 겁을 먹은 의병장 실곡이 소백산으로 달아났다, 의병이 우왕좌왕하는 중에 장종선이 나타났다. 심대풍은 국모가 시해되던 날 이후의 궁궐 상황이 궁금했다. 장종선이 급히 안동으로 가느라 듣지 못했다.

"국모가 왜놈의 만행으로 처참하게 시해되고 불과 엿새 만에 기가 막힌 칙령이 내려졌다네."

"칙령이라면 임금의 조칙이 내려졌단 말인가?"

"왕후의 자리가 하루라도 비어있음은 불가하니 간택 절차를 거행하라는 칙령이었네."

장종선이 말끝에 한숨을 실었다.

"여염집에서도 처가 상을 당하면 지아비 된 자로서 삼 년을 슬퍼하는 것이거늘 백성의 어른이신 임금이 국모를 잃고 엿새 만에 새장가를 드신다고 하였단 말인가?"

심대풍이 펄쩍 뛰었다.

"그 뜻이 어디 임금의 뜻이었겠는가?"

간택령은 왕후 시해의 파장을 은폐하려는 일본 공사 미우라의 강요로 내려졌다. 미우라는 왕후가 시해되고 이틀 만에 왕후 폐위 조칙을 내리도록 고종에게 강요했다.

미우라와 친일 세력에게 생명의 위협을 절박하게 느낀 고종은 따를 수밖에 없었다. 경성에 주재하는 각국 외교관이 강하게 반발했다. 다음날에 후궁 간택으로 변경되었다. 왕후를 서인으로 폐하는 데 실패한 친일세력이 더한 무리를 감행했다. 왕비를 새로 뽑아 내전을 차지하게 함으로써 왕후 시해 사건을 세간의 이목에서 지우려 했다. 왕후 간택령을 내리도록 종용하였고 고종은 따를 수밖에 없었다.

"지난가을에 느닷없이 간택령이 내려진 연유를 이제야 알겠네."

"간택 절차로 취품하기를 열다섯부터 스물에 이르는 처녀를 대상으로 했다네."

"엄상궁이 보고만 있었는가?"

심대풍이 넌짓 물었다.

"하하하. 훈련대 장교였으니 엄상궁을 나보다 상세히 알고 있겠네. 십 년 세월을 와신상담한 엄상궁에게는 청천벽력 같은 조치이었을 게야."

"국모가 시해되니 승은을 입은 엄상궁에게는 얼었던 겨울이 끝나고 봄이 오는가 싶었을 것이야."

"간택령이 방방곡곡으로 시행되었으니 일장춘몽이 아니고 무엇이겠나?"

승은을 입은 궁녀에게 왕후의 있음과 없음은 하늘과 땅의 차이였다. 왕후가 살아 있을 때 엄상궁이 승은을 입었다. 엄상궁은 반대하는 세력에게 목숨을 잃을 뻔했다. 출궁 당해 십 년 허송하는 중에 왕후가 시해되었다. 왕후 자리를 탐내는 엄상궁에게 간택령은 달가울 수 없었다.

"어느 가문이 간택되었는가?"

"어느 가문인지는 세상 사람이 알고 있지만, 간택된 왕후가 누구인지 본 사람은 드물다 하네."

"무슨 소린가? 왕후가 간택이 되고도 내전에 들지 못하였단 말인가?"

초간택과 재간택을 통과한 처자가 다섯이었다. 다섯 중에 간택된 처녀는 정화당 김씨였다.

"임금의 여인 중에 가장 애절하고 가엾고 비극적인 여인이 되었다네."

장종선이 처연해진 심정으로 술대접을 비웠다.

"엄상궁이 술수를 부렸는가?"

"엄상궁의 술수도 있었지만 왜놈의 짓이었지."

"이해가 가지 않는군. 왕후 간택을 주도한 것이 일본세력인데 간택된 왕후를 비극적으로 만들었다니."

"경복궁 북문에서 큰 사건이 있었다네."

장종선의 입에서 심대풍이 모르는 사건이 줄줄 새어 나왔다. 정화당 김씨가 왕후로 간택이 되었다. 고종은 경복궁에 갇혀 친일세력의 감시를 받았다. 조칙도 친일세력이 강요하면 서명하여야 했다. 고종은 암살을 당할까 두려웠다. 독살을 염려해 서양 선교사가 보내온 통조림으로 연명할 정도였다.

국모가 시해되고서 경복궁에 연금당한 고종이 탈출을 시도했다. 간택된 왕후가 궁으로 들어오는 순간을 이용하여 계획을 짰다.

고종이 궁궐에서 구출하라는 밀지를 내렸다. 캄캄한 밤에 삼십여 군사가 훈련원으로 몰래 모였다. 혜화문으로 왕후를 봉영해 오기 위해서라고 주변에 알렸다. 혜화문 밖에서 왕후를 대궐로 모셔간다는 명분으로 병력을 동원하려는 계책이었다. 동별영에서 군사 팔백을 동원하는데 성공했다. 건춘문으로 들어가 고종을 동소문 밖으로 탈출시키려 했으나 여의치 않아 북장문과 춘생문 사이의 담을 넘어갔다.

친위대 장교가 외부대신에게 밀고하였고 친일세력과 일본군에 제압당했다. 고종의 칙령이 실패하고 주모자들이 잡혔다. 친일세력이 주모자를 추궁했고 고종은 밀지를 부인했다. 의병을 일으키려는 목적으로 밀지를 위조했다며 임최수가 고종을 위해 거짓으로 자백했다. 임최수가 역모의 죄로 처형당했다.

"북문으로 고종을 구출하러 들어갔던 주모자들이 처형당했으니 여파가 간택된 왕후에게 미친 것이로군?"

심대풍이 사건의 정황을 알아차렸다.

"군사를 동원하는데 간택된 왕후를 구실로 내세웠으니 온전할 수 없었지."

정화당 김씨는 책봉도 받지 못하고 강제로 출궁되었다. 마흔 살이 넘어 이십 이 년 만에 궁으로 들어왔다. 구석진 방에서 지내며 고종이 사망하던 순간까지 내전에 들어가지 못했다.

"엄상궁 입이 귀밑까지 찢어졌겠구먼. 자다가도 벌떡 일어나 큰 소리로 웃었겠어."

"엄상궁도 가벼이 보아선 안 되는 인물임은 틀림없어."

엄상궁에 대한 장종선과 심대풍의 생각이 같았다.

심대풍과 옥녀가 영월에서 돌아와 심익수와 마주 앉았다. 심대풍은 무슨 말인가를 하려는 표정이었고 옥녀는 조바심하는 눈치였다.

"할 말이 무엇이냐?"

심익수가 아들의 의중을 물었다.

"영월에서 의병의 조짐을 보고 왔습니다."

심대풍이 옥녀를 바라보았다. 옥녀의 얼굴이 어두워졌다.

"영월로 가고 싶으냐?"

심익수가 어금니를 문 아들의 속을 꿰뚫었다. 옥녀의 속도 읽었다.

"허락해 주십시오."

심익수에게 청했지만 옥녀도 들어야 했다.

"왜놈의 총에 네 어머니가 죽고 갖은 고초를 겪다가 가족이 한자리에 모였는데 떠나려 하는구나."

심익수가 아쉽다는 심정을 털어놨다. 눈물이 고이는 옥녀의 심정을 대신하는 말이었다.

"오빠를 찾아 먼 길을 왔는데 떠난다니 너무하세요."

밖에서 심만옥이 들어와 말했다.

"왜놈이 구렁이 같은 욕심으로 나라를 업신여기고 있어요. 지척인 영월에서 의병이 일어난다 합니다. 왜놈의 총에 어머니를 잃은 자식으로서 의병에 가담하지 않는다면 살아생전 어찌 고개를 들고 하늘을 쳐다보겠습니까?"

심대풍의 호소에 모두 입을 다물었다.

"아직 일어난 것이 아니라면 이곳에 머물다가 의병이 왜병과 맞싸우러 갈 때 가담하면 어떻겠어요?"

심만옥이 말했다.

"그렇게 해. 나도 그땐 가담할 테니까."

심대곤도 밖에서 엿듣다가 방으로 들어왔다.

"형제가 함께 의병에 가담하겠단 말이냐?"

심익수가 물었다.

"저도 왜놈에게 어머니를 잃은 자식입니다."

심대곤도 어금니를 물었다. 어미의 원수를 갚고자 나서겠다는 두 아들을 말리지 못하는 아버지의 긴 한숨이 쏟아졌다.

"영월에서 봉기하면 제천을 지나 충주성을 공격할 것입니다. 의병이 이동할 때 충주로 가겠습니다."

심익수는 아들과 영월에 다녀온 옥녀가 며느리로 느껴졌다. 옥녀는 심익수의 눈빛에 귓불까지 얼굴을 붉혔다.

"갑자기 찾아와 얹혀사는 것도 송구스러운데 염치없는 말씀 올리러 찾아 왔습니다."

심익수가 불당골의 옥영감을 찾아갔다.

"허허허. 별말씀을 하십니다?"

옥영감 내외가 반갑게 맞았다.

"메뚜기 낯짝을 들고 말씀 올리겠습니다. 영감님의 여식을 며느리로 주십시오."

심익수가 거두절미하고 청했다. 옥영감 내외가 입을 딱 벌려 서로를 바라보았다.

"무슨 말씀인지?"

옥영감은 옥녀를 며느리로 삼겠다는 심익수의 말을 다시 듣고 싶었다.

“영월에 다녀와서 나란히 앉아 있는데 아들 며느리를 보는 듯하여 바삐 왔습니다.”

심익수가 환하게 웃었다.

“옥녀가 돌아오면 의중을 알아보고 연락을 드리도록 하지요.”

옥영감도 심대풍이 별채 방에 살기 시작할 때부터 사위로 들이고 싶었다.

“제 아들이 혹여 썩 마음에 들지 않아 그러시는 것은 아닌지요?”

심익수의 물음에 옥영감이 허허허 웃었다.

등잔불을 밝혀놓고 옥영감이 옥녀를 불러들였다. 산 높고 계곡 깊어 어둠이 일찍 내려왔다.

“회골로 가신 어른이 낮에 오셨었다.”

옥녀가 부끄러워 고개를 푹 꺾었다. 얼굴을 붉히고 옷섶을 만지작거렸다.

“너의 뜻이 그러한 것으로 알고서 날이 밝으면 회골에 다녀와야겠다.”

회골에서 골바람이 불어왔다. 맵찼지만 사립문에서 옥녀는 가슴을 열고 바람을 맞았다. 해가 베틀재 너머로 떨어지고 어둠이 골짜기로 굳어 앉았다.

심익수도 심대풍을 불러 앉혔다.

“불당골 어른을 뵙고 네 혼사를 얘기했다.”

심대풍의 눈이 똥그래졌다. 심만옥과 심대곤은 예감하고 있다는 표정이었다.

“호…혼인이라니요? 갑자기?”

"영월에 다녀와 나란히 앉은 모습이 부부로 보이더라. 불당골 어른에게 사돈 맺자고 청했다. 내일 아침이면 답이 올 것이다."

심익수는 정해진 혼사이니 다른 소리 하지 마라는 표정으로 말했다.

"옥녀 언니와 오빠가 혼인을?"

심만옥이 손바닥을 치며 좋아했다.

"그럴 수 없습니다."

심대풍의 단번에 거절했다.

"큰오빠, 옥녀 언니가 싫어?"

심만옥의 들떴던 표정이 푹 가라앉았다.

"혹시… 막실이 잊지 못하고 그러는 거야?"

심만옥이 피식 웃으며 물었다.

심대풍이 먹먹한 표정으로 심만옥을 바라보았다.

"막실이 잊지 못해서 옥녀 언니랑 혼인할 수 없냐고?"

심만옥이 다그쳐 물었다.

멀쩡하게 살아 있는 오빠를 두고 혼인한 강막실이 괘씸했다. 도망 다니는 신세가 되었다고 십 년이 넘도록 마음에 담았던 정을 단칼에 베어낸 강막실이 싫어졌다. 신식문물을 배우고 벼슬을 제수받아 금의환향한 남자에게 시집간 강막실보다 옥녀가 큰오빠의 배필이라고 억지로 작심했다. 큰오빠가 옥녀와 혼인해서 강막실에게 보복해야 한다고 생각했다. 큰오빠가 옥녀와 짝이 되어 강막실에게 보란 듯 나타나는 날을 상상하기도 했다. 심대풍은 강막실이 박시만과 혼인했음을 알지 못했다.

"막실이… 혼인했어."

가족 모두 꺼리는 사실을 심대곤이 털어놨다.

심대곤은 심만옥과 생각이 달랐다. 병참 감옥에 갇혀 있는 동안 강막실이 겪어야 했던 억울한 사연을 알고 있었다. 종가 어른 강창우가 억지 중매로 강막실 부모를 압박했다. 심대풍이 의풍에서 얼어 죽었다는 소문을 심대곤이 퍼뜨렸다. 사사끼가 강막실을 심대풍과 연인이라는 이유로 감옥에 가두었다. 박시만의 도움으로 감옥에서 풀려났다. 강막실 부모는 꼼짝없이 박시만을 사위로 받아들였다.

"막실이는 너와 다시 만날 수 없게 되었다."

심익수가 말뚝을 박듯 말했다. 심대풍이 고개를 절레절레 흔들었다.

"막실가 창말 박가네로 시집을 갔다."

심익수가 말을 툭 뱉었다. 심대풍이 눈감고 아랫입술을 깨물었다. 생각이 걷잡을 수 없이 엉클어지는 머리를 도리질했다.

"큰오빠. 막실이 시집갔어. 신랑이 충주부에 도사 벼슬을 제수받고 부임했어."

막실이 남편이 충주부 도사 벼슬이라는 말에 심대풍이 입술을 깨물었다. 충주성으로 진격하면 서로 목숨을 앗아야 하는 인연이 아닌가?

"아버지."

심대풍이 비장한 각오의 시선으로 심익수를 불렀다.

"의병 가기 전에 혼인부터 하여라."

심익수가 또 혼인을 강요했다.

"의병 가는 몸으로 어찌 혼인을 할 수 있겠습니까?"

심대풍이 말마디를 똑똑 끊어 말했다.

"너의 생각도 그러냐?"

심익수가 둘째 아들에게 심대풍의 생각이 옳으냐고 물었다.

"형에게 시간을 주세요."

심대곤이 착잡한 심대풍의 심정을 두둔했다.

"혼인하고 의병 가도 되잖아?"

심만옥은 아쉬워 눈물을 글썽였다.

왜병과 맞서 싸우는 것이 목숨을 잃을 수 있는 위험한 일임을 심익수와 심대곤은 무거운 침묵으로 인정했다. 심만옥은 똥깐에게 겁탈당하던 순간이 뜬금없이 떠올라 눈물이 쏟아지려는 것을 억지로 참았다.

"의병 갔다 와서 혼인하는 것으로 하자."

심익수가 결론을 내렸다. 심대풍이 더 말하지 않았다.

옥영감이 식전에 회골로 왔다. 어젯밤에 심익수에게 속마음을 밝힌 심대풍은 심대곤과 놓아둔 덫을 보러 산에 갔다. 심만옥이 부엌에서 아침을 마련하는 중에 옥영감과 심익수가 마주 앉았다.

"간밤에 춥지는 않았는지요?"

옥영감이 빙그레 웃었다.

"어른께서 이렇게 마음을 써주시니 추울 리가 있나요?"

새벽바람에 찾아온 연유를 간파한 심익수가 화답했다.

"이를 어쩌시렵니까?"

"무슨 일을 말씀하십니까?"

"애지중지 키운 딸년이 시집을 간다고 하니 애비로서 섭섭하여 잠을 이룰 수가 없더이다."

옥영감은 벌써 혼약이 성사된 것으로 말했다.

"그러시겠지요."

심익수는 무겁던 아들의 표정을 떠올렸다.

"길한 날을 정합시다."

옥영감이 혼인 날짜를 정하자고 했다.

"잠시 유보하였으면 합니다."

심익수가 어렵사리 말했다.

"아드님이 옥녀를 마다하던가요?"

옥영감의 표정이 무거워졌다.

"그럴 리가 있나요?"

심익수가 얼른 부인했다.

"무슨 사연이라도?"

"의병 가는 일이 심란하여 마음을 정하지 못하고 있습니다."

의병 가는 길이 놀러 가는 것도 아니요, 친척을 만나러 유람을 가는 것도 아니요, 목숨이 위태로운 길임을 옥영감도 아는지라 고개를 끄덕였다. 혼인하고 의병 가서 혹여 잘못된다면 옥녀에게 평생 불행의 짐을 얹어주는 것이었다. 얼굴을 붉히며 들떠있는 옥녀를 생각하니 가슴이 아렸다. 이대로 돌아가 혼인할 수 없다는 말을 차마 할 수가 없었다.

"그럼 혼약이라도 할까요?"

옥영감의 제의에 심익수가 입을 다물었다. 아들이 살아 돌아오면 기꺼이 혼인을 시키지요. 심란하게 가는 길에 부담을 주지 맙시다. 속으로 중얼거리는 심익수의 가슴이 갈래갈래 찢어졌다. 심만옥이 준비한 조반을 먹은 옥영감이 불당골로 돌아왔다. 옥녀가 사립문에서 말갛게 웃고 있었다.

"의병 가는 길에 부정이 들까 염려되어 혼인을 미루기로 했다."

옥녀의 가슴이 철렁 내려앉았다. 부지깽이로 아궁이를 쑤시며 눈물을 흘렸다.

심만옥이 옥녀를 만나러 불당골로 왔다.

"큰오빠의 마음은 옥녀 언니에게 있어. 의병 갔다 와서 혼인하라고 아버지께서 말씀하셨어."

상심해서 솥뚜껑에 엎드린 옥녀를 달랬다.

"마흔이 넘어 너를 가졌는데. 흉년은 들고 먹을 게 없어 빨건 쇠비름 뜯어다가 삶아 고추장 넣어 무쳐 먹었어. 참 맛있더니 입덧이 확 오더라? 그만 음식 냄새를 코에 대기 싫어. 그날부터 굶고 살았어. 두어 달을 굶으니 뱃속에 든 애기가 잘못될까 걱정이 되어, 어금니를 작신 깨물고서 조석을 빼놓지 않고 먹었어. 그래서인지 옥녀 네가 먹성이 좋아. 이제 와 하는 말인데, 딸보다 아들 욕심이 있었어. 추자 세 개를 홍주머니에 채워서 뱃살에 차고 있었고, 해가 돋을 때에 해를 보면서 숫 달걀을 두 개씩 먹었어. 부석리 부석사 가서 빌기도 했어. 소원성취 아들 낳게 해달라고. 동쪽에 머리를 두고 애기를 낳으면 부귀하다고 해서 산통 중에 머리를 동쪽으로 두려고 방향을 돌려가면서 옥녀를 낳았어."

옥할멈이 솥뚜껑에 엎드린 옥녀의 등을 쓰다듬었다. 옥녀가 옥할멈 가슴에 얼굴을 묻고 흐느꼈다.

"큰오빠는 옥녀 언니를 좋아하고 있어요. 의병 갔다 와서 회골로 번쩍 안아 갈 거예요."

심만옥이 기특한 소리를 했다.

"모두 모여 점심 같이하자고 말씀 드려라."

옥할멈이 심만옥을 회골로 보냈다.

"영감, 뭐하시오? 저기 횃대에 닁큼 앉은 수탁 잡아야지요?"

옥영감이 횃대에 앉은 닭을 잡았다.

"밀가루와 콩가루를 섞어 자꾸 치대면서 반죽을 하거라. 칼로 실같이 썰어서 삶아. 닭일랑은 푹푹 삶아서 뽀얀 국물에 국수를 말아. 고기는 양념해서 꾸미로 얹어야 한다."

옥녀가 울음을 털고 국수 반죽을 했다.

"장차 시아버님 상에 반찬이 허무하면 사돈어르신끼리 앉아 마주 보시기에 얼마나 민망하고 낯이 뜨겁겠느냐? 시래기를 물에 불려서 된장국도 정성껏 끓여야 한다."

옥할멈이 부산을 떨었다.

심익수와 심대곤이 국수를 먹고 갔지만, 심대풍은 오지 않았다.

13

한 지붕 두 여인

목계장터에 가는 것이 고작 먼 걸음이었다. 반나절 걸어 낯선 땅을 밟기는 처음이었다. 충주는 달마실과 달랐다. 양지바르고 바람 낮은 언덕에 띄엄띄엄 앉은 초가 몇 채가 전부인 달마실과는 판이했다.

목계에서 볼 수 있는 기와집은 소작 지주 박초시와 강씨 문중 종손이 사는 집뿐이었다. 충주 기와집은 대문과 쪽문을 드나드는 하인의 숫자도 많았다. 구족대가가 살았음직한 기와집 골목이 목계 강변 너른 둑만큼이나 길었다.

남산을 가운데 두고 계명산과 대림산이 어깨를 맞대 너른 뜰을 껴안고 있는 형상인데 강물의 줄기를 볼 수 없었다. 소백산 자락에서 흘러오는 남한강과 속리산에서 발원한 달천이 만나는 합수머리에 대문산이 오뚝하니 솟았다. 악성 우륵과 패장 신립의 한이 서린 듯 아침마다 뽀얀 강 안개가 대문산을 덮었다.

해 저물 녘에 충주 서북쪽 야트막한 산에서 까마귀 떼가 날아오르곤 했다. 충주 백성은 까마귀 떼를 지칭하여 천명을 다하지 못한 넋의 시위라고 저주했다. 죄수가 나룻배로 실려와 남산 동북쪽 기슭 목벌에 내려 고개를 넘어왔다. 고개를 넘으면 다시는 돌아가지 못한다 하여 마즈막재라 불렀다. 충주 감영에 이송된 죄수를 참수하는 곳은 충주와 대문산 사이 너른 뜰이었다. 강물이 범람하면 하얀 모래밭을 이루는 곳이었다. 죄수는 눈이 부시도록 하얗게 쌓인 모래톱에서 선혈을 쏟으며 목이 잘렸다. 시신은 거적에 둘둘 말려 시뜰에 버려졌다. 시뜰에 까마귀 떼가 새까맣게 살았다.

새벽녘에야 강막실은 갖가지 생각에 눈알을 말똥거리다가 잠들었다. 잠깐 눈 붙였는데 날이 밝았다. 계명산 자락에서 문틈으로 스민 햇살이 비단 실을 늘어놓은 것처럼 화사했다. 홍금희는 깊게 잠들었다.

박시만의 방문을 살그머니 열었다. 이부자리가 반듯이 개켜졌고 박시만이 보이지 않았다. 홍금희가 깨지 않도록 문지방을 넘었다. 서방님이 누웠던 자리에 앉았다. 온기가 은근하게 올라왔다.

남자 한 명과 여자 둘의 묘한 삶이 닷새나 지속되었다. 강막실은 창말 똥깐의 사건을 말하지 못했다.

이른 아침에 어디로 간 것일까? 옷가지를 살폈다. 관아에 입고 가던 옷은 그대로 있었다. 잠시 운동 삼아 밖으로 나간 것일까. 아랫방을 살폈다. 홍금희는 여전히 단잠에 빠져 있었다. 아침상을 차리는 것은 고용된 늙은 내외였다. 홍금희는 늦도록 아침잠을 잤다.

강막실이 방문을 조심스레 열고 나왔다. 마당에 서니 남산이 한눈에 들어왔다. 아침을 지어놓고 행랑의 동태를 살피던 늙은 내외가 와서 허리를 굽혔다. 강막실이 쪽문으로 나왔다. 박시만이 쪽문 밖 느티나무 아래에 서 있었다. 남산을 올려다보며 생각에 잠겼다. 강막실이

다가갔다.

“아침잠이 없구려.”

박시만이 엷은 미소를 지었다. 새벽에 바라본 얼굴이 곱상하기가 맑은 옹달샘 같았다. 옹달샘에 고인 수심이 엿보였다.

“목계로 돌아가야 해요.”

강막실은 폐가에서의 심대곤과 똥깐의 사건을 얘기해야 했다. 홍금희가 있어 말하지 못했다. 지금이 기회였다. 서방님의 얼굴에 드리운 수심에 말하기가 주저되었다.

“아침을 든든히 먹고 천천히 걸음하세요.”

박시만이 남산을 바라보았다. 뒷모습이 쓸쓸해 보였다.

“근심이라도 있으신가요?”

강막실이 조심스럽게 물었다. 강막실 모르게 뱉는 한숨에 박시만의 어깨가 꺼져 내렸다.

“실은 여쭐 말이 있어서 충주에 왔습니다.”

말을 해야 한다고 어금니를 물었다.

“집안에 혹여 무슨 일이라도?”

박시만이 돌아섰다.

“시댁 일이 아니에요.”

강막실은 친정 이웃 사내 심대곤 얘기를 하려니 난감했다.

“말씀을 해보세요.”

충주부 일에 수심이 가득한 박시만에게 말하기가 마음에 걸렸다. 아침을 먹고 나면 박시만은 충주 관아로, 강막실은 목계로 헤어져야 하므로 말해야 했다. 목계에서 똥깐이 심만옥에게 몹쓸 짓을 했고, 심대곤이 똥깐을 죽을 지경으로 만들었다고 말했다.

"좋지 않은 일이 있었으니 왜병에게 핍박을 받게 되었구려. 똥깐의 죽음과 부인과는 무슨 연관이 있단 말이오?"

박시만은 혼인 전에 심가 형제와 강막실에 얽힌 사연을 알고 있었다. 심대곤이 저지른 사건에 강막실이 연루되었음을 직감했다.

심만옥은 친정과 이웃하여 소꿉 시절부터 알고 있는 사이였다. 평소에 병참 왜병 대장 사사끼 앞잡이로 몹쓸 짓을 일삼던 똥깐이 심만옥을 산으로 데려가는 것을 보고만 있을 수 없었다. 심만옥의 오빠 심대곤을 찾아 알렸으며, 오지랖 넓게 자신도 심대곤의 뒤를 따라가서 사태가 이렇게 되었다고 말했다. 박시만이 가볍게 신음했다.

"부인은 사건 현장에 있기만 하였단 말이지요?"

박시만의 물음에 강막실이 고개를 끄덕였다.

"부인은 죄가 없으니 안심하세요."

박시만이 강막실의 어깨에 손을 얹었다.

"사건 당사자들이 모두 목계에서 떠났어요. 죽음이 알려지고 조사가 시작되면 제가 병참에 끌려가 취조를 받을 것이라는 생각에…."

박시만에게 구원을 요청하러 왔다고 토로했다. 박시만과 강막실은 사사끼가 심대곤에게 살해당한 것을 알지 못했다.

"사정이 그렇게 되었다면 부인이 고초를 당하겠구려. 자초지종을 관찰사에게 아뢰어 목계 병참에 전문을 넣도록 할 것이니 안심하세요."

박시만이 강막실의 손을 꼬옥 쥐었다. 박시만의 손에서 온기가 흘러들어와 몸 곳곳에 채워졌다. 따뜻하고 다감한 마음에 눈물이 핑 돌았다. 손을 잡힌 채 박시만을 그윽하게 바라보았다.

"서방님의 근심을 제가 알면 안 될까요?"

박시만의 근심을 알고 싶었다. 목계로 돌아간다면 박시만의 근심이 무엇인지 계속 궁금하여 밤잠을 설칠 것 같았다. 박시만이 잡았던 손을 놓고 남산을 향해 돌아섰다. 햇덩이가 남산과 계명산 사이 마즈막재로 막 떠오르고 있었다.

"해가 떠오르고 있는 저곳을 마즈막재라 하오."

햇덩이는 암탉이 막 뽑아내는 달걀로 보였다.

"저기 마즈막재로 머지않아 의병이 넘어올 것이오."

의병? 박시만의 의병이란 말에 불현듯 심대풍이 떠올랐다. 의풍에서 춥고 배고픔을 이기지 못하고 객사했다는 심대풍이 멀쩡히 살아 있었다. 의병이 되었다는 소문이 목계장터에 파다했다.

"충주부에 관군의 수가 팔백이 넘는다고 들었어요. 의병이 넘어 온다 한들 큰 근심이 되겠어요?"

의병인 심대풍보다 서방님인 박시만이 더 소중했다.

"숫자가 많다 한들 무슨 소용이오? 의병은 빼앗긴 나라를 찾겠다는 비장한 각오로 저 고개를 넘어올 텐데, 관군의 사기는 그렇지 못하오."

"서방님도 의병과 싸워야 한다는 말씀인가요?"

강막실이 다가갔다. 박시만이 무거운 표정으로 고개를 끄덕였다. 한때 사모했던 심대풍과 서방님이 목숨을 서로 빼앗아야 하는 적이 되었다.

"의병도 조선 사람인데 왜병처럼 무지막지하게 살육을 하겠어요?"

강막실은 심대풍이 무자비하게 살육하리라 여기고 싶지 않았다. 연정을 품었던 심대풍과 부부가 된 박시만이 서로 죽여야 하는 적이 되었다. 심대풍도 박시만도 함께 무사하기를 바라는 심정이 간절했다.

"부인이 잘 몰라서 하는 말이오. 의병이 어느 지역을 점령하면 본보기로 지역의 수장을 참수하였소. 충주성이 의병에 함락되면 충주부 관찰사는 물론 관군을 지휘하고 통솔하는 내 목을 내놓아야 할 것이오."

강막실의 등골에 식은땀이 솟았다. 병참 주변 마을에서 왜병에 의해 마을 사람들이 죽어나는 것을 보아왔다. 의병이 마즈막재를 넘어오면 서방님이 위태롭다는 것이 아닌가? 박시만은 무거운 표정으로 마즈막재를 향해 섰고 강막실은 몸을 오들오들 떨었다. 햇덩이가 남산 꼭대기로 떠올랐다.

"아침 드세요."

홍금희가 쪽문에서 활짝 웃었다. 늙은 내외가 마련한 아침상에 셋이 둘러앉았다. 박시만은 시종 무거운 표정이었다. 강막실은 의병이 마즈막재로 넘어온다는 말에 숟가락을 쥔 손이 떨렸다. 홍금희는 박시만이 같이 있어 마냥 즐거웠다. 강막실이 목계로 가면 박시만과 둘이 살게 되어 저절로 흥이 돋았다.

왜병이 달마실 심익수 집으로 들이닥쳤다. 이웃 강주칠 내외를 마당에 끌어냈다. 달마실 백성을 모두 끌어다 추궁했다. 심가네의 행방을 아는 사람이 없었다.

목계 강변 영신굿 제물을 싣고 강으로 갈 나룻배를 빼앗은 심대곤과 강막실을 목격한 사람이 부지기수였다. 둘이 산으로 급히 달려갔음을 아는 사람도 적지 않았다. 폐가에서 똥깐이 초주검이 돼서 행방불명되었음이 알려졌다.

사사끼의 죽음에 갖가지 소문이 돌았다. 연화와 사사끼가 알몸으로 죽어 있었는데 연화의 가슴을 맞춘 총이 사사끼의 손에 들려 있었다. 현장은 사사끼가 연화를 쏜 상황이었다. 사사끼를 죽인 자가 아리송했다. 심대곤의 소행이거나 살아 있다고 소문이 도는 심대풍의 소행으로 추정했다. 이또가 왜병 십여 명을 박운정의 마당으로 끌고 왔다. 박운정이 마루에 나와 뒷짐을 지고 어험 헛기침했다.

"강막실을 병참으로 보내주시오."

이또는 충주부 도사 박시만의 부인을 함부로 포박할 수 없었다.

"무슨 일로 안방 규수를 보내 달라 하는 것이오?"

박운정이 짐짓 버텼다. 아들이 충주부의 도사 벼슬을 제수받았으니 병참 왜병의 오장인 이또 정도야 가볍게 여길 수 있었다. 독사 같은 눈매로 핍박하던 사사끼가 송장이 되었다.

"조사할 것이 있어 청하는 것이니 보내주시오."

심가네 가족과 똥깐이 목계에서 없어졌다. 정황을 말해줄 수 있는 사람은 강막실이었다.

"조사라니? 내방 규수에게 무엇을 조사한다는 말이오?"

박운정이 마당으로 내려섰다.

"잠깐 물어볼 말이 있소."

목계 병참으로 소환하여 갈 수 없다면 마당에서 조사하겠다고 한 걸음 물러났다.

"조사고 물어보고 간에 새아기는 지금 집에 없으니 그만 돌아가시오."

강막실이 충주로 갔다는 말에 이또는 강막실에게 사건 해결의 고리가 있다고 판단했다.

14

독사 눈깔 다나까

사사끼 후임 다나까의 눈빛이 조약돌처럼 반들거리는 것이 여간내기가 아님을 금방 알 수 있었다.

입지가 곤란해진 하리모토가 만나고자 여러 번 기별했다. 다나까가 거절했다. 이또에게서 사건의 전말을 보고 받았다. 수레에 사사끼 시신이 실렸다. 경성으로 가서 절차를 밟고 일본으로 보내기 위해서였다. 수레가 창말에서 봉황산으로 천천히 움직였다. 창말 사람이 골목 어귀에 나왔다. 막혔던 속이 뚫린 듯 너나없이 밝은 표정이었다.

다나까가 왜병을 집합시켰다. 왜병은 같은 일본사람이지만 다나까의 눈매에 기가 질렸다. 왜병을 부동자세로 세워놓고 소리를 버럭버럭 지르는 중에 하리모토가 왔다. 하리모토의 출현에 아랑곳하지 않고 왜병의 나태한 근무 자세를 추궁했다. 하리모토가 병참 사무소로 들어갔다. 왜병을 두 시간이나 부동자세로 세워놓고 대열 사이를 오가면서 정강이를 걷어찼다.

"반갑소. 환영하오."

사무소에서 하리모토가 벌떡 일어나 손을 내밀었다. 다나까는 하리모토를 한 차례 쓰윽 쳐다보고 자리에 앉았다.

"반갑다고 하였소?"

내밀었던 손이 낯간지러워서 쭈물거리는 하리모토에게 다나까가 힐난하듯 말했다.

"머나먼 이국땅에서 일본인끼리 만났는데 어찌 반갑지 않겠소?"

하리모토가 억지웃음을 지었다.

"제국의 황군을 죽음으로 몰아넣고도 그런 말을 할 수 있소?"

다나까가 책상을 주먹으로 쳤다.

"무엇이? 제국의 황군을 죽음으로 몰아넣다니. 내가 사사끼를 죽였다 그 말이오?"

하리모토가 펄쩍 뛰었다. 사사끼가 사택에서 하리모토의 애첩과 알몸으로 죽었다. 일본인끼리 애첩을 두고 살인이 난 것이 아니냐는 소문이 돌았다. 하리모토는 자신의 결백을 증명하기 위해 화심과 함께 있었다는 것을 알려야 했다. 부끄럽고 창피스러웠다.

"죽였는지 죽이지 않았는지는 조사를 해보면 드러날 것이오."

다나까의 목소리에서 찬바람이 일었다. 표정이나 목소리의 냉기로 미루어 하리모토를 범인으로 지목하고 있음이 농후했다. 하리모토의 쭈글쭈글한 이마 주름에 땀방울이 송골송골 솟았다.

"생사람을 잡아 살인자로 만들 참이오?"

하리모토는 물러설 수 없었다. 다나까에 항거하며 한 걸음 나섰지만 몸이 후들후들 떨렸다.

"조사 결과 죽이지 않음이 드러난다 해도 당신이 사사끼 죽음에 간

접적으로 연관이 됐다는 것을 부인할 수는 없잖소?"

"무슨 망발이오? 내가 어째서 사사끼 죽음과 관련이 있다는 말이오? 황군을 불러다 모두 물어보시오. 사사끼가 변을 당하던 날 내가 어디에 있었는지 물어보란 말이오."

하리모토가 목에 핏줄을 일궈가며 악을 썼다. 창피하고 망측스러운 계집질을 새파랗게 젊은 다나까에게 말해야 하는 하리모토의 속이 엉망이었다.

"사사끼 대장이 어디에서 변을 당했소? 하리모토 당신 안방에서 당신 애첩과 있다가 알몸으로 죽었잖소. 이래도 발목을 빼려 하시오?"

다나까의 정곡을 찌르는 추궁에 하리모토는 말을 잃었다. 하리모토는 몸이 바들바들 떨렸다. 하리모토를 보는 다나까의 시선에 측은함이 묻어났다. 하리모토의 행위가 아무리 괘씸해도 현해탄을 건너온 동족이었다.

"가흥창고를 책임 맡았으면 임무나 충실할 것이지, 계집질하러 현해탄을 건너온 것이오? 천황폐하의 은혜에 반역하지 마시오."

다나까가 벌떡 일어나 책상을 주먹으로 내리쳤다.

"말씀 삼가시오! 천황폐하를 반역하다니. 일본인끼리 이국땅에서 그런 모함을 할 수 있소?"

사사끼의 목소리가 누그러지고 있음을 간파한 하리모토가 고분고분하게 물었다.

"창고 사무소로 돌아가시오. 병참에 얼씬하지 말고 천황폐하 은혜에 지금부터라도 충성하시오."

다나까가 획 돌아섰다. 다나까의 등짝을 바라보던 하리모토가 병참에서 비틀비틀 나갔다. 나룻배로 강을 건너 가흥창고로 돌아와 안절부

절뭇했다. 장길수가 난로 주전자에서 쩔쩔 끓는 물을 한 그릇 건넸다. 물그릇을 생각 없이 입에 댄 하리모토가 기겁을 했다. 물그릇이 바닥에 나동그라지고 표피가 너덜너덜 떨어진 입술로 죽을상을 지었다.

다나까가 이또를 불렀다.

"용의자로 지목되는 자가 있다고 하지 않았느냐?"

"용의자라기보다 사건의 진술을 확보할 수 있는 자가 둘 있습니다. 하나는 총에 맞아 중태이고 다른 하나는…."

"그럼 잡아오지 않고 뭘 하고 있는 게야?"

"충주에 가 있습니다."

"충주에 가서 잡아 와."

"그게… 좀 어렵습니다."

이또가 머뭇거렸다. 다나까가 벌떡 일어나 이또의 정강이를 구둣발로 후려찼다. 이또가 고꾸라져 신음을 찔찔 흘렸다.

"반나절 거리에 있는 놈 잡아오는 게 어렵다고?"

다나까는 고꾸라진 이또의 가슴팍을 걷어찰 기세였다. 이또가 절룩거리며 일어났다.

"그…그 사람은 충주부 도사의 부인입니다."

이또가 급하게 말했다.

"충주부 도사의 부인? 충주부 도사가 무엇 하는 놈인데 잡아오지 못한단 말이냐?"

"도사는 관찰사 다음의 벼슬입니다."

"용의자 중에 한 사람이 여자란 말이지?"

"도사 벼슬을 제수받은 박시만의 부인입니다."

"가만…, 누구의 부인이라고?"
"충주부 관찰사 다음 직책인 도사 박시만의 부인입니다."
"박시만? 오호 박시만의 계집이라고?"
다나까가 눈자위를 번득거렸다.
"맞아. 박시만이 충주부 관리로 벼슬을 제수받았지. 그년의 이름이 뭐야?"
"강막실입니다."
"강막실…? 그래. 강막실 그년을 잡아와."
다나까가 먹이를 찾아낸 독수리처럼 파드득거렸다.
"신중히 처리할 필요가 있습니다."
"신중하라고? 제국의 황군을 살해한 범인을 잡는 일인데 조센징 관리 부인이니까 봐주라고?"
다나까가 눈을 까뒤집고 슬금슬금 걸어왔다. 이또가 뒷걸음질했다.
"제 뜻은 그게 아닙니다. 충주부에는 관병이 팔백이나 있습니다."
"관군 팔백이 무섭다 그 말인가?"
"아닙니다. 목계 병참 백 이십과 수안보 병참 백 오십의 황군이 있는데 그런 생각을 어찌하겠습니까?"
"그럼 뭐야?"
"지금은 시기적으로 관군과 우호적인 관계를 유지해야 합니다."
"우호적인 관계를 유지해야 하는 시기라? 의병 때문인가?"
"그렇습니다."
"그건 걱정하지 마. 황군이 등을 돌려도 관군이 매달리게 되어 있어. 의병이 충주부를 점령하면 충주부 관료의 목숨은 부지하지 못해. 우리보다 관군이 더 잘 알아. 그러니까 당장 잡아와."

"그런데 똥깐이 없어졌습니다."

이또에게는 똥깐이 없어진 것이 무척 아쉬웠다.

"똥깐이? 그놈은 또 어떤 놈이냐?"

"박창호라고 조선인인데 전임 사사끼 대장 수족 노릇을 하던 자였습니다. 그자가 조선인을 잡아들이는 일을 도맡아 하였는데 죽었는지 살았는지 행방을 알 수가 없습니다."

"도망쳤구나."

"도망쳤을 가능성도 있지만 심대곤에게 얻어맞고 어디선가 죽었는지도 모릅니다."

"심대곤은 어떤 놈인가?"

이또가 심가 형제에 대해 자세하게 설명했다.

"형이란 놈은 의병에 가담하였고, 동생이란 놈은 하리모토 밑에서 배를 몰던 놈이었는데 갑자기 사라졌다? 사라진 날에 사사끼 대장이 죽었다?"

"공교롭게도 그렇게 맞아 떨어집니다."

"동깐의 행방불명과 사사끼 죽음이 심대곤 소행일 가능성이 매우 크군."

다나까는 사사끼의 살해범을 심대곤으로 단정했다.

"충주목 도사의 부인이 심가 형제와 끈이 닿아 있습니다."

"그러니까 도사 부인을 어서 잡아와."

이또가 강막실을 잡아들이려 병참에서 나왔다. 행방불명이 된 똥깐이 정말 아쉬웠다.

강막실이 병참으로 잡혀왔다. 충주에서 박시만과 헤어져 반나절을 걸어왔다. 창말로 들어오다가 충주로 출발하는 왜병과 맞닥뜨렸다.

강막실이 잡혀갔다는 소식에 박운정도 병참으로 갔다. 이또에게 알아들을 만큼 얘기를 했는데 잡아갔다니. 박운정은 속이 부글부글 끓었다. 이또가 눈앞에 있다면 따귀를 갈길 참이었다. 콧바람을 씩씩 쏟으며 병참에 들어갔다가 다나까의 눈매를 보고 기가 죽었다.

"조사할 것이 있으니 그냥 돌아가시오."

다나까는 박운정을 바라보지도 않았다.

"안방에 묻혀 사는 규수에게 무엇을 조사한단 말이오?"

박운정이 용기를 내어 다나까에게 말했다. 다나까는 박운정의 물음에 대답하지 않고 강막실을 취조실로 데려갔다. 박운정은 병참에서 나와 충주를 다녀와야겠다는 생각을 품었다.

다나까가 강막실과 마주 앉았다. 다나까는 입을 꾹 다물고 강막실을 바라보기만 했다. 강막실이 시선을 책상으로 깔았다.

"알만큼 알고 있으니 거짓 하나 없이 모두 털어놔야 신상에 좋을 것이다."

다나까가 십여 분 침묵하여 공포 분위기를 조성했다. 강막실이 대답하지 않았다.

"그날 있었던 일을 말해보란 말이야."

다나까가 작고 질긴 목소리로 추궁했다. 피부에 소름이 돋는 음색이었다.

"기회를 줄 때 순순히 털어놓으란 말이다. 이년아."

다나까 입에서 욕설이 튀어나왔다. 강막실이 고개를 들었다.

"날 노려보면 어쩔 셈이야? 쌍년아."

다나까가 독사눈을 뜨고 소리를 버럭 질렀다.

"이보시오. 멀쩡한 사람 잡아다가 욕지거리를 해도 되는 것이오?"

강막실은 다나까의 눈초리에 기죽지 않으려고 어금니를 물었다.
"그러니까 털어놔. 내 입에서 더한 욕지거리가 나오기 전에. 네년이 계속 이러면 내 주먹이 가만히 있질 않아."
다나까가 주먹을 쳐들었다.
"말할 것이 없습니다."
"똥깐에게 몽둥이를 휘두른 작자를 네년이 알고 있잖아?"
다나까의 주먹이 부르르 떨었다.
"모릅니다."
강막실이 잘라 말했다. 다나까가 벌떡 일어났다.
"목계 강에서 네년이랑 심대곤이 배를 타고 건너와서 똥깐이 먼저 들어간 산으로 따라간 것을 본 사람이 한둘이 아냐. 아무나 붙들어 와도 네년이 거짓말하고 있다는 증인이란 말이다."
"아무것도 모릅니다."
다나까가 탁자를 주먹으로 쳤다. 강막실은 가슴이 철렁 내려앉는 두려움에 저항하려고 아랫입술을 깨물었다.
"독한 년. 서방 있는 년이 외간 남자랑 산에 들어갔으니 할 말을 잃었겠지. 네년 서방이나 시아버지가 그 사실을 안다면 참 좋아하겠지?"
다나까가 능글맞은 웃음을 흘렸다.
"당치도 않는 말을 함부로 합니까?"
"서방의 눈이 시퍼런데 네년이 심대곤과 산에 가서 무슨 음탕한 짓을 했는지 뻔히 짐작하고도 남음이 있어. 내 말이 틀렸어?"
"대꾸할 가치도 없습니다."
강막실이 침을 뱉듯 쏘아붙였다.
"그럼 왜 말을 못 하지? 네년이 저지른 부정이 탄로 날까 두려워서?"

“똥깐이 그놈은 맞아 죽어야 할 놈이었어요.”

강막실이 눈을 질끈 감았다.

“호오. 그래? 이제야 속을 털어놓는군?”

강막실은 똥깐을 헤친 사람이 심대곤임을 감추고 싶지 않았다. 심대곤은 가족과 달마실에서 떠났다. 다나까에게 모욕적인 말을 들으면서도 입을 다문 것은 심만옥 때문이었다. 심만옥이 똥깐에게 겁탈당한 것을 누구에게도 알리고 싶지 않았다.

“심대곤이 똥깐을 죽였다 그 말이지?”

강막실은 부정도 긍정도 하지 않았다.

“똥깐을 죽인 그놈이 사사끼 대장도 죽였겠지?”

강막실의 귀가 번쩍 띄는 소리였다. 강막실이 외려 눈을 동그랗게 떴다. 사사끼가 죽었다?

“사사끼를 죽인 범인이 심대곤 맞지?”

강막실은 사사끼가 늘 앉았던 자리에 눈깔이 뱁새같이 지독한 이놈이 앉아 있는 이유를 깨달았다.

“정말 모르는 일입니다.”

강막실이 잘라 부인했다. 다나까가 얼굴을 찡그렸다.

“심대곤과 네년의 부정한 짓거리를 창말에 퍼뜨려야 내 말을 듣겠어?”

“무슨 소리를 하시오. 그런 일은 절대 없었습니다.”

“절대 있고 없고는 나도 모르지. 창말 사람도 모두 몰라. 소문이란 게 한 집 건너 다음 집에 닿기만 해도 가면을 쓴다는 것을 모르나? 더욱이 네년은 달마실에서 심가네와 이웃하며 흠모하는 사이였다는 것을 많은 사람들이 이미 알고 있어.”

“사사끼 대장의 죽음은 처음 듣는 소리입니다.”

"정말 독한 년이군. 얼음장 같은 감옥에서 곰곰이 생각해 봐. 하룻밤만 몸이 꽁꽁 얼어도 네게 할 말이 생겨날 테니까."

다나까의 명령에 따라 강막실이 감옥에 갇혔다. 다나까의 협박대로 감옥이 냉방이었다.

박운정이 충주 관아에 도착하니 박시만은 퇴청하고 없었다. 관병의 안내로 남산 아래 행랑으로 갔다. 행랑 안방에서 겸상으로 저녁을 먹는 박시만과 홍금희를 목격했다. 홍금희를 보고 눈이 휘둥그레졌다. 며느리가 병참에 끌려가서 도움 청하러 턱까지 차오르는 숨을 끊어내며 달려왔다. 아들은 생판 낯도 모르는 여자와 밥상을 마주하고 있었다. 가슴이 벌떡거리고, 눈알도 뒤집히고, 팔다리가 부들부들 떨렸다.

"이게 무슨 해괴망측한 짓이냐?"

박운정이 방문을 와락 열어 놓고 소리를 버럭 질렀다.

"아버님 고정하시고 앉으세요."

박시만이 깜짝 놀라 일어났다. 홍금희가 박시만의 아버지임을 알아차리고 옷매무새를 고쳤다.

"당장 밖으로 나오너라."

박운정이 문고리를 놓고 마당으로 갔다. 박시만이 황급히 마당으로 내려갔다.

"아버님 무슨 급한 일인지 모르나 잠시 방으로 드시지요."

박시만이 마당에서 홍금희의 자초지종을 말할 수 없었다.

"그럴 시간이 없다. 먼 길 떠날 채비나 하여라."

박운정이 등을 돌렸다.

"아버님, 인사 올립니다. 잠시만이라도 안으로 드세요."

홍금희가 마당으로 내려왔다. 박운정이 획 돌아서 홍금희의 위아래를 쳐다봤다.

"아버님? 처자는 누군데 생면부지인 내게 아버님이라고 하는 게요?"

박운정의 목소리가 곱지 않았다.

"저는 홍금희입니다. 경성에서 살았습니다. 충주부로 벼슬을 받고 부임한 시만씨를 찾아 먼 길을 내려왔습니다. 날씨가 차가우니 안으로 드시지요."

박운정은 홍금희의 옷차림을 보고 신식 물정을 아는 여자구나 생각했다. 박시만이 경성에서 오 년 넘게 있었으니 사귀던 여자가 있을 것이라는 짐작은 했었다. 박운정이 노골적인 시선으로 홍금희를 찬찬히 뜯어봤다. 홍금희는 박운정의 의도를 알고 눈을 크게 뜨더니 웃음을 살짝 머금었다.

"저놈이 어째서 처자하고 한방에 있는 게요?"

박운정이 투박하게 물었다.

"저희는 내외지간입니다."

홍금희가 불쑥 대답했다.

어허! 박운정이 캄캄한 하늘을 쳐다보며 소리를 질렀다. 방에서 옷을 갈아입던 박시만도 홍금희의 대답을 들었다.

"내외지간이라니? 그럼, 저놈이 애비도 모르게 첩을 들였단 말인가?"

"첩이라니요? 아버님. 저흰 경성에 있을 때부터 내외지간을 한 사이입니다. 아버님."

"아버님이라니? 어허. 내가 어찌 처자의 애비란 말인가?"

박운정이 소리를 버럭 질렀다.

"지금 무엇하는 짓이야?"

박시만이 마당으로 나와 홍금희를 나무랐다.

"네 이놈. 이실직고하여라. 이 처자의 말이 사실이더냐?"

박운정이 호통을 쳤다.

"사실이 아닙니다."

박시만의 지체 없는 답에 홍금희가 얼굴을 찡그렸다.

"저 처자하고는 아무 일 없는 것이 명백한 사실이렷다?"

박운정이 못을 박듯 말했다.

"며느리가 다짜고짜 고해바치던가요, 아버님?"

홍금희가 톡 나섰다.

"다짜고짜 고해바치다니?"

박운정이 되물었다.

"오늘 아침에 창말로 돌아간 며느리가 시아버님께 일러바쳤으니, 당신의 두 눈으로 확인을 하시려고 걸음을 하신 게 아닌가요? 아버님?"

홍금희는 박운정의 못마땅한 표정에도 아랑곳하지 않고 말끝마다 아버님이라고 불렀다.

"오호. 며느리가 시아버지에게 너희 둘의 꼬락서니를 고해바치지 않았느냐 그 말이니?"

"투기심을 이기지 못하고 일러바쳤겠지요, 아버님."

"심성이 곱지 못하구나!"

박운정이 홍금희에게 소리를 버럭 질렀다. 홍금희가 깜짝 놀라 뒷걸음쳤다.

"조신한 우리 며늘애가 어찌 처자같이 경망스러울까? 배운 것이 처자만큼 미치지 못할지언정 버르장머리 없이 어른께 톡톡 나서지는 않네."

박시만도 홍금희와 생각이 같았다. 강막실이 홍금희를 고했기 때문이라고 생각했다. 박운정의 말을 미루어 보니 잘못 짚은 생각이었다.

"준비됐으면 가자."

박운정이 쪽문으로 성큼 걸어갔다.

"이 밤중에 어딜 가시렵니까?"

박시만은 아버지가 느닷없이 충주에 온 이유도 목계로 서둘러 가려 하는 이유도 알지 못했다.

"어디라니? 내 집으로 간다."

"창말로 걸음하신단 말입니까?'

"그렇다. 싫으냐?"

"반나절은 족히 걸리는 길을 밤중에 가신다 하니 무리한 행보입니다."

"네 각시가 냉방 감옥에 갇혔는데, 저런 버릇없는 여자랑 따뜻한 방에서 잠을 잘 생각이냐?"

박운정이 돌아서서 호통을 쳤다.

"결국 오해를 받고 그리되었군요. 그 문제라면 마음을 놓으세요."

박시만이 상황을 알아차렸다.

"며늘애가 살인 누명을 쓰고 감옥에 갇혔다는데 마음을 놓으라니?"

박운정은 느긋한 자세로 일관하는 아들에게 화가 났다.

"똥깐에게 매질을 한 사람은 심대곤이라 하지 않았습니까? 그러니까 누명이지요."

"사사끼가 하리모토 안방에서 벌거벗고 부정한 짓을 저지르다가 누군가에게 얻어맞아 죽었다. 새로 부임한 다나까라는 놈이 며늘애를 붙들어 놓고 범인이 누군지 추궁하고 있단 말이다. 다나까 그놈 생긴 것이 살모사 같아서 며느리를 감옥에 그대로 두면 무슨 일이 날 것 같아 널 찾아온 게다."

박운정이 화를 삭이고 천천히 설명했다.

"새로 온 왜군 대장이 다나까라고 하셨습니까?"

박시만이 다급하게 물었다.

"눈깔이 뱀처럼 생겨서 아주 독한 놈을 보는 것 같더라."

"그 다나까라는 인간이 맞아요."

홍금희가 고개를 끄덕거렸다.

"아는 놈이냐?"

박운정이 아들에게 물었다

"시만씨랑 경성에 있을 때 서로 알고 지내던 사이입니다."

홍금희가 대답했다.

"그럼 더욱 잘되었다. 다나까란 놈하고 아는 사이라니 밤을 새워 목계로 가면 며늘애를 구할 수 있을 것이니 다행이다."

박운정이 걷기 시작했다. 박시만도 박운정의 뒤를 따라갔다. 홍금희가 맥없이 방으로 들어왔다. 다나까? 그가 왜 목계에 왔을까? 아버지 홍종오의 입김으로 온 것은 아닐까? 홍금희가 눈동자를 골똘하게 굴렸다.

자정이 넘은 감옥으로 칼바람이 불었다. 냉골에 웅크린 강막실이 후둘후둘 떨었다. 머리에 생각의 벌레를 뒤집어쓴 느낌이었다. 생각은 충주에 있는 서방님이 아니라 살아 있다는 심대풍이었다. 가족이 봇짐 싸서 어디로 갔을까? 도리깨질하며 이마를 흔들어도 심대풍 생각이 자꾸 달려들었다.

문이 덜컹 열리고, 다나까가 감옥으로 들어왔다. 술을 마셨는지 눈자위로 붉은 기운이 버짐처럼 올랐다.

"강막실."

다나까가 흐흐흐 웃었다.

"박시만이 경성에서 사귀던 계집은 어찌하고 참한 색시를 얻었을까? 조선 색시는 보면 볼수록 탐스럽단 말이야."

술 냄새가 확 풍겼다. 다나까가 징그럽게 웃었다. 강막실은 입술을 꼭 깨물고 다나까를 노려보았다.

"난 알아. 네년이 사사끼를 죽이지 않았다는 거 알고 있어. 사사끼 그 멍청한 놈을 죽인 범인이 심대곤이라는 것도 알고 있어."

꿍꿍이 속을 감춘 다나까가 음흉하게 웃었다.

"그럼. 내게 왜 이러세요?"

강막실의 어금니가 달달 부딪혀 소리를 냈다.

"흐흐흐. 네년은 잘못이 없어."

"잘못이 없으니 돌려보내 주세요."

"네년을 이렇게 가두어 두고 박시만이 내게 어떻게 나오는지 보고 싶어. 박시만이 홍금희보다 네년을 더 생각한다면 밤중이라도 달려와 내게 사정을 하겠지?"

다나까는 사사끼의 살해범을 잡기보다 박시만 때문에 강막실을 가두었다. 다나까의 속내를 알아차린 강막실은 가슴이 무거워졌다. 심대곤이 똥깐을 죽인 것 때문에 충주에 찾아갔었다. 자신 때문에 다나까에게 고개를 숙여야 한다면 속이 편할 리 없었다.

"내게는 볼일이 없잖아요? 술에 취해 이러지 말고 어서 나가세요."

강막실이 쏘아붙였다.

"흐흐흐. 나가달라고? 앙탈 부리는 모습이 너무 예뻐."

다나까가 다가왔다.

"지금 무엇하는 짓입니까?"

강막실이 소리를 버럭 질렀다. 이또가 감옥으로 들어와 다나까 귀에 소곤거렸다.

"그래? 드디어 납시었군?"

이또를 따라 다나까가 병참 사무소로 갔다. 캄캄한 길을 헤쳐온 박씨 부자가 기다리고 있었다.

"오우, 박시만. 오랜만이오."

다나까가 손을 내밀었다.

"여기서 다시 볼 줄은 몰랐소."

박시만이 다나까의 손을 잡았다.

"밤늦게 무슨 일이오? 충주부 관아에 있어야 할 도사님이 여기까지 왕림을 하시다니?"

다나까가 정색을 하며 물었다.

"몰라서 묻는 것이오?"

박시만이 냉랭하게 되물었다.

"홍금희가 충주에 와 있다고 들었는데 잘 있소?"

다나까가 홍금희 소식부터 물었다.

"부인을 풀어주시오. 지금 당장."

"부인을 풀어달라고? 홍금희 말고도 부인이 또 있단 말이오?"

"다나카 상. 밤길을 걸어왔소. 아버님이 몹시 피곤하시니 그만 풀어주고 나와 얘기 합시다."

"나는 박시만 당신과 할 얘기가 없어. 강막실에게서 사사끼 죽음에 관한 진술을 얻어내려 할 뿐이오."

"억지 주장 그만하고 풀어주시오."

박시만이 거칠게 말했다. 다나까가 거만한 표정으로 박시만을 바라보았다.

"부탁하오."

박시만이 자존심을 한풀 꺾었다.

"부탁? 부탁이라…. 하하하. 충주부 도사 나리께서 다나까에게 부탁을 하신다면 생각을 다시 해보겠소. 강막실이 사사끼 죽음과 관련이 없다고 보증할 수 있소?"

"일개 아녀자가 왜군 대장을 어떻게 살해하겠소?"

"일개 아녀자라? 충주부 도사 박시만의 부인이 그럴 수가 없지. 도사께서 내게 부탁을 하니 인심 크게 쓰리다."

다나까가 이또에게 강막실을 데려오도록 했다. 강막실이 시아버지와 서방님을 보고 고개를 푹 꺾었다.

"며늘애야, 가자."

박운정이 문으로 걸어갔다.

"잠깐!"

다나까가 문턱을 넘는 강막실을 불러 세웠다.

"제국 황군의 억울한 죽음에 대해 조사를 해야 하지만, 충주부 도사 박시만이 내게 정중히 부탁을 하니 풀어주는 것이오."

강막실과 박운정 앞에서 다나까가 박시만의 자존심을 긁었다.

박운정이 강막실의 옷소매를 끌어 병참에서 나갔다. 박시만이 다나까와 마주 앉았다.

"홍금희는 잘 있소?"

다나까가 홍금희의 근황부터 물었다. 다나까의 관심은 사사끼의 죽음도 박시만도 아니었다. 경성에서 다나까가 홍금희를 죽자사자 좋아했다. 홍금희가 본체만체했다. 박시만 때문이라는 것을 알고 앙심을 품어 왔다.

"홍금희를 만나고 싶소?"

박시만이 빈정거리는 말투로 물었다.

"무슨 말을…? 경성에 있는 홍종오가 궁금해하기에 물어본 것이오."

다나까가 정색을 했지만 얼굴이 붉어졌다. 홍금희의 아버지 홍종오는 궁내부에서 벼슬하다가 친일로 변심해서 일본 공사의 조선인 관리가 되었다. 홍금희에게 마음을 품은 다나까가 홍종오의 뒤를 봐주었다. 사사끼의 후임을 자청한 다나까에게 홍종오가 딸을 부탁했다.

"그녀는 언제나 잘 있지 않소?"

박시만이 싱겁게 말했다.

"단양에서 패한 의병이 흩어졌다고 들었는데 어찌 생각하오?"

다나까사 의병의 근황을 물었다.

"제천 유생 의암을 주축으로 어딘가에 집결하고 있음이 틀림없소."

박시만이 확신에 찬 표정으로 말했다.

"의암? 그자는 어떤 인물이오?"

다나까는 조선의 유생에 대해 부정적인 견해를 가지고 있었다. 일본의 역사는 한반도에서 시초하였음을 익히 알고 있었다. 삼국 시대와 통일 신라와 고려 시대에 이르면서 나름대로의 문명을 유지할 수 있음은 한반도의 영향이 컸다. 한반도에 있는 것이라면 일본 섬에서는 선진 문물이라서 약탈의 대상이 되었다. 배를 타고 한반도에 상륙하여 노략질하였고, 임진년에는 조선을 통째로 삼키려는 헛된 야욕을 부렸다. 문명이 찬란하던 한반도가 쇄락하고 있음은 국론의 분열 탓이며, 국론 분열의 주범은 유생임을 알고 있었다. 다나까는 조선의 유생을 하찮은 존재로 여겼다.

"개화를 반대하고 일본을 배척하는 위정척사 사상의 원류인 이항로, 김평묵, 유중교로 이어지는 화서학파의 정통 맥을 승계한 유림 인물이다. 병인양요 때 홍재구 등과 강원도 경기도 유생 마흔여섯이 척양소를 올려 개항반대 운동을 전개한 인물이기도 하다."

박시만이 의암에 대해 자세히 말했다. 조선 선비를 함부로 여기지 말라는 의도였다.

"화선지에 시커먼 먹물로 항소를 쓰기나 할 뿐 단 한 걸음도 실천하지 못하는 글쟁이가 군사를 일으킬 수 있다고 생각하나?"

다나까가 비웃음을 섞어 말했다.

"이 나라 유생들을 얕보지 마시오. 칼질로 나라를 흥망하려는 섬나라와는 비할 수 없는 엄청난 힘이 응집되어 있고, 또 이 나라의 근간은 유생들이오. 묵묵히 도를 실천하다가도 불의를 보면 목숨을 불사하고 분연히 일어서는 선비정신을 함부로 말하지 마시오."

박시만이 꾸짖었다.

"칼질이라고 했소?"

다나까가 펄쩍 뛰었다.

"분명 그렇게 말했소. 칼로 일으킨 나라는 반드시 칼로 망하는 법이오."

박시만이 말의 마디마다 힘을 주어 말했다.

"제국의 사무라이 정신을 모독하지 마시오."

다나까가 소리를 버럭 질렀다. 침이 튕겨 나와 입가에 거품이 지저분하게 번졌다. 자존심이 상해 얼굴이 시뻘겋도록 악을 썼다.

"이 나라 유생들을 가볍게 보지 마시오. 비록 칼 대신에 붓을 즐겨 잡지만, 칼날보다는 몇 곱절 날카로울뿐더러 의를 지키기 위해서는 목숨도 초개처럼 버리는 선비들이오."

박시만도 어금니를 물었다.

"박도사가 의병을 두려워하고 있군?"

다나까가 시뻘건 얼굴로 비웃었다.

"의병이 제천에서 궐기하면 충주가 공격목표가 될 것이오."

"충주성에는 관군이 팔백이나 있다면서 땅이나 일구며 살던 의병을 무서워하다니. 하하하!"

"그런 소리 마시오. 충주가 의병의 수중에 넘어가면 다음 공격 목표는 목계가 될 것이오."

목계가 의병의 공격목표가 될 것이라는 말에 다나까가 입을 다물었다. 의병은 왜놈을 이 땅에서 몰아내자 함이었다. 일본 공사가 조선의 나랏일을 간섭하고부터 이에 동조하는 지방 수령은 즉결 처단하되, 죄가 없는 민간인이나 관병은 용서했다. 의병이 충주를 선점하고 목계와 수안보에 주둔한 왜병을 공격할 것은 빤한 이치였다.

15

비로소 각시

세상이 물밑에 가라앉은 듯 괴괴한 새벽에 박시만이 왔다. 막실은 서방님이 오자 가슴이 반가워도 얼굴을 들지 못했다. 강막실은 아무 말도 하지 못했다. 처분만 기다린다는 듯 다소곳이 앉았다.

"곧 날이 밝을 것이니 어서 누우세요."

박시만의 말에 강막실은 눕지 못했다. 박시만이 등잔불을 훅 불어 껐다. 칠흑 같은 어둠이 들어찼다. 부스럭부스럭 박시만이 옷을 벗고 이불로 들어갔다.

"마음고생이 컸겠소. 그만 이리로 들어오시오."

박시만이 강막실을 이불 속으로 끌어들여 안았다.

"조신하지 못한 행동으로 심려를 끼쳐 죄송해요."

강막실이 자근자근 숨을 고르며 말했다.

"무슨 말이오? 이렇게 아름다운 여인을 홀로 두고 충주로 간 내 잘못이오. 날이 밝으면 부모님께 말씀드려 충주로 함께 가리다."

박시만이 강막실의 얼굴을 끌어올려 입을 맞췄다. 아! 강막실은 소리를 지를 뻔했다. 혼인하고 달포가 넘도록 서방님 곁에 가지 못하다가 처음으로 안겨본 품이었다. 온몸에 소름이 돋고 구름 위에 뜬 듯 아뜩한데 서방님의 입술이 포개졌다. 안고 있던 손이 엉덩이 쪽으로 슬금슬금 내려갔다. 강막실은 맥이 탁 풀려 몸에 힘을 불어넣으려 했으나 어림없었다. 해초처럼 늘어졌다. 하나씩 벗겨졌다. 옷이 몸에서 떨어져 나갔다.

"부인. 참 아름답소."

박시만이 축문을 읽듯 말했다. 강막실은 아무 소리 하지 못하고 입 안에 고인 침을 꿀꺽 넘겼다.

"부인 이외의 그 어떤 여인에게도 이러지 않았음을 맹세하오."

자신도 모르게 박시만의 목덜미를 감아 안았다.

박시만은 밤길을 걸어왔고, 강막실과 부부의 정을 나누어 몸이 노곤했다. 땅으로 꺼져들 듯 피로가 몸을 휘감았다. 하지만 쉽게 잠을 이루지 못했다.

의병이 충주를 점령하러 공격해올 것은 불을 보듯 뻔했다. 관찰사는 안일 무사였고, 관병은 기강이 엉망이었다. 의병이 일시에 공격하면 하루도 버티지 못하고 함락될 상황이었다. 의병이 충주를 손아귀에 쥐면 강제삭발을 강행하여 원성이 높은 관찰사의 목이 잘려나가는 것도 빤한 일이었다. 충주부 벼슬아치 중에 관찰사 다음인 박시만의 목숨도 온전할 수는 없을 터였다. 갓 시집온 강막실을 청상으로 두고 죽음을 맞이해야 할지도 모른다고 생각하니 잠이 저절로 달아났다. 가진 것도 없는 시부모와 몸이 불편한 시누이 슬하에서 평생을 홀로 청상이어야 하는 강막실을 보는 가슴이 미어졌다. 온종일 마음고생을 한 탓인지 강막실이 곤하게 잠들었다. 밤길을 걸어오면서 자식도 없이 평생을 청상으로 산다는 것은 너무 가혹하다고 생각했다.

봉창에 볕이 환하게 스며들었다. 강막실이 소스라치게 놀라 상체를 일으켰다. 알몸이었다. 어젯밤에 꿈같은 정을 나누었던 임이 보이지 않았다. 서둘러 옷 입고 이불을 개키려다 임이 누웠던 자리에 얼굴을 묻었다. 간밤에 속내를 토해내던 임의 냄새가 흠뻑 묻어 있었다. 정을 나누던 순간을 가만히 되새겼다. 몸이 붕붕 떠오르고 코끝으로 임의 체취가 묻어났다. 임의 품에 얼굴을 묻고 있는 착각이 왔다.

"일어났으면 안방으로 건너오시오."

문밖에서 박시만의 소리가 들렸다. 강막실이 안방으로 갔다. 시부모님의 아침상을 봉양하지 못한 죄스러움도 있지만, 정을 나누던 순간이 어른거려 얼굴을 들지 못했다. 며느리가 늦잠 든 것을 알고 부엌에 나가 아침을 마련한 시어머니 강금년은 조금도 노여운 기색이 아니었다. 아들과 며느리가 동침했다는 것만으로도 넘치는 희색을 참지 못했다.

"자세한 얘기 들었다. 갓 정혼한 부부가 떨어져 사는 모양새가 좋지 않아 너희 둘이 청하지 않았어도 그렇게 하려는 마음 품고 있었다."

박운정은 박시만이 강막실을 충주로 데려가겠다는 말에 오히려 안심했다. 어제 급히 찾아가서 맞닥뜨린 홍금희 때문이었다.

"언제 떠날 예정이더냐?"

강금년은 홍금희의 존재를 알지 못했다.

"시국이 어수선하고 나랏일을 소홀히 할 수 없어요. 염치없지만 오늘 하루만 더 묵고서 내일 아침에 함께 갈까 합니다."

박시만이 대답했다.

"서방님 먼저 충주로 가십시오. 저는 남아 있다가 기회를 보아 뒤따라가겠습니다."

강막실이 머리를 조아렸다.

"아니다. 내일 날 밝으면 서둘러 충주로 가거라. 집도 넉넉한 것으로 얻고 세간은 살면서 마련해라."

박운정이 허락했다.

"젊어서는 없이 사는 것도 재미가 난다. 필요한 거 하나 둘 마련하다 보면 내외간에 정도 돈독해질 테니 아버님 말씀을 따르도록 해라."

강금년도 한마디 거들었다.

박시만과 강막실이 사랑방으로 왔다.

"정녕 함께 가는 것을 원하지 않는 것이오?"

박시만이 물었다. 간밤처럼 임과 한 이불에서 날마다 한잠을 자며 부부의 정을 나눌 수 있는데 싫어할 이유가 조금도 없었다. 대답하지 못하고 얼굴을 새빨갛게 달궜다.

충주에서 홍금희가 왔다. 박시만이 난처해서 어쩔 줄을 몰라 했고 강막실이 오히려 반갑게 맞았다. 홍금희를 본 박운정이 에헴- 헛기침 쏟으며 몹시 못마땅한 얼굴색을 그렸다.

"아버님, 밤길에 고생이 많으셨죠?"

홍금희가 넉살 좋게 박운정에게 걸어갔다.

"내가 어찌하여 처자의 아버님이 되는 것이오?"

박운정이 버럭 역정을 냈다. 강금년이 마루로 나왔다.

"어머님, 인사 올립니다. 홍금희입니다."

강금년에게 넙죽 인사를 했다. 강금년이 곱상한 옷차림에 두 갈래로

염소 꼬리 머리를 한 홍금희를 찬찬히 바라보았다. 상냥하게 다가오는 홍금희가 밉지 않았다.

“경망스럽게 불쑥 찾아와서 이게 무슨 짓이오?”

박시만이 홍금희 앞을 막았다.

“찾아오신 손님을 박대해선 안 된다.”

강금년이 홍금희를 안방으로 들게 했다. 홍금희가 닝큼 마루로 올라섰다. 박운정이 못마땅해 끄응 밖으로 나갔다. 박시만은 마당에 섰다가 강막실과 사랑방으로 들어갔다.

홍금희가 강금년과 마주 앉아 싱글싱글 웃었다. 박 속처럼 뽀얀 얼굴에 구김살이 없어 보였다. 강금년은 한눈에 반했다. 박시연이 불편한 다리를 치마로 감추고 곁에 앉았다.

“우리 시만이랑은 무슨… 사이?”

강금년이 고개를 빼며 물었다.

“아버님께서 말씀하시지 않았나 보죠?”

홍금희 되물음에 모녀가 눈을 맞추고 금시초문이라는 표정을 지었다.

“오라? 아버님께서 어젯밤에 경황없으셔서 말씀하지 않으셨구나.”

홍금희가 활짝 웃었다. 신식문물을 배운 여자라선지 목소리도 표정도 여울물처럼 낭랑했다.

“경성에서 알고 지내던 사이?”

박시연이 물었다.

“시만씨 경성에서 공부할 때 우리 집에서 살았어요. 저랑 한집에 살면서 교제를 했고요.”

“교제를 했다고?”

강금년 입가로 웃음이 실실 생겨났다.

"저의 아버지는 시만씨와 제가 혼인할 것이라고 믿고 계셔요. 시만씨 충주로 벼슬 얻어 내려온 것도 아버지께서 뒤에서 봐준 덕이 커요."

홍금희는 강금년의 밝아지는 표정에 힘을 얻었다.

"시만이 혼인한 거 아직 몰라요?"

박시연이 굳은 표정으로 물었다.

"알아요. 하지만 마음 쓰지 않아요. 우리 할아버지는 한 분이지만 할머니는 세 분이거든요?"

홍금희가 입술을 샐쭉거렸다.

"할아버지께서 세 분과 혼인하신 게 아니라 두 분은 첩실로 얻어 들였겠지."

박시연은 불쾌한 표정으로 시비를 걸었다.

"정실이든 첩실이든 한 남자의 부인으로 사는 것은 똑같잖아요? 전 정실이든 첩실이든 상관없어요. 경성에 있을 때 우린 서로 좋아했고, 우리 아버지도 시만씨를 사윗감으로 점찍어놓고 계시거든요?"

홍금희의 당돌함에 박시연의 표정이 일그러졌다.

강금년은 홍금희의 말에 빨려 들어가는 모습이었다. 사위가 첩을 얻는다면 버선발로 달려가 꾸지람을 하겠지만, 아들이 첩을 얻는다 하니 나무랄 이유가 없었다.

"동생과 혼인한 정실부인은 마음씨 착하고 시부모님 공경할 줄 알아요. 같은 여자끼리 가슴에 못 박는 일 하지 말아요."

박시연이 냉담하게 말했다.

"강막실씨 착한 거 잘 알아요."

"동생이 그렇게 말하던가요?"

"며칠 전 충주에 왔을 때 함께 잤어요."

강금년과 박시연이 놀라 입을 벌렸다.

“그렇다면… 동생이랑 한집에서 살고 있어요?”

박시연이 미심쩍은 표정으로 물었다.

“예.”

홍금희가 주저 없이 대답하고 생글생글 웃었다.

“처녀는 우리 시만이랑 어쩔 셈인가?”

강금년이 홍금희 손을 가져다 쥐었다.

“엄마.”

박시연이 토라지며 강금년에게 눈을 흘기었다. 강금년이 홍금희 손등을 토닥토닥 다독였다.

“시만씨랑 살고 싶어요, 어머님….”

홍금희가 어리광스럽게 말했다. 강금년의 얼굴에 웃음이 접시꽃처럼 피어났다.

“그럼… 혹시… 부부간의 합궁도?”

강금년이 더듬거리면서 물었다. 홍금희가 얼굴을 붉혀 몸을 오므렸다. 강금년 시선이 홍금희 아랫배를 더듬었다.

“그만 나와. 얘기 좀 해.”

박시만이 밖에서 홍금희를 불렀다. 강금년이 쥐었던 홍금희의 손을 놓았다.

“엄마. 혹시?”

강금년에게 다른 뜻이 있는지 박시연이 물었다.

“내가 뭘 어쨌니?”

강금년이 정색했다.

“천벌 받아요. 며느리 가슴에 못질하지 말고 바르게 마음먹어야 해요. 사돈집이 벌판 지나 가까운 거리인데, 소문이라도 들어가는 날에 그 원망을 어쩌시려고."

"시만이 경성에서 신식 공부하고, 충주부 벼슬도 그만한 나이에 높은 자리인데, 한쪽으로 기울지 않을 만한 처녀를 첩실로 맞는다고 욕할 사람 없다."

강금년의 목소리에서 찬바람이 일었다.

"엄마. 정말 그렇게 생각하고 있는 거예요?"

"처녀 아버지라는 분이 경성에서 높은 자리에 있어 시만이 벼슬하는데 뒷배가 되는 모양인데 어느 부모가 마다하겠니?"

박시만이 홍금희를 다짜고짜 남한강 둑으로 끌고 갔다. 여울에 내려앉는 햇살이 눈부셨다.

"어머. 햇살이 물에서 반짝거리며 춤을 추네?"

홍금희가 호들갑을 떨었다. 소녀처럼 둑에서 물가로 뛰어갔다. 물가에서 토닥거리다가 돌아올 때까지 박시만은 착잡한 가슴으로 기다렸다.

"다나까 만나봤어?"

박시만이 벼르고 있던 말을 막 토하려는데 홍금희가 톡 나섰다.

"무슨 속셈으로 여기까지 온 것이야?"

박시만이 신경질적으로 물었다.

"시만씨 부모님 뵙고 홍금희 존재를 창말에 알리고 싶었어."

박시만이 강 건너 소태면 벼루를 쳐다보면서 갑갑해지는 숨을 몰아쉬었다.

"강막실보다 훨씬 이전에 나 홍금희가 두 눈 퍼렇게 뜨고 시만씨 곁에 있었다는 것을 충주에 알려주고 싶어 왔어."

홍금희 눈동자가 조약돌처럼 반들거렸다.

"다나까 만나고 싶어서 왔겠지? 저기 나룻배로 건너면 다나까 만날 수 있어."

박시만이 목계 강에 떠 있는 나룻배로 손짓했다.

"다나까를 만나고, 또 만나지 않고는 내 자유야."

홍금희가 입술을 깨물었다.

"자유?"

"그래. 프리덤. 내가 하고 싶은 대로 하는 프리덤."

"그래. 마음껏 프리덤인지 자유인지를 누려. 다나까를 만나든, 우리 어머니를 만나 허튼 소리를 하든, 창말에서 활보하든 마음대로 해. 나는 부인과 충주에서 살기로 했으니까."

박시만이 남한강 둑에서 내려왔다. 홍금희가 생글거리던 웃음을 싹 걷어내고 도끼눈으로 박시만의 뒷모습을 노려보았다. 박시만이 집으로 와 사랑방에 들어갔다. 홍금희 편을 들었다고 강금년을 핀잔하는 박운정의 투박한 목소리가 안방에서 들렸다.

16

경성에서 온 꽃 꺾이다

남한강 둑으로 하느작하느작 허리를 흔들어 나룻배로 걸어갔다. 나룻배로 강을 건너 병참으로 갔다. 다나까가 문밖에서 기웃거리는 홍금희를 발견했다. 홍금희가 사무소로 들어왔다. 다나까가 갖은 폼을 잡으면서 빙그레 웃었다.

"오랜만이…네…요?"

홍금희가 발간 입술을 토끼처럼 쏘옥 내밀었다. 모가지를 한 주먹으로 쥐고 그 입술을 쪽 빨아보고 싶은 충동이 다나까에게 화악 솟아났다.

"아버님께 얘기 들었어."

다나까가 속을 감추고 무심한 투로 말했다.

"그래요? 경성 요직에 있어야 할 엘리트가 목계까지 무슨 일로?"

홍금희가 다나까 면전에 걸어와서 가녀린 허리를 수숫대처럼 비틀었다. 늘씬한 몸매에 다나까가 눈알을 번득였다.

"빼어난 미인이 충주에 납시었다는 소문이 경성에 퍼졌더라고? 미인이 누군지 확인해보려고 목계 병참 대장을 자원했지?"

다나까는 사사끼가 죽었다는 소식을 듣고 즉시 후임을 자원했다. 연모하는 홍금희가 목계로 갔다는 이유 때문이었다.

"미인? 호호호. 빼어난 미인이라…. 여자 꽁무니 따라다니는 버릇을 아직 버리지 못하셨네요?"

홍금희가 요염하게 웃었다.

"내가 따라다니는 미인은 오로지 한 사람이었다는 것을 잊지 말아 줘."

다나까의 눈에 욕정이 이글거렸다.

"호오? 오직 한 사람? 그게 누구일까?"

홍금희가 뒤꿈치를 들고 다나까 앞에서 살랑살랑 허리를 흔들었다. 다나까는 눈이 휘둥그레져서 홍금희의 엉덩이와 종아리와 가슴에 마른침을 꿀꺽 삼켰다. 홍금희가 장난스럽게 다나까 코앞에 턱을 쭉 내밀기도 했다.

"충주에 있다고 들었는데, 나를 다 찾아오고. 어쩐 일이야?"

다나까가 헤벌렸던 입을 다물고 물었다.

"그 미인이 아니어서 서운하셨나요? 호호호."

다나까를 골려보려는 장난기가 홍금희에게 발동했다.

"우선 이리로 앉으시지."

다나까가 의자를 내밀었다. 홍금희가 앉아 긴 다리를 꼬았다. 허벅지에서 발목으로 훑어내리는 다나까의 시선이 욕정으로 번득거렸다. 홍금희는 다나까를 의식하면서 다리를 더 요염하게 비틀었다.

"내게 온 목적을 말해보실까?"

다나까가 입에 고인 침을 꿀꺽 삼켰다.

"목적? 내가 무슨 부탁이라도 하고 싶어서 왔다 그 말인가요?"

홍금희가 검지로 다나까의 이마를 콕 찍었다.

"아니었어?"

다나까도 손가락으로 홍금희 볼을 콕 찍었다.

"당연하죠. 경성에서의 정을 생각해서라도 먼 길 부임하신 분께 인사차 찾아뵙는 것이 도리 아닌가?"

홍금희의 말에 다나까의 입이 만개한 접시꽃처럼 벌어졌다.

"박시만이 목계로 오니까 날이 밝기 무섭게 달려온 것 아니오?"

질투의 표정이 다나까의 얼굴에 그려졌다.

"시만씨 부인이 잡혀 왔다더니 풀어주었네요?"

"하하하하!"

다나까가 크게 웃었다.

"왜 웃어요?"

홍금희가 새침스럽게 물었다.

"박시만을 흠모하는 홍금희를 위해서라도 강막실을 감옥에 붙잡아 두었어야 할 걸 그랬소."

홍금희가 속을 한 줌 뜯긴 듯 찔끔했다.

"다시 잡아다 가둘까? 붙잡아 가둘 명분은 충분하니까."

다나까가 능글맞게 웃었다.

"정말 그럴 생각이 있기나 해요?"

홍금희가 느끼하게 물었다.

"못할 것도 없지. 홍금희가 행복해진다면 무슨 짓이든 하는 다나까라는 것을 아직도 모르고 있나? 정말 섭섭해."

"늦었어요. 내일 아침이면 서방님이 충주로 모셔 간대요."

"오늘 밤에 잡아다 가두면 되겠네? 내외가 이불 깔고 막 누우려 할 때 여자를 꽁꽁 묶어 오는 거야. 박시만의 표정이 어떨까? 흐흐흐."

"못된 생각 그만 해요. 오랜만에 만난 나를 이렇게 대접할 거예요?"

"어떻게 대접할까? 공주님으로 모실까?"

"아침도 안 먹고 반나절을 걸어왔어요. 허기진 배부터 채워줘요."

홍금희가 일어났다. 다나까도 잘록해진 홍금희 허리를 바라보다 일어섰다. 강가 주막으로 갔다. 날 풀리고 봄장마 시작되면 수량이 많아져 뗏목 사공이 북적거리겠지만 겨울이라서 한산했다.

민물고기 중에서 맛이 으뜸인 쏘가리 매운탕과 술을 방으로 주문했다. 주모는 다나까의 날카로운 눈매에 기가 질려 급하게 음식을 대령했다. 다나까가 사기 대접에 술을 그득히 부었다.

"자 한 잔씩 합시다."

다나까가 술대접을 내밀었다.

"빈속이고 아직 대낮인데 무슨 술을 마셔요?"

홍금희가 사양했다.

"성의를 무시하면 안 되지? 허기질 때 막걸리 한 잔 마시면 뱃속이 든든해져."

다나까가 한사코 권했다. 홍금희는 마지못해 대접을 비웠다. 술이 아랫배로 짜르르 내려갔다. 다나까의 말대로 허기짐이 가셨다. 술기운이 확확 달아올랐다.

"볼이 발간 것이 너무 예뻐."

다나까가 군침을 꿀꺽 넘겼다. 홍금희에게 주체할 수 없을 정도로 취기가 돌았다. 방바닥에 손을 짚고 흔들리는 몸을 겨우 지탱했다.

"박시만을 아직 좋아해?"

"시만씨 없인 못살 것 같아."

홍금희가 애처로운 표정을 지었다. 눈물을 찔끔 묻어냈다.
"그 자식은 이미 혼인을 했어. 그 자식은 물 건너고 태산을 넘어갔단 말이야."
"아냐. 혼인을 했어도 상관이 없어. 시만씨 내 곁에만 있으면 좋아."
홍금희 볼에 눈물이 주르륵 흘렀다. 발갛게 익은 사과에 빗물이 흘러내리는 것처럼 보였다.
"정말 그놈을 차지하고 싶어?"
"그놈이라고 말하지 마. 내게는 천금보다 더 소중한 사람이니까."
홍금희가 울음 섞어 투정했다. 홍금희를 사모한 다나까의 속을 할퀴는 말이었다.
"그렇다면 내가 도와줄까?"
"어떻게?"
홍금희가 눈을 동그랗게 떴다.
"누구 때문에 홍금희가 눈물을 흘리고 있는지 곰곰이 생각해 봐."
홍금희가 볼에 번진 눈물을 주먹으로 훔치고 생각에 잠겼다.
"정말 누군지 몰라?"
다나까의 재촉에 홍금희가 고개를 끄덕였다.
"박시만을 홍금희에게서 뺏어간 강막실."
"강막실을 어떻게 하겠단 말이야?"
"강막실이라는 존재를 없애주면 박시만은 저절로 홍금희에게 돌아올 테니까."
다나까가 대접에 막걸리를 부었다.
"그 여자를 박시만의 주변에서 없애주지."
다나까의 눈빛에서 살기가 번득였다.

"그건 안 돼."

홍금희가 거절했다.

"왜?"

"그 여잔 너무 순진하고 착해. 착한 여자한테 몹쓸 짓 하면 천벌을 받아."

"하하하. 박시만을 차지할 맘이 없군? 그렇다면 술이나 마셔."

다나까가 술이 찰랑찰랑한 대접을 내밀었다.

"안 돼. 이거 마시면 완전히 취한단 말이야."

이미 홍금희의 혀가 꼬부라지고 있었다.

"마셔. 중대한 결단을 위해서라도 가슴에 힘을 꽉 주고 마시란 말이야."

"강막실을 어떻게 해보겠다는 마음 갖지 마. 그 여잔 안 돼."

홍금희가 대접을 받아 입으로 가져갔다. 다나까가 음흉스럽게 눈웃음을 쳤다. 다나까는 강막실을 어떻게 해보겠다는 의도가 없었다. 강막실을 들먹거려 홍금희가 술을 마시도록 유도했다. 다나까가 어떻게 해보려는 대상은 강막실이 아니었다. 홍금희를 바라보는 다나까의 눈에서 욕정이 이글거렸다.

이부자리에 곱게 누워 있었다. 머리가 으깨지는 통증이 왔다. 머리를 두 손으로 쥐어틀고 상체를 일으키던 홍금희는 기가 막혔다. 옆에서 누군가 자고 나간 흔적이 있었다. 생각을 되새김질하다 얼굴을 손바닥으로 싸맸다. 이불을 가만히 들춰보았다. 상의는 속저고리를 걸친 상태였으나 민망스럽게도 하체는 알몸이었다. 홍금희는 아래에서 도지는 아릿한 통증을 느꼈다.

봉창 밖으로 남한강 물이 보였다. 사공이 저어가는 나룻배에 장터로 오는 사람이 만선이었다. 강물 건너로 너른 둔치도 보였다. 어제 혼자서 창밀로 왔음이 생각났다. 상금년에게 박시만과 경성에서 부부로 지냈다고 말한 기억이 살아났다. 박시만과 남한강 둔치로 갔음도 떠올랐다.

둔치에서 박시만과 헤어지고 속이 몹시 상했다. 박시만이 주변에 다시는 얼씬거리지 말라고 차갑게 말해놓고 강막실에게 갔다. 홍금희는 허탈한 심정으로 예정에 없이 다나까에게 갔다. 아침 일찍 충주를 떠나왔기 때문에 빈속이었다. 점심 먹으러 다나까와 주막에 갔다. 뗏목이 뜨는 철이 아니라서 주막이 을씨년스럽게 한산했다.

다나까가 음흉한 마음을 품고 홍금희 아픈 속을 긁으며 술을 먹게 했다. 다나까가 따라주는 술을 마실수록 박시만이 눈앞에 어른거렸다. 박시만을 빼앗아간 강막실이 미워졌다. 술을 마실수록 박시만이 새록새록 떠올라 다나까의 음흉한 술잔을 거푸 마셨다. 빈속에 술을 넣은 홍금희가 몸을 가누지 못할 정도로 취했다.

다나까가 음심을 품었다. 이부자리를 깔고 홍금희를 뉘고 욕망을 채우려 달려들었다. 홍금희는 다나까가 강제로 자신을 범하는 것을 알면서도 저항하지 못했다. 이러면 안 된다. 의식이 소리쳤지만, 몸이 천근만근 칡넝쿨에 감긴 듯 움직이지 못했다. 겹쳐오는 다나까의 알몸에 저항하다 깊은 늪으로 빠져들어 정신을 잃었다.

이튿날 정오까지 잠에 빠져들었다. 눈 떠보니 어제 일어났던 일들이 여울 물살로 찰랑찰랑 흘러왔다. 가슴을 치며 눈물 쏟았으나 강물에 배 지나간 뒤였다.

옷매무새를 고쳐 박시만 집으로 갔다. 박시만과 강막실은 충주로 떠난 뒤였다. 다나까에게 달려가 따귀를 갈겨주고 싶었지만 꼴 보기가 역겨웠다.

허탈하게 충주로 왔다. 박시만의 흔적이 없어졌다. 방바닥에 엎드려 목 놓아 울었다. 윗방으로 갔다. 사모하는 임이 멀리 가버리고 공허가 응고되었다. 울다가 쓰러져 잠들었다.

충주성 제금당은 관찰사 식솔이 살도록 지어진 동헌 옆의 삼 칸 건물이었다. 관찰사가 식솔을 경성에 두고 부임했었다. 관찰사가 동헌에 딸린 방을 쓰기로 하고 도사 박시만에게 제금당을 내주었다.

제금당 마루에 앉은 강막실이 보였다. 홍금희는 박시만에게 함부로 다가갈 수 없는 몸이 되었다. 강막실은 햇살이 드는 마루에 앉아 동헌 뜰을 오가는 관원을 바라보았다. 박시만이 솟을 남문으로 걸어 나왔다. 홍금희가 볼에 흐른 눈물을 닦아내고 박시만의 앞으로 갔다.

"충주에 아직 남아 있었어?"

박시만이 경성으로 가지 않고 왜 남았냐는 투로 물었다. 홍금희가 애써 웃음 지었다.

"아침에 창말에서 충주로 왔어."

아무렇지도 않은 듯 홍금희가 말했다.

"남한강 둔치에서 헤어지고 바로 충주로 온 줄 알았는데."

남한강 둔치에서 헤어지고 무슨 일이 있었어? 그렇게 묻는 것으로 들렸다. 홍금희 얼굴에 그림자가 드리웠다. 박시만은 평소와 다른 홍금희 표정을 물끄러미 바라보았다. 박시만이 홍금희 모르게 행랑채에서 제금당으로 옷가지를 옮겨왔다. 홍금희가 몹시 화낼 줄 알았다. 이틀만에 만난 홍금희가 창백해 보였다. 잠을 설쳤는지 부석해진 얼굴이었고 눈도 부어 있었다.

"다나까… 만나…봤어?"

박시만이 물었다. 홍금희가 고개를 끄덕이고 시선을 바닥에 박았다.

"제금당에서 살기로 했어."

박시만이 홍금희 행랑채에서 나왔다고 어렵게 말했다. 홍금희가 숙인 고개를 또 끄덕였다.

"제금당에 한 번 와."

제금당 마루에서 강막실이 둘을 지켜보고 있었다. 홍금희를 본 강막실이 손을 흔들었다. 홍금희가 관아로 두어 걸음 내딛다가 되돌아 나왔다. 강막실이 보이지 않는 골목으로 걸어갔다. 슬픔이 갑자기 복받쳐 휘청거렸다. 담벼락에 기댔다. 눈물이 샘솟듯 나왔다. 잘못 먹은 것을 게우듯 저절로 울음이 터져 나왔다.

동헌 뜰로 걸어가던 홍금희가 다나까와 마주쳤다. 다나까가 홍금희를 보고 얼싸안을 듯 다가왔다. 홍금희가 주춤 물러나면서 얼굴을 붉혔다. 관찰사가 동헌에서 둘을 바라보았다.

"며칠 사이에 더욱 아름다워졌소?"

어젯밤 홍금희를 범하던 웃음으로 다나까가 다가왔다. 홍금희가 어금니를 물었다.

"흐흐흐. 내 일생의 최고로 황홀한 순간이었소. 그 황홀의 순간이 다시 오기를 고대하며 밤을 꼬박 새우다가 충주까지 왔소."

다나까가 작은 소리로 말했다.

홍금희가 다나까의 뺨을 갈겼다. 깜짝 놀란 관찰사가 동헌에서 내려오다가 발을 멈췄다. 강막실도 다나까의 출현과 홍금희의 돌발적인 행동에 놀라 손으로 벌려진 입을 막았다. 뺨을 맞은 다나까는 볼을 어루만지면서 좋아 죽겠다는 웃음을 잃지 않았다. 다나까를 노려보던 홍금희가 솟을 남문으로 걸어갔다.

“잠깐. 내 말 좀 들어 보오.”

다나까가 따라와 홍금희의 앞을 막았다. 뺨을 후려치려는 홍금희 팔을 다나까가 잡았다.

“내 맘 좀 알아주오.”

다나까가 애원하는 표정으로 말했다.

“짐승만도 못한 놈에게 볼일이 없어요.”

홍금희가 냉담하게 돌아섰다. 홍금희의 팔을 다나까가 억세게 잡았다.

“조용한 곳으로 갑시다.“

다나까가 홍금희를 마구잡이로 끌고 갔다. 사람들이 몰려들었다. 다나까가 몰려든 사람들에게 험악한 표정을 던졌다. 살모사처럼 독살스러운 눈에 기겁한 사람들이 주춤 물러나 홍금희가 불쌍해 보이는 듯 소곤거렸다.

“주막에 갔었소. 다시 보고 싶었는데 충주로 떠난 뒤라 가슴이 몹시 아팠소.”

다나까가 손바닥을 가슴에 붙이고 애원하는 표정을 그렸다. 눈에서 욕정이 이글거렸다.

“이러지 마요. 보내줘요.”

홍금희가 다나까를 밀치며 벗어나려 했다.

“이게 무엇인지 알아?”

다나까가 겁박하는 말투로 돌변했다. 안주머니에서 하얀 옷을 꺼내 펼쳤다. 홍금희가 주막에서 빼앗긴 속곳이었다.

“어젯밤 가슴에 안고서 냄새 맡았어. 당신의 냄새를 손에 쥐고 날밤을 샜단 말이오.”

홍금희가 다나까의 손에 든 것을 빼앗으려 했다. 다나까가 얼른 안주머니에 넣었다. 홍금희는 수치스럽기 짝이 없었다. 처녀의 몸을 겁탈하고도 모자라 속곳을 가슴에 넣고 다니는 다나까의 심장에 칼을 꽂고 싶은 충동이 확 솟아났다. 손이 저절로 부르르 떨렸다. 다나까가 홍금희를 와락 껴안았다. 홍금희가 벗어나려 버둥거렸다. 다나까의 완력에 허사였다. 다나까가 입술을 덮어왔다. 머리를 흔들며 저항하다가 체념했다. 홍금희가 버둥거림을 멈추자, 다나까는 자신이 좋아서 그러는 줄 알고 더 그윽하게 입을 맞추며 목덜미를 애무했다. 둔부를 쓰다듬다가 젖가슴도 손바닥으로 덮었다.

"이제 날 보내줘요."

홍금희가 다나까의 품에 안겨 말했다. 다나까도 더 안고 있을 명분이 없어 홍금희를 놓아주었다. 홍금희가 골목으로 걸어갔다. 다나까도 홍금희의 뒤를 따라갔다. 홍금희를 놓아준 것이 아니었다. 홍금희가 남산 아래에 얻어놓은 행랑채 마루로 올라갔다. 다나까가 따라와 마당에 섰다. 다나까가 온 것을 아는지 모르는지, 아니면 전혀 대수롭지 않음인지 방문을 열고 들어갔다. 다나까도 남산을 잠깐 바라보더니 방으로 들어갔다. 아랫목에 무릎을 세우고 얼굴을 파묻은 홍금희의 등을 어루만졌다. 홍금희는 반응하지 않았다. 다나까가 홍금희를 뒤에서 안았다. 가슴 섶에 손을 비집어 넣어 젖가슴을 손바닥으로 덮었다. 그래도 홍금희가 움직이지 않았다. 다나까가 홍금희의 눈물범벅인 얼굴을 들어 가슴에 잠깐 안고 있다가 옷을 벗겨냈다. 홍금희는 알몸으로 누워서 창피스러워하거나 다나까의 손놀림에 거부하지 않았다. 세상의 모든 것이 아무것도 아닌 것처럼 허탈했다.

마즈막재와 남산으로 군기 점검 갔던 박시만이 제금당으로 왔다.

"홍금희가 왔었어요."

강막실이 입안에 맴돌리던 말을 했다. 박시만이 대수로운 일이 아니라며 고개를 끄덕였다.

"경성으로 간다고 했어요."

"그랬어?"

박시만이 남산에서 그린 충주 지형도를 살피면서 대답했다.

"그런데. 다나까가 왔었어요."

"다나까가 충주에?"

박시만이 지형도를 접고 물었다.

"다나까가 홍금희에게 와서 무슨 말인가를 하니까 홍금희가 다나까의 뺨을 때렸어요. 관찰사 어른이 동헌에서 보고 있었고요."

"경성에 있을 때부터 홍금희를 좋아한다고 뒤를 따라다니면서 귀찮게 했었어."

박시만이 대수롭잖게 대꾸했다.

"그렇다고 뺨을 때려요? 관찰사 어른이 지켜보고 있는 상황에? 뺨을 맞은 다나까가 조금도 역정을 내지 않고 오히려 좋아 죽는 얼굴로 홍금희를 따라 남문으로 나갔어요."

"별일 아닐 거야."

박시만이 등을 돌려 하던 작업을 계속했다. 박시만의 손이 자꾸 엇갈렸다. 박시만은 하던 일을 그만두고 솟을 남문으로 나왔다. 홍금희의 행랑으로 가는 길목에서 제자리걸음을 하며 생각을 접고 펴고 하다가 잰걸음을 놀렸다. 행랑으로 들어가는 쪽문 턱을 넘다가 흠칫 몸을 숨겼다. 방문이 열리고 나온 사람은 홍금희가 아니라 다나까였다. 마루로 나온 다나까가 바지춤을 끌어올리면서 방에다 무슨 말인가를 했다. 방에서 아무런 응답도 없었다. 다나까가 닫았던 방문을 열어 머리만 넣고 또 무슨 말인가를 하고 방문을 닫았다. 다나까가 마당으로 내려서는 순간 박시만이 성큼 걸어 들어갔다.

"어쩐 일이오? 박도사께서 이곳에 납시다니? 나랏일은 어찌하고?"

다나까가 웃음을 함박 물고 말했다.

"그러는 다나까는 어쩐 일이오? 여긴 엄연한 여염집인데?"

"여염집이라고? 그럼 박도사는 여염집에 들어와도 되고 난 안 된단 말이오?"

박시만이 마루로 성큼 뛰어올라 방문을 열었다. 흐트러진 모습으로 눈물만 그렁한 홍금희와 시선이 부딪혔다.

"무슨 일이 있었어?"

박시만이 방으로 뛰어들며 물었다. 홍금희가 참고 있던 눈물을 흘렸다.

"저놈이 무슨 짓을 저지른 거야?"

마당에서 헤헤거리는 다나까에게 손짓하며 물었다. 홍금희가 상체를 고꾸라뜨려 흐느끼기 시작했다. 박시만이 마당으로 뛰어내렸다. 다나까를 향해 총을 뽑아 들었다.

"왜 이러시오?"

다나까가 총구 앞에서 여유를 부렸다.

"몹쓸 짓을 저지르고서도 온전할 줄 알아?"

박시만이 입술을 깨물었다. 자신을 찾아서 충주까지 내려온 홍금희에게 몹쓸 짓을 한 다나까를 용서할 수 없었다.

"몹쓸 짓이라니? 나 그런 거 한 적 없소."

다나까가 여전히 능글거리면서 말했다. 박시만은 울음을 쏟고 있는 홍금희 때문에 열이 잔뜩 올랐는데, 다나까가 능글거리니 화가 치밀었다.

"금희에게 몹쓸 짓을 해놓고도 내 손에 살아남을 줄 알아?"

금방이라도 방아쇠를 당길 참이었다.

"몹쓸 짓이 아니야. 박도사가 정혼한 부인과 잠자리를 했듯이 우리도 그랬을 뿐이야."

다나까가 태연하게 말했다. 잠자리를 했다는 말에 박시만의 가슴에 불길이 치솟았다. 박시만이 호흡을 거칠게 뱉으며 총구를 다나까의 이마에 댔다. 다나까도 긴장하는 모습이었다.

"박도사. 이러지 마. 나한테 이러면 홍금희가 불행해져. 홍금희와 나는 이미 부부의 연을 맺은 관계야. 우린 부부가 되기로 했어. 방아쇠를 당기면 홍금희가 불행해진단 말이야."

다나까가 주춤주춤 뒷걸음질을 쳤다. 여전히 좋아 죽겠다는 표정으로 실실 웃었다.

"부부? 남의 나라 짓밟는 것도 모자라 조선 여자까지 넘보는 쪽발이 새끼의 말을 믿을 것 같아?"

박시만의 목소리가 흥분으로 떨렸다. 금방이라도 총알이 다나까의 이마를 관통할 것 같았다.

"쪽발이? 쪽발이라고 했겠다. 이 조센징이?"

다나까도 얼굴이 사색이 되었지만 박시만에게 자존심을 꺾지 않으려 발악을 했다.

"쪽발이 새끼야. 네놈들이 입만 벌리면 말하는 조센징 손에 죽어 봐라."

박시만이 방아쇠에 건 손가락에 서서히 힘을 넣었다.

안 돼요. 그만 해요. 홍금희 울먹임이 들렸다. 홍금희가 마루로 나왔다.

그만 해요. 홍금희가 마당으로 내려왔다.

"시만씨, 그러지 마."

홍금희가 박시만을 보고 울먹였다. 박시만이 다나까 이마에서 총을 거두었다.

"그만 돌아가요."

홍금희가 다나까에게 말했다.

"박시만, 언젠가는 오늘의 복수를 하는 날이 올 테니까. 그날을 기다려라."

다나까가 쪽문으로 걸어갔다.

"오냐. 다나까. 네 놈의 생모가지 쥐어트는 날을 기다리겠다."

박시만이 쪽문으로 나가는 다나까의 등에 소리쳤다.

"저놈 말이 사실이야?"

박시만이 물었다.

"오늘은 이만 돌아가요. 혼자 있고 싶어요."

홍금희가 박시만을 마당에 두고 방으로 들어갔다.

– 2부 끝.

목계나루

제2권 의림지 황룡

펴 낸 날 2017년 11월 29일

지 은 이 김창식
펴 낸 이 최지숙
편집주간 이기성
편집팀장 이윤숙
기획편집 장일규, 윤일란, 이하영
표지디자인 장일규
책임마케팅 임용섭
펴 낸 곳 도서출판 생각나눔
출판등록 제 2008-000008호
주 소 서울시 마포구 동교로 18길 41, 한경빌딩 2층
전 화 02-325-5100
팩 스 02-325-5101
홈페이지 www.생각나눔.kr
이 메 일 webmaster@think-book.com

• 책값은 표지 뒷면에 표기되어 있습니다.
ISBN 978-89-6489-791-1 04810

• 이 도서의 국립중앙도서관 출판 시 도서목록(CIP)은 서지정보유통지원시스템 홈페이지(http://seoji.nl.go.kr)와 국가자료공동목록시스템(http://www.nl.go.kr/kolisnet)에서 이용하실 수 있습니다(CIP제어번호: CIP2017030873).